Verlag Voland & Quist, Dresden und Leipzig, 2012

Umschlaggestaltung: HawaiiF3, Leipzig
Satz: Fred Uhde, Leipzig
Druck und Bindung: C.P.I. Moravia, Czech Republic
Tonaufnahmen und Mastering: Raumstation, Berlin
CD-Produktion: polycopy, Aachen

www.voland-quist.de

WIEDER KEIN ROMAN

AHNE

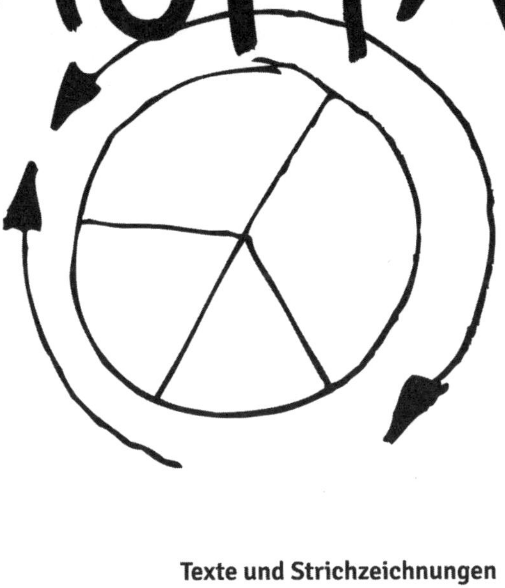

Texte und Strichzeichnungen

Inhalt

Hallo!

Zunächst einmal muss ich mich entschuldigen, dass dies nun wieder kein Roman geworden ist. Liegt an der Finanzkrise und der Globalisierung, wenn nicht gar an der Gentrifizierung. Ab und zu wird man ja auch in diesem Buch darauf angesprochen werden. Ich weiß, das nervt, aber wir leben eben nicht im luftleeren Raum, um diesen abgedroschenen Begriff hier auch mal zu benutzen. Wir sind Menschen. Wir sind schön. We are the world. Zum Titelbild: Die Zeichnung, jenes sich drehende Peace-Symbol auf dem Umschlag, wurde damals für meine Lesebühne Die Surfpoeten entwickelt, bei denen ich 2009 oder so ausgestiegen bin, weil ich zu alt geworden war und beim Tanzen ständig umknickte, mit meinen beiden Knickspreizsenkfüßen. Die Neuen von Die Surfpoeten sind besser, gut, und haben nicht solche Knickspreizsenkfüße wie ich, dafür aber Abitur, hoffe ich mal. Ich bin nun nur noch bei der Reformbühne Heim & Welt zu erleben, jeden Sonntag 20:15 Uhr mit neuen Geschichten im Kaffee Burger in Berlin. Außerdem natürlich ab und zu in Klein-Kleckersdorf, Graz oder auf dem Mond, je nachdem wo der Wind mich hin weht. Könnt ihr alles nachlesen auf meiner Webseite www.ahne-international.de. Bedanken möchte ich mich bei meiner Mutti, Karl Marx, meinen Kindern, meiner Freundin, den Lesebühnen, Schlüppi, denjenigen, die auf den Feldern Essen und Trinken anbauen, sowie allen Liedermachern, Ärzten und Politikern. Und denkt dran, wir haben dieses Geld nur von unseren Banken geliehen!

Ahne
Juli 2012

Süß, oder? Ick meine, ditta sich entschuldicht. Ach, zur Erklärung, Schlüppi mein Name, also für meene Freunde, für alle andan selbstvaständlich Herr Professor Stefan Passner. Ick bin der Freund von Ahne, wir waren ziemich lange und oft waren wir und sind die besten Freunde jeworden. Sie kennen mich vielleicht noch aus den Vorwort von *Was war eigentlich morgen*, einen ziemlichen Flop, wenn se mich fragen. Ick hatte ja einklich da echt janz andre Erwartungen jehabt, in dit Buch. Dachte, dit startet durch wie 'ne Rakete, von 0 uff 100 in 80 Sekunden oda so, weeßte, so dit man sich nie wieda Sorgen machen muss, finanziella Art. Also, ick meine, ick hab ja sowieso meene Schäfchen in' Trockenen, Astrophysik, würd ja imma jebraucht, aba um ihn, ehrlich jesacht, machick mir schon 'n bisschen Sorgen. Ick meine, er hat ja nüscht jelernt, weeßte, also nüscht Vanünftiget. Also mit den Schreiben, klar, kamman machen, selbstvaständlich, und er hat ja ooch, durchaus, aba uff Daua? Ick mein, ick hab ja ooch ma mit den Jedanken jespielt, ehrlich jesacht, so'n Buch zu vaöffentlichen. Von mir. Würklich! Soja bei diesen Valag. Aba, binnick denn wieda von abjekommen. War mir einfach zu wenich Kohle jewesen, um dafür meene jesamte Seele zu vakoofen. Ick meine, dit issit doch letzten Endes. Machen wa uns doch nüscht vor. Man zieht sich aus vor die jesamten Welt, geistich jesehn. Man entblößt seine Jedanken. Und da hattick denn ürgendwie echt keene Böcke druff, ooch nich für 80.000 oda wie viel die mir jeboten ham, weil, denn stehste nachher da anne Koofhallenkasse, weeßte, und sagst ürgendwat zu dir selbst, sowat wie: »Solltick jetz einklich vier Pfund Mehl holn oda sieben Pfund?«, und schon dreht sich denn die janze Bagage, die vor mir und hinta mir inne Schlange steht, nach mir um, also natürlich nur die, die vor mir stehn, die andan brauchen sich ja nich umdrehn, is ja klah, weil die ham ja schon die perfekte Blickrichtung, und denn biste für die ja ein offenes Buch ohne sieben Siegel, wenn se dir akennen, also falls dit denn ein Bestseller jeworden is, wovon ick ma stark ausjejangen wär. Und denn kieken se und kieken und awarten ürgendwat, wat ick ihnen aba nich bieten will, weil, wer binnick denn, vastehste? Nee, da habick denn doch lieba hier, wat se mir von Abeitsamt anjeboten ham, von Jobcenta, die Stelle als Aushilfsprofessor in Altglienicke, is ja nur für vorübagehend, bis die Konjunktur wieda anspringt, denn binnick sowieso, stante pedes, glei wieda in Amerika, peng, bei die Space-Shuttles, aba so lange is dit schon janz jut, wemman die Miete bezahln kann und 'n Heiamann in Reserve hat, für 'n Taschenrutscha und 'n Toastbrot. Zijaretten wern ja ooch imma teura. Na, kiekt ma rin in dit Buch hier. Macht ihn ma die Freude, ja? Ick hab jetz, mussick sagen, nich allit jelesen, aba die Anfänge, doch, der Junge, wenna sich 'n bisschen mehr Mühe jeben würde …, aba mussa ja selba wissen, is ja schon groß.

Gehaben Sie es sich unterdessen wohl, kommen Sie gut über den bevorstehenden Weltuntergang und auf bald,

Ihr Prof. Stefan »Schlüppi« Passner (Freund von Ahne)
Juli 2012

Ich habe nie geweint

Wie ich mich freue! War das jetzt etwa die Wende? Schon wieder? Ein Auftritt ausgerechnet in Prenzlau, jener Stadt, in der damals alles begann. Jener Stadt, in der ich meine ersten Gedichte verfasste.

Dampfendes Gedröhne,
röchelnder Gestank,
Land, in dem ich stöhne,
Blut in deinem Tank.

Ja, wir hatten viel Zeit damals bei der Armee, und wo sollten wir auch hin mit unserem Hass? Manche quälten ihre Zimmergenossen, andere vögelten die Frauen der Offiziere, ich schrieb eben Gedichte.

Hack, hack, hack,
Beil macht dich kaputt,
pack dich auf den Haufen,
kannste nich weglaufen.

Die Zeitung Junge Welt, an die ich meine Verse schickte, wollte sie nicht abdrucken, weder auf der Titelseite noch sonst irgendwo. War eben DDR. Eine Diktatur der Arbeiterklasse. Da druckte man keine Intellektuellen, man unterdrückte sie. Ohne Begründung erhielt ich nur noch die Hälfte meiner kärglichen Mittagsration, statt zwei Kartoffeln eine und statt einer Kelle Soße zwei, ich mein', natürlich umgekehrt. Was soll's, lange her, die Scheiße.

Nach der Wende ging's zum Glück aufwärts. Ich hängte meinen Job an den Nagel, wo er heute immer noch hängt, und stieg in eine Lesebühne ein. Die Reformbühne Heim & Welt. Allesamt krasse Typen. Hungrige Kerle. Finstre Gestalten. Manche waren im Knast gewesen, andere hatten jede Menge auf dem Kerbholz oder blieben der Polizei nicht lange unbekannt. Auch eine Frau gab es. Die war ständig in Prügeleien verstrickt, wegen was weiß ich. So ging es langsam voran. Die Presse kam: Spiegel, TAZ, Der Wachtturm, ähnliches Gesocks. Alle wollten sie was von uns. Konnten sie haben. Gerne. Aber nur draußen, vor der Tür.

Mit dem Erfolg kam das Geld. Das Geld und der Ruhm. Mann, wir kauften die allerschärfsten Schlitten, die es gab, damals. Sämtliche Fabrikate. War nur blöd, dass man sie so selten fahren konnte, im Winter, in Berlin. Drauf geschissen, ich hatte zeitweise fünf an jedem Finger, konnte es mir leisten, Geld wie Heu. Wenn wir die Bühne rockten, strömten die Kids in Scharen zu uns, wie die Lemminge. Die gaben ihr letztes Hemd, die klebten an unseren Lippen. Krasse Zeit. Ich schrieb einen Roman nach dem anderen. Die flossen mir förmlich aus der Feder. *Der Fänger im Roggen, Der Meister und Margarita, Die Päpstin, Faust.* Ich weiß nicht, ob sie wirklich so hießen, es ist so verdammt lange her. Das Feuilleton jedenfalls feierte. Eine Tour reihte sich an die nächste. Hildburghausen, Dippoldiswalde, Potsdam, ich war praktisch überall und sah doch kaum etwas von der Welt. Wenn man ständig unter Strom steht, fordert der Körper irgendwann Tribut. Fast alle sind ja tot. Das Koks, der Alkohol, die Weiber. Manch einer starb in meinen Armen, ich habe nie geweint.

Um die Jahrtausendwende herum wussten wir dann einfach, dass es nicht mehr weiter bergauf geht. Die Shows im Fernsehen ödeten uns an, mit den Literaturpreisen wischten wir uns nach durchzechten Nächten regelmäßig die Ärsche ab, die Bestsellerlisten las ohnehin keiner mehr, immer das Gleiche, man konnte sich einfach nicht mehr darüber freuen. Manchmal gelang uns noch ein richtiger Knaller, doch allzu oft versuchten wir nur noch gegen die Erwartungshaltung des Publikums anzuschreiben, ließen konsequent die Konsonanten weg, schrien herum auf der Bühne oder versuchten witzig zu sein. Die Treuesten der Treuen wandten sich als Erste ab. Vielleicht hätten wir auf sie hören sollen, vielleicht ihre Bedenken ernst nehmen: Wir würden langsam aus dem Leim gehen, zu oft »Äh« sagen, und man könne uns einfach nicht mehr abnehmen, dass wir von der Straße kämen, wenn es ständig nur um unsere Aktienpakete oder Affären mit diversen Models ginge. Vielleicht waren wir wirklich ein wenig weit weg von der Spur. Doch das sagt sich so leicht, im Rückblick. Da waren ja außerdem die vielen falschen Freunde noch. Die Schulterklopfer. Die Ja- oder besser die Yeah-Sager. Es lief ja auch noch eine ganze Weile. Durchaus. Bis man die ersten Kredite nicht mehr zurückzahlen konnte. Bis die Angebote weniger wurden, bis dahin dauerte es ja noch. Die Läden wurden kleiner, intimer, redete man sich die Sache schön. Immer öfter las man bloß noch Fragezeichen in den Gesichtern der Zuhörer. Die Hipster blieben als Nächste weg, dann die Freunde von den Hipstern und die Freunde von den Freunden der Hipster. In der Presse tauchten erste Verrisse auf. Plötzlich fehlte einigen Kritikern die Tiefe in unseren Texten, jemand bemerkte in der BILD: »Das ist ja gar nicht sozialkritisch«, und Marcel Reich-Ranicki bemängelte die Interpunktion, die ihm auch schon bei *Der Fänger im Roggen* unangenehm aufgefallen sei. Frauen warfen uns vor, dass wir keine Frauen seien. Männer meckerten, wir seien keine richtigen Männer.

Wir hatten nie gelernt, uns für etwas zu entschuldigen, wir schwammen ja immer nur auf der Welle des Erfolgs. Ich weiß nicht mehr, ab wann ich auf der Bühne zu stottern begann. Vor zwei Jahren jedenfalls musste ich meinen letzten Schlitten verkaufen. Ich zog zurück zu Mutti und begann nebenher Körbe zu flechten, um mir damit ein zweites Standbein aufzubauen. Im Fernsehen bin ich seither nie wieder aufgetreten, und das letzte Mal, als ich im Radio zu Gast war, machte sich ein gewisser Ken Jebsen über meine Stotterei lustig. Falls ich versuche, etwas ins Internet hochzuladen, erscheint immer dieser Spruch: »Sorry, aber das Internet ist voll.« Wen ich auch frage, alle sagen, das kann doch nicht sein, aber es ist so, ich denk mir das ja nicht aus.

In einem Hinterzimmer lesen wir noch vor, einem kleinen Hinterzimmer einer illegalen Kneipe, während da saubergemacht wird. Geld gibt es keines, aber es macht Spaß. Wieder. Und vorgestern nun flatterte mir diese Einladung ins Haus. Aus Prenzlau. Ein Veteranenverband der NVA. Kameradschaftsabend. Was zum Lachen solle ich lesen. Die Getränke wären frei.

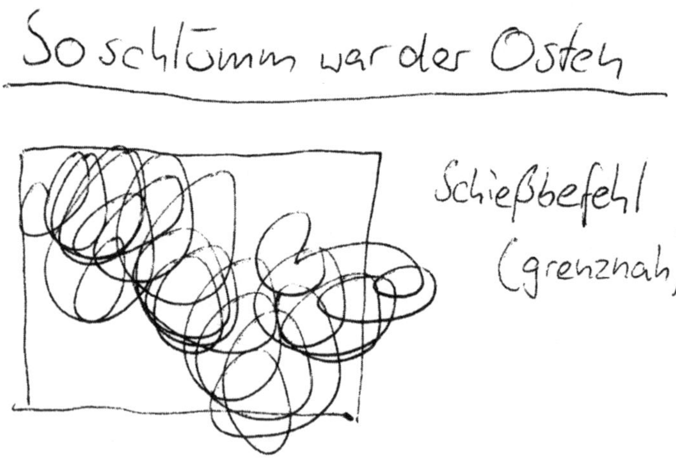

Ein Lesebühnentext

Da sitzen sie nun also vor mir und zucken schweigend mit den Schultern. Die 14-jährigen Mädchen wissen nicht, über was ich einen Text schreiben soll. Jedenfalls wollen sie es mir nicht sagen. Eigentlich wollen sie mir überhaupt nichts sagen. »Wie war's denn gestern bei der Party?« »Gut.« »Was habt ihr denn gemacht?« »Nichts Besonderes.« »Wisst ihr schon, was ihr heute Abend machen wollt?« »Eigentlich nicht.« »Hast du Hobbys?« Die letzte Frage richte ich bewusst ausschließlich an die Freundin meiner Tochter, da ich von meiner Tochter selber ja weiß, was für Hobbys ... oder, na ja, sie tanzt manchmal. Überraschenderweise antwortet ihre Freundin: »Nee.« Dann aber, nach einem kurzen Moment der Besinnung: »Ich müsste eigentlich Sport treiben, weil ich so unsportlich bin.« So so, sie müsste. Na, immerhin hat sie überhaupt was gesagt, darauf lässt sich aufbauen. Ob wohl ein Zuckerkranker das Insulinspritzen als sein Hobby angeben würde? Vielleicht ja ein sehr depressiver Zuckerkranker oder ein zuckerkranker Künstler, der seine Antworten als Teil seiner Kunst verstanden wissen will. Als schwarzen Humor. *Black humour*, wie die Engländer zu sagen pflegen. Hihi, ich weiß eigentlich gar nicht, ob die Engländer zu schwarzem Humor so sagen. Vielleicht gibt es dort auch gar keinen Begriff für schwarzen Humor. Vielleicht weil der englische Humor immer schwarz ist? Vielleicht heißt dort schwarzer Humor einfach nur *humour* und es gibt außerdem einen *white humour*, für vollkommen harmlos daherkommenden und bei niemandem aneckenden Humor. Beispiel gefällig? Kommt ein Buslenker zum Arzt und sagt: »Können Sie mal meinen Stuhlgang rundmachen, der Durchmesser muss gebrochen sein.« Daraufhin der Arzt: »Mein Kollege kommt gleich, ich bin hier lediglich die Prognose.«

Zugegeben, eben gerade selbst ausgedacht, aber total lustig, ultrakomisch, wenn nicht gar megawitzig, und doch wird hier auf niemandes Kosten gelacht, wenn »niemandes« überhaupt der Genitiv ist von »niemand«, und nein, ich habe das nicht gegugelt. Ich finde, wer zu allem und jedem irgendeine elektronische Suchmaschine befragt, der hat ein gutes Stück seiner Persönlichkeit bereits an der Garderobe abgegeben. Der ist zu, na, sagen wir ruhig, einem Zwölftel bereits ein Roboter geworden, was jetzt auch nicht weiter schlimm wäre, ich habe nichts gegen Roboter, Roboter machen schließlich unser Leben schöner, Roboter werden in Zukunft sämtliche Arbeit für uns verrichten, und das alles, ohne davon depressiv zu werden, aber ich könnte mich eben auch niemals in einen Roboter verlieben. Ja, is so! Deshalb für alle, die darauf warten, dass ich mich in sie verliebe – bitte keine elektronischen Suchmaschinen mehr benutzen, jedenfalls nicht so häufig. Gut, sagen wir immer. Außerdem muss ich natürlich betonen, dass ich bereits vergeben bin, das hat mir meine Freundin aufgetragen, dass ich das betonen soll. Meine Freundin, die im Übrigen ständig was an mir herumzunörgeln hat, mal stinke ich ihr zu sehr, dann wieder esse ich zu viel, oder ich liege immer nur da und sage kein Sterbenswörtchen. Mann-O-Meta! Den lieben, langen Tag nörgelt die an mir herum. Trotzdem, ich liebe sie. Sehr. Ich werde mein ganzes Leben mit ihr verbringen, vorerst, und die ewige Nörgelei aushalten und nach 70 Jahren dann zurückblicken können auf eine Zeit, in der es sicher auch schöne Momente gegeben hat. Darauf freue ich mich schon lange. Auf das Zurückblickenkönnen.

Ich will ja mal ins Heim. Ich will in so ein Altersheim, wo sie alles für einen machen. Wo man gewaschen wird, wo einem die Zähne geputzt werden, und man muss nichts dafür tun. Man kann einfach den lieben langen Tag auf dem Sofa liegen und kein Sterbenswörtchen sagen, trotzdem müssen die einen da waschen. Muss man natürlich dann auch so tun, als ob man gar nicht anders könnte, sicherlich, aber, da bin ich ganz optimistisch, das schaffe ich schon. Klar, dass das auch bezahlt werden muss, das ist sonnenklar. Selbstverständlich. Aber erstens hoffe ich mal, dass in näherer Zukunft die Menschen ganz schnell schlau werden, von ihrer hirnverbrannten »Arbeit-für-alle«-Mentalität wegkommen, die der Menschheit wie ein Klotz sisyphusischen Ausmaßes am Bein hängt, und zweitens habe ich ja Kinder, denen ich schon immer ein guter Vater gewesen bin (»Halt's Maul, Gör, das hier ist ein Lesebühnentext!«) und denen es deshalb ein diebisches Vergnügen bereiten wird, meinem Wohlbefinden zur Ehre finanzielle Opfer zu erbringen.

Wie schnell das Leben vorbeigeht ist schon irgendwie der pure Wahnsinn. Eben kam man noch nicht mal an die Schublade ran, wo die Zigaretten drinliegen, und morgen schon pullert man wieder ins Bett. Eigentlich, da bleibt einem doch lediglich eine extrem kurze Frist nur dazwischen, wo man wirklich mal Zeit hat, sich Gedanken zu machen über pubertierende Mädchen, die nicht wissen, was sie einem antworten sollen.

Solidarität jetzt!

Die Pleite von Griechenland bewegt mich sehr, momentan. Ich kann schon fast gar nicht mehr schlafen, so sehr bewegt mich die Pleite von Griechenland, momentan. Ich meine, es muss doch auch eine andere Lösung noch geben, als dass sie in einem fort unser Geld kriegen. Ich meine, das ist ja auch unser Geld, irgendwie, und ich meine, wir haben uns das ja nicht nur durch Rumliegen erworben. Wir haben uns das ja verdient.

Immerhin, ich muss ja auch an später denken und an ein Gartengrundstück. Wir wollen doch ein Gartengrundstück. Wie Emil Pelle. Ein schönes Gartengrundstück. Es müssen gar keine 2.000 Quadratmeter sein, den Anspruch haben wir gar nicht. 1.000 würden schon genügen. Möglichst etwas weiter draußen, an einem See, aber gut erreichbar und mit netten Nachbarn, die man selten sieht. Kinderfreundlich, aber ohne Kinder und ohne Hunde oder Katzen oder so was, und ohne Nadelbäume. Gepflegt, aber nicht so künstlich. Natürlich gepflegt und mit einem kleinen Häuschen drauf. Es muss gar nicht groß sein, das kleine Häuschen. Zwei Schlafzimmer wären schon schön, sind aber keinesfalls Bedingung. Man kann schließlich auch im Wohnzimmer schlafen. Mal. Der Zustand ist wichtig. Es darf nicht stinken, das Häuschen. Alles sollte funktionstüchtig sein und auch mit Dusche und Küche und so. Wir dachten da an was Längerfristiges. Kaufen oder Pachtvertrag. Pachtvertrag über mindestens zehn Jahre. Wir sind ja nicht mehr so sprunghaft, und dieser Lärm in der Stadt, der ist ja auch ganz schön anstrengend. Da können sich die Griechen ja gar kein Bild von machen, also die Griechen in Griechenland, die andern Griechen natürlich schon. Die Griechen, die hier sind. Die Gemüsehändler und die Restaurantbesitzer. Aber die haben wahrscheinlich gar keine Zeit für einen Garten, weil sie ja immerzu nur arbeiten. Es sind ja gar nicht alle Griechen faul. Nein! Das ist ein weit verbreitetes Vorurteil. Die Griechen zum Beispiel, die hier ihre Restaurants aufgemacht haben, »Akropolis«, »Delphi«, »Syrtaki«, es gibt ja sehr viele Restaurants mit wohlklingenden Namen, die arbeiten ja oftmals sieben Tage die Woche und machen nur einmal im Jahr Urlaub. Könnte man natürlich sagen, genau diese Griechen bräuchten die Griechen jetzt dort, in ihrer Heimat, damit sie mal mit Hand anpacken, so wie wir das nach dem Krieg ja auch gemacht haben. Ich meine, es war ja alles kaputt, nach dem Krieg, hier in Deutschland. Davon macht sich ja gar keiner mehr eine Vorstellung. Da hätten wir natürlich auch rumjammern können, und hier, Generalstreik oder so was, aber das liegt wohl nicht in unserer Art. Sind eben verschieden, die Menschen, wer wollte das leugnen. Die einen jammern rum, die anderen krempeln ihre Ärmel hoch. Wir haben damals eben in die Hände gespuckt, und dann, mit einem fröhlichen Lied auf den Lippen, ging alles gleich viel besser. Den ganzen Schutt haben wir weggeräumt und diese fürchterlichen Hinterlassenschaften, die uns dieser Hitler beschert hat. »Hitler gegen Stalin«, so titelte ja der Spiegel, »Bruder Todfeind«. Es gibt immer wieder böse Menschen, daran wird sich auch leider nie etwas ändern.

Das aber ist noch lange kein Grund, die Köpfe hängen zu lassen. Gerade deshalb könntet ihr Griechen euch ein Beispiel nehmen. Wir waren ganz tief unten – und heute? Wo sind wir heute? Wir sind die »Lokomotive Europas«, wie neulich der Völkische Beobachter schrieb, oder war es die FAZ? Geschafft aus eigener Kraft. Alte deutsche Tugenden, liebe Hellenen, gepaart mit dem Zeitgeist der Moderne, so lautet die Zauberformel, die auch euch über den Berg helfen kann. Lasst das Streiken mal für 'ne Weile sein. Verzichtet einfach auf Löhne, Urlaub, Sozialversicherung und diese ganzen Fortschrittsbremsen, und außerdem nehmt euch ein Beispiel an den Sportvereinen. Es gibt unter

Garantie doch genügend international agierende Unternehmen, die interessiert daran wären, sich, sagen wir mal, den Namen eurer Hauptstadt zu sichern. Man könnte Athen bestimmt für eine siebenstellige Summe die nächsten zwei, drei Jahre in VW umbenennen, Thessaloniki könnte Sony heißen und für die bekanntesten Inseln fände sich sicherlich auch ein Namenssponsor. Samsung-Tempel Akropolis? Warum nicht? Und erst eure Speisen. Adidas-Gyros mit Esso-Zaziki und einem Glaserl BASF-Retsina, da freut sich doch jeder wie Bolle auf den nächsten Urlaub in … ja, wer sagt denn überhaupt, dass Griechenland für alle Zeiten Griechenland heißen muss? Burkina Faso nannte sich schließlich auch mal Obervolta. Warum soll Griechenland sich dann nicht in … Facebook umbenennen dürfen? So lange die das bezahlen?

Fände ich eine Überlegung wert. Und falls ich euch jetzt in Verlegenheit gebracht haben sollte, spart euch den Dank. Wir Deutschen haben schließlich schon immer gerne geholfen. Überall auf der Welt.

Kein Tag wie jeder andere

15 Uhr. Bin gerade aufgestanden. Habe noch so'n Ohrwurm drin, von den Stones: »... nä, nä, nä, nä, nä, nä, fucking holy devil shit, nä, nä, nä, nä« oder so ähnlich. Na, vielleicht isses auch von Elvis oder den Beatles. Oder von Nena. Quatsch, die singt ja deutsch.

Muss mir erstmal 'n Kaffe machen. Schön stark. Zwei Zentner Rondo, 'n Eimer Zucker rauf, und ordentlich heiß Wasser rübergießen. Umrühren, fertig. Aaah. Das schmeckt. Schlüpper könnt ich auch mal wieder waschen. Ob die Nachbarin das sieht, da drüben, im Hinterhaus, dass der dreckig is? Die arme Frau. Den ganzen Tag steht sie am Fenster und guckt, ob's was zu gucken gibt. Huhu! Wahrscheinlich, wenn ich auf die tolldreiste Idee käme und mir Gardinen vor die Fenster hinge, würde die sich schon morgen umbringen. »Kummer, ohohoho, Kummer«, aber keine Angst, meine Beste, ich steh nich auf unnötige Plackerei.

Mal gucken, ob was im Terminkalender steht. Hmm, was haben wir? Februar. Februar, Februar, Februar ..., gar kein Februar da. Ach doch, hier. Na bitte, steht noch gar nichts. Muss ja erst im Juni wieder hin, zur Sachbearbeiterin. Frau Guthorst. Lustiger Name, oder? Klingt wie 'ne Mischung aus Gutmensch und Horst, bloß das Mensch fehlt. »Frau Guthorst, bei Ihnen fehlt das Mensch.« Würde die wahrscheinlich sowieso nicht verstehen, rüstige Jungfer. Na, gibt sich ja Mühe. Redlich, redlich, doch, doch. Die nimmt ihren Beruf ernst. War wahrscheinlich mal FDJ-Sekretärin bei der Stasi früher und freut sich jetzt, dass sie, toi, toi, toi, endlich im neuen System angekommen ist. Ach, ich gönn's ihr. Jedem Tierchen sein Plessierchen, oder wie das heißt. Was heißt eigentlich »Plessierchen«? Plätzchen? Und warum sagt man dann nicht gleich Plätzchen? Jedem Tierchen sein Plätzchen? Weil sich's nicht reimt, klar. Jedem Spätzchen sein Plätzchen. Aber Spatzen sehn ja alle gleich aus. Tierchen steht da wahrscheinlich, weil Tierchen unterschiedlich sind. Spinne, zum Beispiel, und Elefant. Total unterschiedlich. Oder Blauwal und ... Giraffe. Was an denen unterschiedlich sein soll? Der Blauwal hat keinen Hals. Ganz genau, und trotzdem hat ein jedes von ihnen, so unterschiedlich sie auch sein mögen, seinen Platz gefunden. Vorerst jedenfalls. Ob der Beutelwolf wirklich ausgestorben ist? Also wird ja immer wieder berichtet, dass Touristen einen gesehen hätten. In Australien. Klar, wo auch sonst. Wäre schon 'ne ziemliche Sensation ... aber ich will da gar nich hin. Nee, das würde auch meinen ökologischen Fußabdruck voll versauen. Mit dem Flugzeug, die weite Strecke, bis Australien. Und bloß um den Beutelwolf zu finden. Wasch mich auch nur noch einmal die Woche. Und den Kaffeepott, dis Zeug da drin, dis muss man bloß trocknen lassen und dann ausklopfen. Freuen sich die Blumen. Die wachsen dann schneller. Topfblumen. Will ich mir auch wieder welche zulegen. Im Frühling. Geh ich in' Wald und buddel was aus, was zu mir passt. Was Robustes. Einen Dornenbusch oder so. Is auch gut gegen Einbrecher. Obwohl, was wollen die bei mir schon klauen? Also, demjenigen Einbrecher, der wirklich mal den Fehler begehen sollte, bei mir einzubrechen, also, dem werde ich in Zukunft sowieso lieber aus dem Wege gehen. Der is dann bestimmt sauer auf mich.

Übersichtlich, könnte man sagen, so sieht es bei mir aus. Ich benötige nicht viel. Frau Guthorst fragt ja auch schon immer, ob ich denn klarkomme. Klar komme ich klar! Was braucht der Mensch: Tisch und Stuhl. Sitzen kann man auch auf 'ner Matratze.

Steht immer noch da und guckt. Ob die 'nen Mann hat? Vielleicht ja so einen, der ständig arbeitet und seiner Frau aber nicht erlaubt, die Wohnung zu verlassen. Soll's ja geben. Stand zumindest in der Zeitung. Aber warum die Frauen sich das gefallen lassen? Also, ich würde abhauen. Einfach weggehen. Rucksack auf, Schlüssel ins Klo und runtergespült. Und tschüss! Auf Nimmerwiedersehen. Keinen Abschiedsbrief und so'n Plunder. Die Mühe is der Typ gar nicht wert. Nich dassa sich nachher noch wichtig vorkommt. »Ich war mal mit einer zusammen, die hat mir sogar 'nen Abschiedsbrief geschrieben.« Nee. Der soll nicht wissen, wieso und warum. Der soll sich mal ruhig Fragen stellen.

Was die wohl denkt, während sie da so steht und hier rüberguckt? Hofft sie vielleicht auf irgendwas? Oder langweilt sie sich nur? Bin ja noch 'ne gute Partie, im Prinzip. Wenn ich mich mal rasieren würde und 'n sauberen Schlüppa anzieh. In den besten Jahren. Sagt Frau Guthorst auch immer. »Sie können noch so viel aus sich machen.« Mann, die hat echt 'n Rad ab!

Der am Fenster kann man so leicht bestimmt nichts vormachen. Die hat garantiert schon so einiges erlebt. Auch die Schattenseiten des Lebens, klar. Sieht älter aus, als sie is. Keinen Tag über 50, würd ich schätzen. Hübsches Gesicht. Kann den Typen schon verstehen, den Verbrecher.

Ob sie mein Augenzwinkern bemerkt hat? Scheint so. Lächelt irgendwie angewidert und zieht die Gardine zu. Na ... eben nich. Is ohnehin kein Platz mehr, in meinem Leben, Baby. Hätte auch sowieso nich funktioniert, auf Dauer.

Gar keine Frage

»Was ihßen in der Leberwurstpasteten drin?«, fragt der kleine Bub beim Frühstücksbuffet im Jugendhostel der ARGE in Salzburg/Österreich. Wenn ich jetzt »Da is Leberwurst drin!« rüberbrülle, hätte ich meine Rolle als unerträglich vorlauter Piefke nahezu perfekt erfüllt. Hätte, wäre, könnte, wir sind hier nicht beim Film. Die Eltern des fragenden Zwerges jedenfalls reagieren erst gar nicht.

Es gibt keine dummen Fragen, es gibt nur dumme Antworten, hat Lenin mal gesagt. Vielleicht erinnern sich die Erzeuger ja an diesen Spruch und wissen, sie können vor den Augen der Weltöffentlichkeit nur verlieren. Oder Ohren. Oder Jesus. Also, ich meine, vielleicht war der Spruch ja gar nicht von Lenin gewesen, sondern von Jesus. Könnte doch sein. Im Osten haben sie wahrscheinlich alles, was halbwegs intelligent klang, dem Herrn Lenin untergejubelt. War ja auch der einzige sowjetische Politiker, der in der DDR verehrt werden durfte, also mal abgesehen vom aktuell amtierenden Generalsekretär der KPdSU natürlich, aber sobald dieser aus seinem Amt gestorben war, kam ja immer heraus, dass er irgendwelche Fehler begangen hatte, und deshalb musste er selbstverständlich hurtig aus der Geschichtsschreibung radiert werden, denn wie sollte man heranwachsenden Generationen von Parteisoldaten plausibel erklären, dass der amtierende Generalsekretär schon alles richtig entscheide, wenn sämtliche bisherigen Generalsekretäre Fehler über Fehler gemacht hatten, am laufenden Band. Weg damit! Und da ja aber der Große Bruder, das Mutterland des Sozialismus, nicht gänzlich unpersonifiziert stehen gelassen werden konnte, darum gab es eben Lenin. Und deswegen war Lenin auch nicht nur ein Revolutionsführer, dessen Revolution erfolgreich gewesen war und der sich danach ein paar Jahre an der Spitze des Staates halten konnte, sondern der Übermensch schlechthin. In ihm vereint: Entschlossenheit, Weisheit, Güte, Humor, Durchsetzungskraft, Nachdenklichkeit ... sexy sein musste man damals noch nicht, sonst hätten sie da sicherlich auch noch was hingeschustert. Lenin erinnerte die, die sich auskannten, an Jesus Christus. Den Leibhaftigen von Nazareth. Es gab sogar vergleichbare Anekdoten: Da hilft unser guter Wladimir Iljitsch Uljanow ratlosen Kolchosbauern, oder er telefoniert mit einem Bürger, dessen Fahrrad geklaut worden ist, und schwuppdiwupp, am nächsten Tage, stehen zwei da. Zwei Westfahrräder. Nein, aber schon paradox, ich weiß nicht, ob es das häufig gegeben hat, in der Geschichte der Menschheit, dass ein Volk rebelliert und die Bürger, welche gegen die Tyrannei auf die Straße gehen, denjenigen verehren, der diese Tyrannei einst schuf. Jedenfalls wurde das Porträt Herrn Lenins auffällig oft bei Demonstrationen in der Wendezeit spazieren getragen. Konnten sie stolz drauf sein, die Agitateure und Propagandisten kommunistischer Vergangenheit, da hatten sie mal was richtig gemacht, da hatten sie ganze Arbeit geleistet. Mich aber würde es nicht wundern, sollte sich irgendwann herausstellen, dass es auch einen Lenin nie gegeben hat, so wie sich das bei Jesus Christus ja ebenfalls herausstellte, was aber letzten Endes natürlich völlig unerheblich ist, da sich wahrer Glaube nicht erschüttern lässt, durch Nebensächlichkeiten wie Sein oder Nichtsein. Gar keine Frage.

In Salzburg übrigens verkehren Trolleybusse, Oberleitungsbusse, elektrisch betriebene, genauso wie in Sankt Petersburg, jener russischen Stadt, die zu Sowjetzeiten Leningrad hieß, und in meinem Kaffee, da schwimmt ein Insekt. Wer weiß, vielleicht hat der Bub ja auch ein solches in seiner Leberwurstpasteten entdeckt. Schon ganz gut, dass ich mich zurückhielt, vorhin.

Vorfreude, schönste Freude

(meine Familie kann darüber schon lange nicht mehr lachen)

Schenken tät ich gerne,
wüsst ich doch nur wie
man mit Freude schenkte,
und mit Ironie.

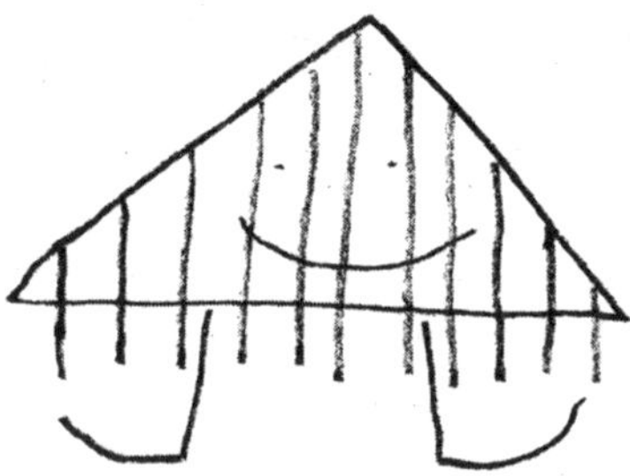

Das lustige Dreieck in den siebziger Jahren. (Hände hat es in den Hosentaschen)

Seltsame Sachen

Jetzt beginnen sie wieder zu wandern, die Erdkröten. Der Frühling naht, heihoppsassa! Bei einer Lesung in Morgenröthe-Rautenkranz, dem Geburtsort des ersten Kosmonauten deutscher Bauart, der im Februar 1956 mit einer selbst gebastelten Shiguli-Rakete aus Duroplast zum Mars und wieder zurück flog, entdeckte ich auch schon eine frisch geschlüpfte Fruchtfliege. Sie umkreiste in Ellipsen das Mikrofon, und ich dachte: ›Mein lieber Scholli, die is ja frech. Aber auch süß.‹

Fruchtfliegen sind ja meine Lieblingstiere, noch vor Seegurken und Erdkröten. Ja, ich weiß, weiße Fohlen oder Tigerbabys sehen niedlicher aus, und Kampfhunde sind stärker und Tintenfische intelligenter, die können ja sogar Dosen aufschrauben, die Tintenfische, wenn man ihnen einen Dosenöffner in die Hand drückt, aber trotzdem. Fruchtfliegen sind so unwahrscheinlich leicht. Unwahrscheinlich leicht und unwahrscheinlich luftig. Einem feucht-fröhlichen Tanze gleicht ihr Hüpfen durch den Raum. Als hätten sie einen in der Krone.

Heute hat ja kaum noch einer einen in der Krone. Die Menschheit zumindest wendet sich pöh a pöh ab von den Drogen. Sie wird vernünftig, die Menschheit. Immer häufiger höre ich jemanden sagen: »Ach nö, 'n Bier, was soll ich denn mit 'nem Bier? Bier macht doch immer so bierselig. Gib mir lieber 'n alkoholfreies Bier.« Oder auch: »Och, 'n Zigarettchen, was soll ich denn mit 'nem Zigarettchen? Dis macht doch Falten.« Dabei kommen Falten keineswegs vom Rauchen, sondern man bekommt Falten, wenn man älter wird, oder wenn man mal nachdenkt. Nachdenkerfalten, sagt man ja nicht umsonst.

Besonders im Frühling denke ich ganz gerne mal nach. Bei einem schönen Kippchen und einer Vase voll Bier. Das nämlich ist Kultur, meine Damen und Herren, liebe Kinder! Schweinsbraten aufm Tisch, umgebundenes Lätzchen und ein Gebet. Appenzeller Korn und ein schönes Opium-Pfeifchen zum Feierabend. Sicherlich, es gibt auch Menschen, die nicht mehr beten, bei Tisch. Es gibt ja mittlerweile selbst Menschen, die nicht mehr an Gott glauben. Oder die glauben, Gott wäre eine Frau oder so'n Quatsch. Aber wenn sie dann sterben, dann haben sie Angst, diese Trottel. Na ja. Die werden sich schon noch umgucken, wenn sie dereinst an der Pforte stehen sollten, der himmlischen, und Petrus sie auffordert, erst mal 'n Hieb zu nehmen. »Aba uff ex!« Kann man sich dann ja entscheiden, ob man lieber »Haben Sie denn auch Bionade-Litschi?« fragt und das Risiko in Kauf nimmt, als wiedergeborenes Tigerbaby auf die Erde zurückgeschickt zu werden, in den Hamburger Zoo, die wahrhaftige Hölle, oder ob man seinen Prinzipien pöh a pöh untreu wird. Also ich wüsste, für was ich mich entscheiden würde. Aber ich habe ja auch gar keine Prinzipien. Ich habe aber einen Holzpapagei. Ja, habe ich schon mal erzählt, ich weiß. Aber das war im Herbst. Da gab es noch gar keine Fruchtfliegen, keine neuen. Da waren das noch alte.

Wo ich mir jetzt den Holzpapagei noch mal so angucke, muss ich sagen, ich glaube, das ist gar kein Holzpapagei. Ich glaube, das ist ein Holzspecht. Bloß der Schnabel ist abgebrochen. Deswegen dachte ich erst, dass das ein Holzpapagei wäre, wegen dem abgebrochenen Schnabel, oder wegen des abgebrochenen Schnabels, oda wejen den abjebrochinen Schnabil, aber welcher Holzpapagei trägt schon eine Schirmmütze? Nee, muss ein Holzspecht sein. Ein brauner Holzspecht mit blauer Schirmmütze und abgebrochenem Spechtschnabel.

Früher haben wir im Kindergarten ja immer gelernt, Spechte würden klopfen. Dis seien so die Geräusche der Spechte. Der Frosch quakt, die Ente … quakt und der Specht klopft, aber dis is ja gar nich mal so. Der schreit ja eher, der Specht. Also im Wald, da schreit der ja eher. Wenn man mal im Wald ist, und man hört so Schreie, dann ist das quasi immer ein Specht. Wie oft wurde schon die Polizei geholt, das ist ja schon sehr oft passiert, und da müssen die ja auch immer kommen, die können ja nicht einfach sagen: »Ach, is bestimmt bloß wieda so'n Specht, der schreit«, weil, einmal isses dann vielleicht kein Specht, und dann nämlich haben sie den Salat. Dann heißt es wieder: unterlassene Hilfeleistung, Ähnliches.

Stelle mir gerade vor, wie ich im Wald in so einem riesigen Spinnennetz hängenbleibe, und das Einzige, was ich noch kann, ist Schreien. Ich schreie also und schreie und eine Familie aus Neustadt an der Dosse, die hört das sogar. Sie suchen Moos, weil ihre Tochter für den Unterricht ein Diorama bauen soll, aus Moos, und da hören sie meine Schreie und der Sohn sagt: »Papa, das ist ein Mensch«, und der Papa aber sagt: »Nein, nein, mein Sohn, es ist ein Specht. Spechte klopfen nämlich nicht nur, Spechte stoßen auch Rufe aus, die sich manchmal anhören können wie die Schreie eines Menschen.« Und er streichelt ihm liebevoll über den Kopf, weil es doch immer so süß ist, wenn Kinder seltsame Sachen sagen.

Wenn Erwachsene seltsame Sachen sagen, findet man es dagegen verstörend, meist, oder auch unheimlich. Deswegen halte ich zuhause lieber meinen Mund. Zahnschmerzen, ich habe dann Zahnschmerzen.

Zwiegespräche mit Gott – heute: Hier die, wir da

A: Na Gott.
G: Na.
A: Na, den Supatjusdej afolgreich übastanden, Gott?
G: Den Supa... wat?
A: Den Supatjusdej. Tjusdej heißt Dienstach, Gott. Und supa heißt sowat wie ...
G: Ick weeß, wat supa heißt.
A: Ach ja? Wat denn?
G: Supa würd in eure Umgangssprache als Steigerungsform benutzt oda ooch als Asatz für toll, spitze, prima oda geil.
A: Geila Dienstach, wa? Weeß nich, Gott, ob sich die Teefeten-Bewegung inne USA üba die Übasetzung freun würde.
G: Ick pasönlich vawende ja andire Steigerungsformen.
A: Welche denn? Ultra?
G: Nee.
A: Mega?
G: Nee.
A: Töfte?
G: Nee.
A: Doch nich etwa knorke?!
G: Nee. Ick sage janz simpil schön, sehr schön, sehr, sehr schön, und wennick etwas würklich sehr, sehr, sehr schön finden sollte, denn sagick ooch schon ma wundaschön.
A: Geil.
G: Du bist ordinär.

A: Kommt, weilick uffe Straße uffjewachsen bin, Gott. Ick bin ehmd nich mit Rosenwassa jepudat worden, als Piepil. Wir mussten uns in' rauen Wind von Ostberlin durchsetzen, wo it von Schlägan, Suffis und Sachsen nur so wimmilte. Hättiste da eenma nur jesacht: »Oh, deine Nietenhose is aba würkich sehr, sehr schön«, ja, ej, denn wärste glei mit Karacho in nästen Dornenbusch jeflogen und zwah achtkantich.

G: Sachsen?

A: Jabit. In Marzahn, zu den die Westla heute Mahrzan sagen.

G: Und wat wah so schlümm an die Sachsen?

A: Dit wahn die Schwaben von damals, Gott.

G: Und wat is so schlümm an die Schwaben?

A: Dit … vastehste nich, Gott.

G: Allahdings nich, nee!

A: Kiek ma, dit jibt imma welche, die schuld sind, uff die man mit 'n Finga zeigen muss, weil se komisch sprechen oda andas aussehn.

G: Schwaben sehn andas aus?

A: Na, ob wohl ma!? Jeh ma unta die Leute, Gott. Ej, ick meine, dit siehste doch schon zehn Meilen jegen Wind, wer Schwabe is und wer nich.

G: Woran?

A: Na, weil die viel bessa aussehn als wie wir. Weil die viel bessa anjezogen sind und jepflegta, und die riechen ooch imma so jut. Janich nach Schweiß, und is ooch imma allit janz bei die und janich kaputt, und uffin Kopp hamse Frisuren und nich nur so Haare.

G: Neidkomplex also.

A: Neid? Würdick einklich nich sagen. Nee, ick gloob, dit is, weil, man grenzt sich ebend ab, ooch jetz wegen die Globalisierung und so, da schafft man sich denn ehmd so'n Heimatjefühl, vastehste? So, hier die, wir da, weeßte?

G: Wie mit die Nazis und die Nega.

A: Komm! Also, dit is ja wohl ma wat janz Andiret! Dit kannste ja wohl nu echt nich vagleichen! Als oppick 'n Rassist wäre, oda wat?!

G: Habick nich behauptit. Du bist … heimatvabunden?

A: Da komm wa die Sache schon näha. Aba Berlin, Gott, nur Berlin! Und … ooch Schwahze sind in Übrigen Berlina.

G: Nur die Schwaben nich.

A: Nee, die nich! … Doch, Gott, die ooch.

G: So … richtich?

A: Schon. Also, müssen sich aba ooch integriern wollen, wa? Dit is ma schon klah.

G: Sich seltena waschen, meinste? Fleckige Jogginghosen anziehn? Und alle vier Wochen dit Jestrüpp von Kopp schern?

A: Integratjon, Gott, is keene Einbahnstraße.

G: Karl Marx?

A: Mitt Romney, gloobick. Tschüss Gott.

G: Tschüss du.

A: Ach … Gott?

G: Ja?

A: Schicke Hose haste an.

G: Hmm. Habick mir letzte Woche jekooft. In Stuttgart.

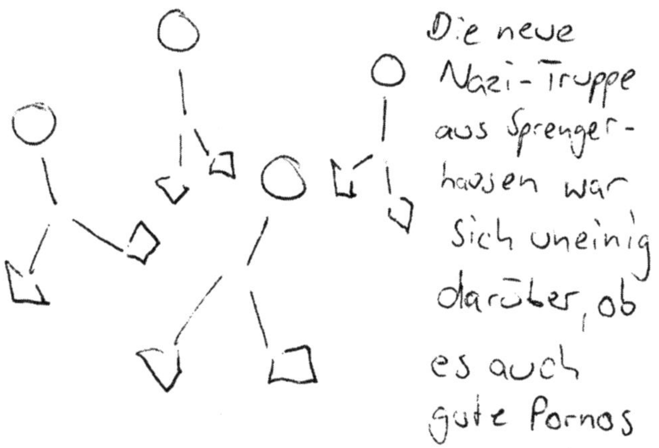

Der Kampf geht weiter

97% der zwischen 12 und 18-jährigen Jugendlichen wollen später mal Spießer werden. So jedenfalls ermittelte es das renommierte Regensburger Franz Josef Strauß-Institut für objektive Meinungsforschung im Auftrag des Osnabrücker Landkuriers. 97%. Eine ganze Menge, finde ich. 2002 waren es ja lediglich 93% und im Jahre 1982 gerade einmal 76% der Jugendlichen, die angaben, später einmal Spießer werden zu wollen. Ich finde das sehr bedenklich – darüber hinaus deckt es sich leider mit meinen eigenen Beobachtungen.

Zwei 15-Jährige leben ja bei mir zuhause in der Wohnung. Was weiß ich warum, kann sein, ich bin deren Vater, oder Petra is die Mutter oder Yvonne oder Irina oder Jenny. Oder eine von denen, die hier früher mal gewohnt haben, hat vergessen sie mitzunehmen. Weiß nicht. Weiß lediglich, dass ich mit ihrer Entwicklung nicht zufrieden bin. Nicht zufrieden sein kann! Immer kommen sie frisch geduscht, gekämmt und zähnegeputzt zum Frühstück, zu dem es Vollkorntoast gibt und Milch und Tofumarmelade, und das mit 15! Damals gab's bei mir ja lediglich Selbstgedrehte. Und runtergespült wurde mit Fusel. Fusel ohne Etikett. Und dann ging's nich in die Schule, sondern ab zur Demo, Bullenschweine verdreschen. Ja, ich weiß, war nich richtich, aber die würden heute eben auch garantiert keinen Vietnam-Krieg mehr gewinnen, mit ihrem Vollkorntoast und ihrem Klassikradio zum Frühstück. Wenn ich das schon höre! Didel, didel, dei. Da könnt ich kotzen! Kotzen könnt ich da. Da könnt ich eine gepflegte Pizza auf denen ihren akkurat gedeckten Frühstückstisch reiern. »Papa, warum kaufst du eigentlich nie Blumen?« »Ich heiß nich Papa, Mann, und Blumen sind dazu da, um der gefallenen Kameraden zu gedenken. Die wachsen nich zum Spaß!« Didel, didel, dei. Kamman sich ja gleich mit 'nem Sudoku-Heft in den Ohrensessel setzen und sterben. Hauptsache die Achseln sind rasiert, wa?!

Ich versteh die nich. Anstatt sich der Große mal freut, wenn er mit 'ner Fünf nach Hause kommt, aber nee, da büffelt er dann in seinem Zimmer, Stunde um Stunde und für was? Damit er beim nächsten Mal 'ne Zwei kriegt? Damit er später mal studieren kann? Damit er irgendwann mal einen guten Arbeitsplatz erhält?

Dafür also habe ich mein Leben lang den Buckel hingehalten. Dafür hab ich ihm die ganzen Freiheiten erkämpft, die er nun links liegen lässt. Verzerrte Gitarrenmusik. Einen guten Joint. Die Pille. Das Du.

Meine Güte, er könnte sich doch problemlos die Kante geben und stocksteif vor 'n Altar pissen. Damit könnte ich verständnisvoll umgehen. Ich würde zu ihm halten. Auf mich könnte er zählen. Soll der Pfaffe mal kommen. Alta, haha, das wär ein Spaß! »Wir kaufen nichts«, würde ich dem flüstern und ihn dann achtkantig rausschmeißen. Nur zusammen sind wir schließlich stark.

Was die immer für glänzende Augen kriegen, meine gutfrisierten Halbschwachen, wenn sie so 'ne fette Schrottscheese sehen, von den Bonzenschweinen in unserer Gegend. Und wenn ich laut »Abfackeln!« brülle, dann gucken sie verschämt weg und tun so, als würde ich nicht zu ihnen gehören. Mercedes-Sterne knicken, Rückspiegel abtreten, in offene Cabrios urinieren, ich meine, es gibt doch so viele schöne Dinge, die man in seiner Freizeit veranstalten kann. Man muss nicht immer erst bei Wikipedia recherchieren, um sich ein »Die Meinungsfreiheit sollte schon geschützt bleiben« abzuringen. Und ist es nicht pervers, dass sie einerseits ihre Schamhaare rasieren und sich andererseits nicht trauen, nackig baden zu gehen? Dafür aber planen sie bereits Familien, planen wie viele

Kinder es werden sollen. »Ist euch aber schon klar, wa, dass man sich dazu vorher ausziehen muss?« Mann, Mann, Mann. Wenn ich da an uns denke! Wir sind ja sogar nackig zur Schule gegangen. Gab's ehmd 'n Tadel, na und?

Vielleicht ist es ja auch vollkommen falsch, dass wir die Kinder nicht mehr schlagen? Vielleicht benötigen sie ja eine verhasste Autoritätsperson, gegen die sie aufbegehren können? Vielleicht sollte sich jede Generation ihre Freiheiten neu erkämpfen müssen? Ich meine, kann doch sein, die Eltern von früher wollten ihre Kinder gar nicht schlagen. Vielleicht überwanden sie lediglich ihren Ekel vor der häuslichen Gewalt, weil sie wussten, es würde das Beste für den Nachwuchs sein. Arme Eltern von früher. Armer Nachwuchs von heute. Ach, wie gut wir es dagegen doch hatten. Und haben. Vor allem haben!

Wenn ich mich jetzt zum Beispiel mit einem Kreuzworträtsel in die warme Badewanne setze und fröhlich Schlagermelodien vor mich hin pfeife, dann hat das mit Spießertum nichts zu tun. Dann is das Sarkasmus, Baby! Bitterer Sarkasmus ist das dann. Dann zeige ich dem unter Garantie mitfilmenden Verfassungsschutz nämlich ein hässliches Spiegelbild seiner verkommenen Gesellschaft. Angenehm ist das sicher nicht. Aber notwendig. Leider. Denn: Der Kampf geht weiter!

Crazy

»Fick du« hat ein Wortkünstler an die Fassade eines Hauses der Linienstraße gesprüht. Scheinbar ein Kritiker der Verseuchung deutscher Sprache durch Anglizismen.

Ich habe ja nichts gegen englische Begriffe im öffentlichen Raum. Sage ja selber manchmal »cool« oder «Rock 'n' Roll« oder sogar »super«, wobei ich mir bei »super« nicht mal sicher bin, ob das überhaupt aus dem Englischen stammt. Vielleicht ist das auch Latein? Oder Alt-Griechisch? Wem was gefällt, der sollte das ruhig auch benutzen dürfen, da gehe ich vollkommen konform mit Franz Beckenbauer oder Mario Barth oder dessen Ex-Frau, die ich auch sehr mag. Roswitha heißt die, wenn ich mich nicht irre.

Viel mehr stört mich ja das Glockengebimmel der Kirchen. Da kriege ich regelmäßig einen Riesenschreck. ›Huch!‹, denke ich da immer, ›Ist es etwa schon so spät?‹, und dann ist es aber noch gar nicht so spät, meistens, sondern viel früher. Viertel zwei oder dreiviertel sieben, und da ich in der Schule nicht richtig aufgepasst habe, warum an welchen Tagen die Glocken bimmeln, vermute ich gleich wieder, dass Weihnachten ist oder Silvester und ich noch gar keine Geschenke habe oder Knaller. Dabei habe ich nie Knaller zu Silvester, aber das muss noch irgendwie in meinen Genen drinstecken. Wahrscheinlich haben meine Vorfahren immer Knaller gekauft oder die Vorfahren meiner Vorfahren oder deren Vorfahren, die Urmenschen. Ja, weiß ich selber, dass es da noch kein Geld gab. Kein Geld und keinen 1. Mai und auch keinen 2. Mai und kein Silvester. Die hatten ja überhaupt noch keinen Kalender, damals, die Urmenschen. Die sind jeden Morgen einfach, ohne Kalender, aufgestanden und haben erst mal aus ihrer Höhle rausgelinst. Ob die Sonne scheint. Hat sie geschienen, war das gut, hat sie nicht geschienen, war das auch gut. Die hatten noch keinen Zeitdruck, die Urmenschen. Die hatten noch überhaupt gar keinen einzigen Termin. Die haben immer das getan, was ihnen Spaß macht. Ficken, fressen, fernsehen. Ja, das hat damals noch Spaß gemacht! Da war das Programm nämlich noch besser. Da hat man einfach aus der Höhle gekuckt und konnte schön weit kucken. Zumindest, wenn die Höhle oben war, in einem Berg drin. Da war nämlich die Landschaft noch nicht so zubetoniert wie heutzutage, aber wem erzähle ich das. Ihr wisst ja selber, wie zubetoniert heutzutage die Landschaft ist. Mann-O-Meter! Überall Häuser und Autobahnen und Kernkraftwerke, und alles ist verstrahlt, verseucht und verschmutzt bis dorthinaus, weil die Überbevölkerung dauernd Müll macht, klar. Abfälle ohne Ende, jeder kennt das. Kaugummipapier auf dem Bürgersteig, das ist nicht schön. Das ärgert auch mich. Es gab ja mal eine Zeit, in der ich mich noch selber bücken tat, das Kaugummipapier fein säuberlich vom Pflaster las und es akribisch, mit spitzen Fingerchen, in den nächstgelegenen Abfallbehälter hineinbeförderte. Aber das tue ich nicht mehr. Das ist Vergangenheit. Es ist einfach zu viel geworden. Alleine in meiner Straße, wenn ich die bis zur Schönhauser Allee vorlaufe, da müsste ich mich ja mindestens 184.000-mal bücken, grob gerundet, um sämtliche Kaugummipapiere ihrem eigentlichen Bestimmungsort zuzuführen. Das ginge ja schon rein zeitlich gar nicht. Schon um 1997 rum bin ich ja immer viel zu spät gekommen, in meiner verantwortungsbewussten Phase. Da könnt ihr euch sicher vorstellen, ich meine, keine Ahnung, wie viele Jobs ich deswegen bereits verlor. 184.000 werden es nicht gewesen sein, aber fast. Wahrscheinlich, muss ich mal selbstkritisch anmerken, ist es auch meinen damaligen Arbeitgebern nicht immer leicht gefallen, mich immer zu entlassen, kann mir durchaus denken, dass die sich des Öfteren gefragt haben: »Oh, oh, von was soll der jetzt bloß leben, der Tropf?«

Ich war ja ein ausgesprochen guter Arbeitnehmer, eigentlich. Alle Arbeit, die mir gegeben wurde, habe ich auch genommen. Nie habe ich mich beklagt. Und da waren schon manchmal Arbeiten darunter, also, hallo?! Das kann ich euch sagen, Schrauben zählen, zum Beispiel, tagein, tagaus Schrauben zählen, von früh bis abends nur Schrauben zählen. Schrauben hier, Schrauben dort. Schrauben vorne, Schrauben hinten. Schrauben über Schrauben. Ganz viele Schrauben. Einmal, da war ich schon bei über 800 Schrauben angelangt, hatte mich dann allerdings verzählt und musste wieder ganz von vorne anfangen. Bei null! Oder ein anderer Arbeitgeber, der hat mir mal die Arbeit gegeben, unschuldigen Fliegen ihre Flügelchen auszureißen. Keine Ahnung warum, was das jetzt für einen Nutzen bringen sollte. Das weiß ich auch nicht. Da habe ich nie nach gefragt. Man hat mir die Arbeit gegeben, da habe ich die Arbeit genommen. Bringt nichts, sich darüber Gedanken zu machen. Stiehlt einem nur die Zeit.

Ist natürlich Quatsch, dass einem das die Zeit stiehlt. Zeit kann ja gar nicht gestohlen werden. Zeit ist immer. Auch wenn ich sterbe, ist noch ganz viel Zeit. Und wenn du stirbst, auch. Ja, selbst wenn wir alle sterben und die ganze Schohse hier komplett den Bach runtergeht, die Erde explodiert, der Mond platzt und die Aktien erheblich an Wert verlieren sollten, wird es immer noch jede Menge Zeit geben, genauso viel wie früher, im Prinzip, wie in den sechziger Jahren. Nur ist es dann eben nicht mehr ganz so cool hier. Nicht mehr so super. So hip. Crazy!

Leben in der Bude

Wir haben unserer Kleinen ein Haustier gekauft. Sie hat so lange darum gebettelt. Klar, es ist ihr langweilig. Immer sitzen die Eltern nur am Computer und spielen Ballerspiele, der große Bruder hört laute Musik und nimmt Drogen, und die große Schwester darf nicht gestört werden, weil sie sich schminkt. Das ist klar, dass einem da langweilig wird, wenn man sechs Jahre alt ist und unternehmungslustig und so. Und das Fernsehprogramm ist ja auch nicht mehr das Wahre.

Haben wir ihr also ein Haustier gekauft. Eine Kuh. Wir dachten, wenn schon ein Haustier, dann ein nützliches. Eines, das nicht immer nur nimmt, sondern auch gibt. Ich trinke zwar Milch nur im Kaffee, aber ... oh, bemerke gerade, die anderen trinken auch keine Milch, aber egal, weil, man kann ja auch noch Käse machen, aus Kuh, und Joghurt und Schmand und Schlagsahne und Butter und Wurst. Gibt es eigentlich überhaupt etwas, was man nicht aus Kuh machen könnte? Nein. Scheinbar nicht. Die Kuh ist eindeutig und mit Abstand das beste Tier auf der ganzen Welt. Jedenfalls in Europa. Und in Asien. Und in Afrika. Und in Amerika. In Australien war ich noch nicht. Vielleicht gibt es da noch nützlichere Tiere? Das kann sein. Eine Beutelkuh oder so was. Wo die Milch schon in Beuteln raus kommt. Hihi! Stelle mir gerade vor, wie verrückte Wissenschaftler eine Kuh züchten, in deren Verdauungsapparat Wasser kocht. Die könnte man dann mit Kaffeebohnen füttern und dann sprudelte hinten, aus ihrem After, heißer Kaffee raus. Und man könnte sich zur Veredelung am Euter noch selber ein Schlückchen Milch hineinmelken. Dann erhielte *coffee to go* gleich eine vollkommen neue Bedeutung. Aber ist gemein. Die arme Kuh. Kochendes Wasser im Verdauungsapparat, das tut doch bestimmt weh. Da kann man mal wieder sehen, wie böse wir Menschen doch sind, weil, ist zwar bloß so eine Vorstellung gewesen, habe ich mir lediglich ausgedacht, aber wir wissen ja, alles, was sich der Mensch jemals ausdenkt, wird auch gemacht. Da helfen keine Gesetze dagegen, egal ob die Kirche es ächtet, ob mit Krieg gedroht wird oder das Feuilleton es mit Nichtachtung straft – was der Mensch je gedacht, wird gemacht. Die Atombombe, Facebook, Stringtangas. Hässlich, absurd, gefährlich, sinnlos und doch da.

Nein, ich hoffe, dass die Realisierung meiner Vorstellung nicht noch zu meinen Lebzeiten erfolgt. Will nicht erfahren müssen, wie ich als Oppenheimer der Kaffeekuh in die Geschichte eingehe. Dann lieber arm, unbekannt und vereinsamt in Wien sterben. Oder in einem Vorort von Wien. In einer Plattenbausiedlung zehn Kilometer vor Wien, die keinen S-Bahn-Anschluss hat, sondern nur eine Bushaltestelle, wo einmal am Tag ein Bus hält. Was heißt am Tag? Einmal in der Nacht hält ein Nachtbus, um vier Uhr früh und spuckt ein paar Betrunkene aus, die zu weit gefahren sind, darunter auch mich, den armen, unbekannten und vereinsamten Gutmenschen. Ich frage, wo ich überhaupt bin und werde prompt erschlagen. Ein schöner Tod. Schöner jedenfalls, als durch die Talkshows zu tingeln mit einer Kaffeekuh und so Schirmmütze mit Werbung drauf und Jacke mit Werbung drauf und Hose mit Werbung drauf. Ich als Symbol dafür, dass es möglich ist, vom Tellerwäscher zum Millionär, mit nur einer Idee, egal wie bescheuert. Das wäre wirklich schlimm. Sage ich jetzt mal. Weiß ja keiner, was ich in Wahrheit denke. Übrigens gleich der nächste Hammer: 'ne Brille, mit der man Gedanken lesen kann. Da wäre man ein gemachter Mann in jedem totalitären Staat der Welt und natürlich auch in allen anderen Staaten, die sich noch auf dem Weg dorthin befinden. Aber reicht vielleicht fürs Erste mit den bösen Ideen.

Muss sowieso ins Kinderzimmer, jetzt. Die Kleine schreit, weil die Kuh gepupst hat. Auch das nützlichste Haustier ist eben nicht nur niedlich. »Keine Angst, Kleines, ich komme!« Hoffe nur, sie zündet in der Zwischenzeit kein Streichholz an.

So schlümm war der Osten

Ausreisewilliger (1972)

Im langsamen Jahr

Wir waren damals sehr jung, eigentlich, aber eigentlich auch schon wieder ganz schön alt. Von den anderen jedenfalls wussten wir, dass sie es längst miteinander trieben. So richtig. Also mit Reinstecken.

Wir dagegen hatten bisher nur an uns rumgefummelt. Hier ein bisschen gerieben, da ein bisschen mit den Fingern. Ein bisschen geleckt und gestreichelt, geküsst, gezwickt und gerubbelt. Vor allem aber hatten wir geredet. Darüber was werden solle mit diesem Land und mit uns. 1989 war so ein Jahr, wie es sicher nicht viele gibt im Leben eines Menschen. So ein langsames Jahr.

In der Erinnerung kommen mir manche Wochen fast wie Jahre vor. Manche Minuten … na, ich will nicht übertreiben. Wir wollten es tun, endlich. So richtig. Nicht abhauen aus diesem Staat, der, ohne dass wir es ahnten, bereits in seinen letzten Zügen bummelte, nein, wir wollten ficken. Da waren wir uns ausnahmsweise mal einig. Ansonsten hielt ich es eher mit ihrer Mutter, also bei den anderen Themen. Wie was werden solle und so. Bis in die Morgenstunden saßen wir manchmal am Küchentisch zusammen, diskutierten, philosophierten, analysierten und phantasierten, während meine Freundin im Bett längst von besseren Zeiten träumte, zumindest von besseren Liebhabern.

Mit Alkohol ging gar nicht, so viel war uns klar. So ein wichtiges Ereignis im Leben zweier Menschen, das darf doch nicht durch Rauschgift vernebelt werden, oder? Aber ohne Alkohol ging eben auch nicht. Nicht jedenfalls, wenn man so aufgeregt war wie ich. Zuerst einmal absolvierten wir das übliche

Programm. Also küssen, umarmen, rumrollen und reiben und so tun, als hätte man sich verirrt, mit dem Kopf plötzlich ganz woanders sein, verkehrtherum liegen und trotzdem weiter küssen, auch wenn man dann Haare im Mund hat, einfach tun, als hätte man gerne Haare im Mund, damals gab's ja noch behaarte Menschen, aber wahrscheinlich gab's auch damals schon Menschen, die sich fragten: Warum eigentlich? Na ja. War alles ganz schön. Alles wie immer. Das heißt, ein bisschen besser hatte ich mich mittlerweile schon im Griff. Spritzte nicht mehr direkt ab, wenn etwas drohte, meinem Glied zu nahe zu kommen. Ich war ein alter Sexhase, im Prinzip, ein Lebemann, ein mit allen Wassern gewaschener Playboy.

Dabei fällt mir ein, muss ich kurz zwischendurch erwähnen, gleich geht 's weiter, versprochen, aber vor nicht allzu langer Zeit da ist doch dieser Fotograf, Golfspieler und keine Ahnung was noch alles, Gunter Sachs, gestorben. Umgebracht hat er sich. Erschossen. In seinem Haus. In der Schweiz. Gut. Aber warum diese Nachricht eine Berliner Zeitung dazu veranlasste, die Mitteilung zu veröffentlichen »Lebemann Gunter Sachs ist tot«? Das klingt doch total blöd irgendwie. Lebemann tot. Totemann lebt. Das klingt doch nach heißem Eis. Wie leuchtendes Dunkel klingt das, voll leer oder mitten am Rand. Lebemann tot. Da könnt ich mich dermaßen drüber aufregen! Hätten sie wenigstens Ex-Lebemann geschrieben, okay, aber so? Mannmannmann.

Aber, wie gesagt, gehört nicht hierher. Ist nur, weil mich dieser Begriff irritierte. Lebemann. Ob der wohl Kondome benutzte? Haben wir ein Kondom benutzt, 1989? Ich glaube ja, bin mir aber nicht zu 150% sicher. Aber was ist heutzutage schon sicher.

Ich versuchte also, das Kondom über meinen Schwanz zu ziehen, meinen steifen. Zuerst verkehrt herum, wobei ich diesmal zu meiner eigenen Überraschung keine Haare in den Mund bekam, sondern das Kondom, es ließ sich nur nicht abrollen. Ich verzweifelte ein wenig, dann versuchte sie sich und war erfolgreicher, machte danach ihre Beine breit, und ich legte mich auf sie, stocherte ein bisschen, und siehe da, ging nicht. Sie drehte sich auf ihren Bauch, hob das Becken, und ich verstand, als verstünden wir uns blind, aha, von hinten also. Wie die Hunde oder wie die Nashörner oder wie … ach, ich glaube so viele Tiere fielen mir damals gar nicht ein. Ich kniete mich also direkt hinter ihr Hinterteil, brachte meinen Pimmel in Position … ja, so könnte es gehen. Ging aber nicht. Ging einfach nicht rein. »Was ist?«, fragte sie. »Weiß ich doch nich«, antwortete ich, »vielleicht ist er ja zu dick?« »Meinst du?« »Nee, glaub ich eigentlich nicht.« »Ich auch nich.« »Wieso, ich meine, du hast doch gar keine Vergleichsmaßstäbe. Oder war da doch schon was?« »Nee.« »Wirklich nich?« »Nee, wirklich nich.« Wir versuchten es gleich anschließend noch einmal von der Seite, bis sie wenig lustvoll zu stöhnen begann und sagte: »Aua, das tut weh. Weißt du, vielleicht ist ja auch meine Muschi zu eng.« »Glaubst du?« »Wird wohl so sein. Komm, mach es mir lieber mit dem Finger, ja?« Und so machte ich es ihr mit dem Finger, und sie machte es mir mit den ihren, und beide waren wir eigentlich ganz zufrieden damit. Blieben gefühlt noch 20 Jahre zusammen, in trauter Harmonie, bis sie mir im September 1989 dann endgültig den Laufpass gab. Mit traurigen Augen, in ihrer neuen Butze im Friedrichshain, die sie keine zwei Wochen später allerdings bereits wieder verließ, weil auch sie plötzlich zu bemerken schien, dass es in der DDR einfach nicht mehr auszuhalten war. Mit solchen Typen? No Future!

Sie kellnerte dann auf einem Schiff auf dem Rhein. Ich wurde arbeitslos. Die Wende, sie bescherte uns das Glück, welches wir uns vorher redlich verdient hatten.

Zwei Jahrzehnte später habe ich sie dann noch einmal wiedergesehen. Sie freute sich, ich freute mich, und wir sprachen nicht von unserer Vergangenheit. Sie ist heute glückliche Mutter mehrerer Kinder, die da wohl irgendwie durchgekommen sein müssen. Oder doch künstliche Befruchtung? Kaiserschnitt? Mein Schwanz zumindest, das weiß ich mittlerweile von erfahrenen Frauen, ist auf gar keinen Fall zu dick.

Im Swimmingpool der guten Laune

Viele Menschen zieht es in der kalten Jahreszeit ja regelmäßig Richtung Süden. In wärmere Regionen, wo man sich die Kleider gepflegt vom Leibe reißt, einen gut geshakten Cocktail bestellt und die Beine baumeln lässt, im Swimmingpool der guten Laune. Ich bin zwar ein Freund knackiger Minusgrade, dennoch befinde auch ich mich auf dem Weg Richtung Süden. Görlitz heißt mein Ziel. Görlitz an der Neiße. Beruflich natürlich. Ich soll dort Feuerlöscher kontrollieren, ob sie auch funktionstüchtig sind, alle. Ich bin der einzige Feuerlöscherkontrollierer Ostdeutschlands, weltweit, mit Diplom, und glaubt es oder glaubt es nicht, durchaus ein wenig stolz darauf. Nicht übermäßig, ich weiß, Poster von mir werden nur höchst selten in Zimmern Heranwachsender hängen, aber Popstars haben eben häufig auch nur eine geringe Halbwertzeit. Entweder sie sterben früh einen qualvollen Drogentod, werden erschossen von wahnsinnigen Psychonazis, landen im Knast wegen Missbrauchs Minderjähriger, oder aber man vergisst sie einfach. Wer schließlich kennt heute schon noch Peter Coppleburgh oder Johnny Johnson, mit deren Starschnitten sich die Teens und Twens der Sechziger, Siebziger, Achtziger ihre zugemüllten Bruchbuden tapezierten. Wenn ich daran denke, tun die mir eigentlich ganz schön leid, besonders Johnny. Nein, ich habe wirklich keinen Grund mich zu beklagen.

Ganz anders die Menschen in Nordafrika, jedenfalls so lange sie nicht Nutznießer der diktatorischen Systeme dort sind. In Tunesien, im Januar des Jahres 2011, schafften es die Unterdrückten ja innerhalb überraschend kurzer Zeit, ihren Alleinherrscher Ben Ali zu stürzen und außer Landes zu jagen. Die Demokratiebewegung dort gibt Anlass zur Hoffnung, nicht nur für Tunesien selber, sondern auch für angrenzende Länder, deren Bevölkerung ebenfalls seit Jahrzehnten unter dem Joch totalitärer Potentaten leidet, häufig genug von westlichen Gnaden. Marokko, Algerien, Libyen, Ägypten, Jordanien, Saudi-Arabien, Jemen, überall dasselbe Bild. Alte Männer, die nach Belieben schalten und walten, sich ihre Taschen füllen, Menschenrechte mit Füßen treten, und muckt jemand auf, so verschwindet dieser umgehend hinter Gittern. Sicher, solche Staaten gibt es auch in anderen Teilen der Welt, aber nirgendwo wurden und werden sie so offen und großzügig von den bedeutendsten demokratischen Nationen unterstützt. Da schließt man gerne Augen, Ohren, Mund, selbst Nase, wenn diese Regime im Gegenzug bei all jenen Kriegen mitmachen, die es im Namen der Menschenrechte zu führen gilt. Und immer ihr Kreuzchen zeichnen, an der richtigen Stelle natürlich, in der UN-Vollversammlung. Klar, muss auch die Wirtschaft frei sein, das versteht sich von selbst, offen zumindest für ein paar Multis, der Rest ist … nun ja, innere Angelegenheit.

In den neunziger Jahren des 20. Jahrhunderts besuchte ich einige dieser Länder. Ich musste raus damals, konnte es kaum fassen, dass er wirklich wahr geworden, der Traum von der Reisefreiheit. Kairo, Hammamet, Sidi Ifni, so hießen die Zielorte. In der Betonbettenburg der tunesischen Touristenmetropole Hammamet bekam ich kaum etwas vom Land selber mit, dafür in Ägypten und Marokko um so mehr. In Marokko fuhren wir in den Südwesten des Landes, welcher als Widerstandshochburg galt und vom herrschenden König deshalb um so mehr geknechtet wurde. Eine Atmosphäre des Misstrauens regierte. Überall vermutete man Spitzel der Geheimpolizei. Wir hatten uns eine unmöblierte Hütte in einem illegalen Fischerdorf an der Mittelmeerküste gemietet. Sämtliche Menschen, die dort wohnten, ausschließlich Männer übrigens, warteten nur auf die Gelegenheit, nach Europa rüberzumachen. Sie versuchten es in einfachen Ruderkähnen, mit Flößen, ja selbst auf Schläuchen von

Traktorreifen. Unter ihnen waren die meisten Bauern, aber auch Arbeiter, Lehrer, sogar ein missliebig gewordener Professor. Sie lernten, so sie nicht fischen gingen oder schliefen, die Sprachen derjenigen europäischen Länder, wohin sie gedachten zu emigrieren. Niemand zahlte Steuern, keiner war registriert. Logisch, dass es den Behörden ein Dorn im Auge war, wenn Ausländer sich unter ihnen aufhielten. Wir aber, meine Freundin, mein zweijähriger Sohn und ich, fühlten uns wohl. Wir aßen jeden Abend mit den Fischern vom Fang des Tages aus der Tahine, kostenlos, und versorgten sie dafür mit allerlei aus der Stadt.

Eines Nachts leuchteten plötzlich Taschenlampen in unsere Hütte und irgendetwas wurde auf Französisch gebrüllt. Zwei Uniformierte kamen herein und krempelten die ganze Bude um. Ich musste in Unterwäsche hinaustreten, sah einen Polizisten die Waffe auf mich richten, wurde mit der Taschenlampe geblendet und erhielt den Befehl: »Go!« »Go!« also, okay. So viel wusste ich noch aus dem Schulenglisch, dass »Go!« »Geh!« heißt. Ich sollte gehen, aber wohin? Der Typ hielt immer noch die Waffe auf mich gerichtet. »Where?«, fragte ich schüchtern. »Go!«, antwortete er, allerdings wesentlich aggressiver und zielte jetzt auf meinen Kopf. Der Sohn heulte in der Hütte, die Freundin versuchte ihn zu beruhigen. Ich ging. Irgendwo hinein ins Dunkle, in Unterwäsche. Blieb ich stehen, schrie es hinter mir erneut: »Go!« Keine Ahnung, wie lange ich gegangen bin, irgendwann jedenfalls leuchteten in meiner Nähe zwei Autoscheinwerfer auf und ein paar den Schulterstücken nach zu urteilen deutlich höherrangige Polizisten stiegen aus ihrem Wagen. Ich sollte mich vorne auf die Kühlerhaube legen, sie tasteten mich ab (was für furchtbare Waffen man wohl in seiner Unterwäsche verstecken kann?), dann erhielt ich meinen Reisepass, der ihnen in der Zwischenzeit gebracht worden sein musste, und wurde mit der dringenden Warnung, woanders Urlaub zu machen, zur Hütte zurückgeschickt. Während der ganzen Prozedur rechnete ich eigentlich niemals wirklich damit, abgeknallt zu werden. Ich war wahrscheinlich einfach zu schlaftrunken. Erst hinterher, als die Fischer meinten, das sei eine gewöhnliche Scheinhinrichtung gewesen, kriegte ich doch Muffensausen. Wir fuhren eine Woche später dann nach Agadir, der marokkanischen Touristenhochburg und flogen von da nach Berlin zurück. Bis heute blieb dies mein letzter Aufenthalt in der Region.

Nach Görlitz an der Neiße dagegen fahre ich regelmäßig. Einer muss dort ja die Feuerlöscher kontrollieren.

Der Text wurde im April 2011 geschrieben. Inzwischen sind die Regimes in Libyen und Ägypten gestürzt worden. Herzlichen Glückwunsch! d.A.

Auf eine schlimme Art schön

Da ist er wieder. Der nächste Geburtstag steht vor der Tür, und ich habe mal wieder kein Geschenk besorgt. Und was tue ich dagegen? Na klar. Ich ziehe mir, wie es sich für einen erwachsenen Menschen gehört, die Bettdecke über den Kopf. Trifft sich ja prima, dass darüber hinaus noch fehlende Unterlagen zum Steuerberater zu bringen sind, ich mit meinen Mietzahlungen im Rückstand bin und diverse Leute auf Anrufe von mir warten. Alle wichtig. Alle dringend. Alles eilt. Sieht ganz nach 'ner niedlichen, kleinen Depression aus. Mal wieder alles laufen lassen. Das Klingeln an Tür und Telefon ignorieren und auch ansonsten auf Durchzug schalten. Helfende Hände in den Wind schlagen. Im wohligen Strudel des Selbstmitleides ertrinken. Keiner liebt mich, weil mich keiner lieben soll, weil ich es nicht wert bin, geliebt zu werden, weil ich mich daran ergötzen möchte, nichts wert zu sein. Pipikackapups, sollte man meinen, aber es ist eher Pupskackapipi oder noch schlimmer.

Schenke ich eben Geld. Soll man zwar nicht, aber ist doch nun mal das, worüber sich alle am meisten freuen. Wird einem immer vorgeworfen, man hätte sich keine Gedanken gemacht. Aber, verdammt noch mal, ich habe mir Gedanken gemacht! Gedanken über Gedanken habe ich mir gemacht. Kann mich nur nicht mehr erinnern, an die Gedanken. Das könnte ich ja auf einer beigelegten Karte niederschreiben, dass ich nach ausführlichen Überlegungen, an die ich mich nur nicht mehr erinnern könne, zu dem Schluss gekommen sei, ich schenke Geld. Klingt das jetzt nur in meinen Ohren liebevoll? Bin mir ja manchmal nicht so sicher, manchmal, da spricht man ja ohne Scheu etwas aus, wo man erst an den erstarrten Mienen der Angesprochenen merkt, dass eben jenes gerade als unangebracht empfunden wurde. Das ist dann immer peinlich. Also, ich kenne natürlich Menschen, die dann einfach kräftig rülpsen und zu einem anderen Thema übergehen, aber zu dieser Sorte Menschen gehöre ich leider nicht. Ich beherrsche das Lautrülpsen nicht, jedenfalls kann ich nicht auf Kommando laut rülpsen, also nicht, wenn ich es will. Das ist ein Handicap, welches ich schon des Öfteren bedauert habe, welches aber natürlich ein Klacks ist im Vergleich zu dem Handicap, ein lautstarkes Rülpsen nicht unterdrücken zu können. Das ist, insbesondere für Frauen, in der Öffentlichkeit noch immer problematisch. Trotz 40 Jahren Emanzipation gilt es ja leider noch immer als ausgesprochen unschicklich, wenn eine Dame in der Einkaufsschlange der Kaufhalle ordentlich abröhrt, selbst wenn sie eine Bauarbeiterin sein sollte. Da gucken dann immer gleich alle betreten zu Boden und denken: ›Die armen Kinder‹, während einem Mann anerkennend auf die Schulter gehauen wird. ›Musste raus, klar. Ist gesund der Kerl.‹

Wie viel Geld schenkt man denn nun jemandem, der 17 wird? Fünf Mark habe ich ja bekommen, als ich zum ersten Mal vom Fünfer sprang, im Waldbad, in Dessau. Da habe ich mich gefreut, obwohl es DDR-Mark waren. 25 Cent sind das jetzt umgerechnet, was mir allerdings nicht sehr viel weiterhilft, denn schließlich gab es ja auch Zeiten, in denen sich Kinder freuten, lediglich eine in die Fresse zu bekommen. *The Times they are a-changin'*, wie Robert Zimmermann einst so schön sang, daran sollte man immer mal wieder denken und auch denken, dass das gut so ist, denn summa summarum hat sich ja doch eher alles zum Besseren verändert, im Verlauf. Also 100 Euro? Oder verzieht man damit den Sohn? Denkt der nachher, is 'n Klacks und lernt nich mit Geld richtich umzugehn? Nimmta den Grünen und haut ihn uff 'n Kopp? Komasaufen, gab's ja alles schon. Nicht umsonst will unsere

Hauptstadt-CDU den Ausschank von Bier, Sekt und Wein an Jugendliche unter 18 Jahren verbieten lassen, und 17 Jahre liegt eindeutig unter 18 Jahre, das weiß ich, obwohl ich kein Abitur besitze.

Man könnte natürlich auch einen Gutschein schenken. Im Wert von 100 Euro. Von einem Laden, der keinen Alkohol im Angebot führt und trotzdem nur gute Sachen hat. So Sachen, die man selber gerne hätte, und die auch er gerne hätte. Das wäre das Beste, eigentlich. Scheitert bloß daran, dass ich es nicht schaffe, vor die Tür zu gehen, in meiner Verfassung. Außerdem gibt es so einen Laden nicht. Definitiv! Gibt ja nur noch Mist. Alles digital, aus Kinderarbeit und giftig.

Ich schenk ihm einfach 200 Euro. Ohne Glückwunschkarte dazu. Oder 300. Dann bin ich besonders schlecht. 400? Und wenn die Polizei anruft, nehm ich nicht ab. Vielleicht erscheint ja dann endlich so ein Bild von mir in der Zeitung, mit diesem berühmten Balken über den Augen: »Das Monster vom Prenzlauer Berg«, und im dazugehörigen Text stünde: »Nicht mal einen Kuchen hat er gebacken.« Nur recht und billig wäre dies und auf eine schlimme Art auch schön.

So schlümm war der Osten

Monika Hauff
& Klaus-Dieter
Henkler
(ihre größten
Erfolge)

Kann passieren

Samen dringt,
Pflänzlein sprosst,
Fohlen frisst,
Pferdchen hopst,
Reiter plumpst,
Arzt vergisst,
Schlauch im Bauch,
alles aus.

Statt einer Visitenkarte

Wer mich kennt, der weiß, ich bin ein ehrlicher, ein liebenswürdiger, ein hilfsbereiter Mensch. Einer für alle Fälle. Immer ein offenes Ohr parat, immer aufgeschlossen modernen Ideen gegenüber, ein weltgewandter, sprachbegabter Zeitgenosse. Bekannt für seine Großzügigkeit, für seinen Mut und seine Entschlossenheit, für seine Konsequenz gepaart mit Ausdauer, Witz und Nachdenklichkeit. Ein zärtlicher Kamerad bin ich, ein treusorgender Rebell, der bereits im Alter von fünf Jahren wusste, dass alle Entbehrungen, die er erleiden, all die Prüfungen, die er bestehen, all die Sorgen, die er ertragen, die Not, die ihn peinigen würde, die Verzweiflung, die Plagen, der Kummer, sie würden ihn nur noch gelassener werden lassen, in naher Zukunft. Ein Exemplar von Mensch bin ich, der es ablehnt, jeden Tag körbeweise Lobeshymnen von der Post zu holen. Ein lebendiges Vorbild. Ein Idol, welches mit beiden Beinen auf dem Boden geblieben ist. Einer von euch.

Ich bin ein kleines Dummerle, ein Kasperkind, ein Spinner vor dem Herrn, der manchmal segelt wie auf Wolke 7. Ein Großmogul der Träumerei, ein Spast, ein Körperklaus, ein Walfisch auf der Couch. Ich bin ein Märtyrer der Langeweile, ein Unsympath, ein Möchtegern. Wer mich kennt, der weiß, das gibt's nur einmal, ein inkontinenter Muskelprotz, ein Prahlhans, bigott bis zum Exzess, der heute dieses sagt und morgen jenes, ein Springinsfeld, ein Luftikus, der mehr darf als muss, dem immer wer die Kastanien aus dem Feuer holt, ein Aufschneider, ein Lügenbold, einer, der ständig gleich heult, ein Mitmacher, ein Hinterbänkler, blass im Geschmack, stechend im Abgang. So bin ich.

Und doch bin ich auch anders. Ihr wisst ja gar nicht, wie ich wirklich bin. Manchmal da sitze ich nämlich auf der Schaukel im Mauerpark und schaukele, immer vor und zurück, wie ein Kind. Und dann denke ich an früher. An die DDR. Wie schön da alles war. Aber auch wie furchtbar. Das könnt ihr ja gar nicht mehr wissen. Ihr seid ja alle viel zu jung. Ich war ja auch mal jung. Heute bin ich alt. Es ist nicht einfach, vor und zurück zu schaukeln. Es verlangt Kontrolle über den Körper. Man muss die Bewegungsabläufe koordinieren können, um ein Maximum an Pendeleffizienz auszuschöpfen. Meist sitze ich einfach nur da und starre Löcher in den Wind. Zu meinen Füßen ein Hund, ein scheißender. Ein Pekinese. Die sind sehr beliebt, die Pekinesen, weil sie so arg hässlich sind. Sie können überhaupt nicht atmen, oder jedenfalls stand das mal in der Zeitung. Es ist traurig, dass so etwas in der Zeitung steht. Noch meine Großmutter hat sich ja immer mit der Zeitung ihren Arsch abgewischt. Aber keinesfalls aus politischen Gründen, auch nicht wegen Umweltschutz oder weil sie zu faul oder zu geizig war, Klopapier zu kaufen. Nein, die war eben da, die Zeitung, da musste die auch verwertet werden. Schön mit der Schere in Quadrate geschnitten und dann im Klo auf einen Haken gespießt. Fertig war die Laube. Ich kann mich noch erinnern, dass ich das eklig fand, damals, weil dieses Zeitungspapier zum Arschabwischen vollkommen ungeeignet war. Das saugte überhaupt nichts auf. Das verschmierte bloß. Ja, ich weiß, will niemand mehr hören heutzutage, vielleicht ja gerade deswegen, weil es die Wahrheit ist. Heutzutage hört man eben lieber Claudia Roth zu oder Modern Talking. Na, vielleicht hört man auch andere Musik heutzutage, ich verfolge das nicht mehr so richtig, ich höre jetzt lieber Stimmen. Stimmen, die mir immerfort befehlen, ich solle sie alle töten. Das mache ich aber nicht. Das erfordert ja auch Geschick, und Geschicklichkeit ist nicht gerade meine Stärke. Wer mich im Mauerpark mal beim Schaukeln beobachtet hat, der wird das sicher bestätigen können.

Ich bin ein Meister des Stillstands eher, ein Timur ohne Trupp, bei mir ist Hopfen und Malz verloren, wo ich hinfall, wächst kein Gras. Wer mich sieht, der hat gelogen, man sieht über mich hinweg, bin allhier, schieß stets daneben, Müllers Esel, Müllers Kuh. Dabei bin ich gar nicht schüchtern, nein, ich kann sogar Raclette, trage stets den Schalk im Nacken, bin ein braver Patriot. Sagte ich grad Patriot? Ja, ich sagte Patriot. Doch egal, denn wer mich kennt, der wird das einordnen können.

Geschichte wird gemacht

»Papa, stimmt dis eigentlich, dass hier früher so viele Kindermörder rumgelaufen sind?«, fragt mich eines Nachmittags mein 17-jähriger Sohn. »Wo?«, frage ich zurück. »Na hier, im Prenzlauer Berg, also kurz nach der Wende.« Ich bin mir unschlüssig, ob er das jetzt wirklich ernst meint, oder ob er mich verklappsen will und schaue ihn deswegen verwundert an. Doch als sein Gesicht keine Spur einer Regung zeigt, kann ich nicht anders und muss laut losprusten, woraufhin er verärgert reagiert mit: »Oh Mann, Papa, dis hat unsere Englischlehrerin gesagt, und die hat hier im Prenzlauer Berg gewohnt, nach der Wende.«

Die Englischlehrerin, so so. Ob sie wohl eine gute Englischlehrerin ist? Ob sie schon im Osten Englischlehrerin war? Hegt sie etwa wehmütige Erinnerungen an die schöne Zeit im Prenzlauer Berg vor der Wende? Als die Straßen noch nicht voller Kindermörder waren, voller Junkies, Vergewaltiger, Sektenzombies, Porno-Nazis, Fahrraddiebe, schwuler Ausländer und besser Englisch sprechender Kinder, als sie es je beherrschen wird? Oder ist es genau umgekehrt? Ist sie womöglich englische Muttersprachlerin und die wissbegierigen Halbstarken können nur nichts mit ihrem schwarzen Humor anfangen? Nehmen alles für bare Münze? »Wer abschreibt, wird erschossen. Deine Mutter war Adolf Hitler. Kurz nach der Wende sind im Prenzlauer Berg ganz viele Kindermörder rumgelaufen.«

Es ist schon erstaunlich, was sich die Jugend von heute so alles einreden lässt. Dabei sah es kurz nach der Wende im Prenzlauer Berg nicht viel anders aus als heutzutage, im Prinzip. Gut, das ein oder andere Haus ist neu verputzt worden, in der Zwischenzeit, und manche Bürgersteigkanten sind jetzt abgesenkt, ja, vielleicht fahren auch ein paar mehr Autos durch die Straßen, brumm, brumm, die nicht mehr ganz so viel Lärm verbreiten und krebserregende Dampfwölkchen hinten rauspusten, und ja, es existieren sicher weniger Eckkneipen jetzt, und es ist bestimmt sauberer geworden, und die Hunde, die ausgeführt werden, sind nicht mehr ganz so verlottert und zerzaust und voller Flöhe und Zecken und stinken nicht mehr so penetrant nach Erbrochenem und Kot, dass einem direkt schlecht werden kann, und sicher ist es sicherer geworden, das schon, ja, ein wenig, aber doch nicht … ich meine, klar kann man jetzt seine Mutter einladen, und man benötigt keine Gitter mehr vor den Fenstern, und gut, das eine oder andere Mal ist es ja schon vorgekommen, damals, dass man von hinten eine AIDS-Spritze in den Rücken gerammt bekam. Aber das waren Ausnahmefälle gewesen, das war keinesfalls die Regel, das konnte man an den Fingern seiner Hände abzählen, dass einem das mal passierte. Und nicht jede AIDS-Spritze überträgt ja das Virus auch, das wird ja häufig dramatisiert, in der Boulevard-Presse. Nein. Kindermörder, pah! Was für ein Unsinn! Also, ich kann mich an allerhöchstens fünf Morde im ersten Jahr nach der Wende erinnern, in unserer Straße. Und da war kein einziges Kind darunter, also unter den Opfern. Gut, natürlich ist unsere Straße jetzt auch nicht gerade die längste. Und ja, sie war nur zur Hälfte bewohnt gewesen, damals. Aber immerhin ein Indiz für die vollkommene Haltlosigkeit solcher Behauptungen.

Schön war es gewesen, kurz nach der Wende. Wunderschön! Wir waren frei. Wir konnten einfach in die Kaufhalle gehen und raustragen, was wir benötigten, und man musste nichts bezahlen. Man konnte natürlich bezahlen, wenn man wollte. Also, ich hab sogar ziemlich oft bezahlt, damals. Ehrlich! Fand ich lustig. Weil die sich dann immer so gefreut haben, die Kassiererinnen, wenn man mal bezahlte. Und die Gesichter von den Bullen erst mal, das werd ich nie vergessen. Dieses verängstigte Geschlotter. Dieser »Bitte, bitte hau mich nich«-Blick. Dabei haben wir nur selten zugeschlagen, meistens haben wir sie einfach ignoriert. Sind ja letzten Endes auch Menschen, irgendwie. Manche haben uns ja sogar geholfen. Haben gesagt, wo's noch was zu holen gibt, und ihre Pistolen haben sie uns geschenkt, also manche. Das war lustig, weil, es gab ja damals auch so viele Ratten im Bezirk, groß wie Hunde, und die konnte man dann prima aus dem Fenster raus abknallen, wenn man high war. Und wie die dann immer geflennt haben, diese Trottel, wenn's wirklich mal ihren Köter erwischte. Kommt eben vor, bei Heroin. Nebenwirkungen. Ansonsten herrschte Liebe im Viertel. Überall! Es wurde nach Strich und Faden gefickt. Tagsüber, nachtsüber. Alles wurde von allen gefickt aber auch … Räterepublik und so. Schließlich, wenn alles kaputt ist, was uns kaputt macht, muss ja auch wieder wer den ganzen Scheiß aufbauen, nich? Darum ging's schon auch, am Rande. Kaum anders als heutzutage, im Prinzip. Also, klar sind wir jetzt alle verheiratet und beruflich schwer eingebunden, und sicher würde man niemanden von uns mehr wiedererkennen, und jeder hält sich, zum Spaß, an die Regeln, die uns die Gesellschaft glaubt vorgeben zu müssen, aber sonst?

»Viele Kindermörder rumgelaufen …«, ich glaub, diese Englisch-Lehrerin … da werd ich mal 'ne Eingabe schreiben müssen, an den Bildungssenator. So geht's ja nun nicht!

Ab und zu, Müllers Kuh

Alles ist scheiße, nur ab und zu gut, manchmal. Es juckt im Gesicht. Ganz leicht, so dass ich nicht kratze, sondern lediglich darüber nachdenke zu kratzen. Warm ist es. Der erste Sommertag, haben sie im Radio gesagt. Oder in der Zeitung geschrieben? Kleine Bienchen fliegen unschlüssig hin und her, hektisch, dicht über der Wiese, als könnten sie nicht entscheiden, welchem Gänseblümchen sie nun den Vorrang einräumen. Ganz frisch sind die alle, halten schüchtern ihre Blütenköpfe geöffnet. Fast scheint es, als wären sowohl die einen als auch die anderen unsicher, was sie überhaupt miteinander anfangen sollten, Pflanze wie Tier.

In Eschwege haben sie gestern einen Rollator aus dem Vorgarten entwendet. Einen blauen. Zeitwert: geschätzte 15 Euro. Kriminalität sieht anders aus. Wohl eher ein Dumme-Jungen-Streich. Oder machen Mädchen mittlerweile auch schon so was? Ich gucke mir die Frauen an, hier auf dem Bahnsteig in Göttingen. Welche hat die größten Brüste, welche die kleinsten. Und welche den schönsten Arsch. Ich werde alt, das kann man nicht verhehlen. Geile Gedanken, ohne dass Gefahr besteht, es könne was passieren. Ein Mann fragt, wo man die Fahrkarten entwerten solle. Er müsse das Zugfahren erst langsam wieder erlernen. Es gibt nirgendwo einen Fahrkartenentwerter. Wahrscheinlich braucht man dazu Internet, heutzutage. Der Mann wirkt hilflos. Ich frage nicht, welche Krankheit er hatte. Oder hat? Auto? Auto kaputt? Für immer? Oder ist auch er in die Jahre gekommen, so wie ich? Mit abrasierten Haaren wirke ich allerdings gleich wieder zehn Jahre jünger. Doch was sind schon zehn Jahre. Zehn Jahre mehr oder weniger, darauf kommt's nicht an. Ich bin gerne alt. Wenn ich jetzt zum Arbeitsamt gehen müsste, würde ich vielleicht sogar schon als unvermittelbar gelten. Da habe ich früher immer von geträumt. Seufzen und die Schultern zucken, guter Dinge sein und in einem halben Jahr wieder vorbeischauen. »Tja, was machen wir denn nur mit Ihnen?« Überall ist die Arbeitslosigkeit gesunken im März, nur in Berlin nicht. Ab und zu gibt es eben auch positive Nachrichten, manchmal.

Auf dem Bahnhof Hannover-Messe/Laatzen sind die Haltestellenschilder mit arabischen Schriftzeichen versehen. Die muss man von rechts nach links lesen, hab ich gelesen. Und in Ägypten verwenden sie persische Zahlen. Arabische Schriftzeichen und persische Zahlen. Das machen sie bestimmt nur, um westliche Touristen zu ärgern. Dabei bringen die doch das Geld? Verstehe, wer will.

Jetzt juckt mein linker Hacken. Das passiert immer mal wieder, schon ein paar Jahre lang. Müsste sicher untersucht werden, aber ich lass das mal lieber. Nachher finden die noch was anderes. Eine versteckte Essstörung oder so, und dann darf ich mich nur noch aus Tuben ernähren, wie die Kosmonauten, zu denen man ja auch, seit diversen Jahren schon, Astronauten sagt, was ich allerdings geflissentlich ignoriere. Kosmonaut! Kaufhalle! Dreiviertelzehn! Trauriger Widerstand.

Das Wasser aus der Flasche stammt aus der Lüner Quelle in Lüneburg, erfahre ich vom Etikett. Daneben steht Coca-Cola Erfrischungsgetränke AG. Alles scheiße, nur ab und zu gut, manchmal. Wenigstens ist es still, das Wasser. Stelle es auf den Sitzplatz neben mir. »Nein, hier ist besetzt.« Ich bin ein schlechter Mensch, obwohl, wer will das eigentlich beurteilen? Es gibt keinen Gott, da bin ich mir ziemlich sicher. Wenn es aber doch einen geben sollte, dann würde ich mir wünschen, dass er so wäre wie Sibylle Berg. Die ist angenehm unberührt, von dem was sie umgibt. Nur eine Beobachterin, die so wenig wie möglich eingreifen will, weil sie ahnt, dass Engagement nicht selten das Gegenteil erreicht von dem, was man eigentlich wünscht. Ein stiller, zuschauender Gott. Ein hilfloser, achselzuckender Gott. Clash der Kulturen ade.

Der Zugdurchsager kündigt Braunschweig an. »Nächste Station Br-r-raunschweig.« Er rollt das R wie bei »Rammstein« oder »Russlandfeldzug«. Wahrscheinlich fährt er privat einen VW, wo hinten an der Heckscheibe »Waffenschmiede Wolfsburg« draufsteht, in Sütterlin. Rechtsradikal ist das nicht, natürlich, das ist nur doof.

Jucke mich jetzt doch. Erst am Hacken, dann im Gesicht. Kratze mir ordentlich die Haut auf. Blut tropft auf die Hose, und kein Salz dabei, was man draufstreuen könnte. Oh Mann, das kriegt man doch nie wieder raus! Das bleibt für immer! Oder jedenfalls für das, was landauf, landab so »immer« genannt wird.

Die Pickel auf Karstens Stirn erinnerten an ein Motorrad.

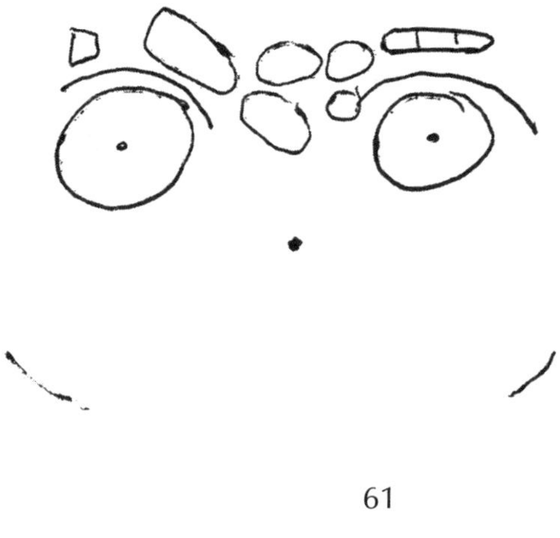

Wie der 18. April mal vorgestern war

Auf den Tag genau 19 Jahre ist es her, oder lass es 18 oder auch 20 gewesen sein, dass ich mit ein paar Freunden ins Havelländische aufbrach, um dort, in einem winzigen Nest namens Quizöbeln, auf dem Ruinengrundstück eines Freundes vom Alltag der Arbeitslosigkeit zu entspannen. Wir waren gut gelaunt damals, der quietschbunte Frühling zwitscherte in tausend lustigen Farben. Bienchen und Vögelchen und was da sonst noch alles kröch und flöch. Es war einfach wunderbar!

In der Ruine gab es kein fließend Wasser zwar, aber im Garten stand dafür ein Brunnen parat, doch nach anderem dürstete uns der Sinn. Mit Anfang 20 entspannt man sich ja anders als mit Anfang 70 oder gar mit Ende 90, und so zogen wir in eine der nahe gelegenen Kneipen, was eine glatte Überzeichnung der Situation ist, denn der Dorfkrug, welcher sicher einen anderen Namen trug damals, aber aufgrund des noch immer nicht verjährten Jugendschutzes behaupte ich einfach mal, mich nicht erinnern zu können, er war weit und breit das einzig in Frage kommende Etablissement. Wir tranken vom Gerstensaft bis wir mutig genug waren, eine Landdiskothek im nahe gelegenen Örtchen Legde aufzusuchen, um uns dem dortigen Tanzvergnügen hinzugeben. Nun waren wir beileibe keine geborenen Ballettbärchen, aber jung, mutig und besoffen. Und motorisiert waren wir außerdem. Unser Fahrer, dessen Name hier keine Rolle spielt, weil er gar keinen Namen besitzt (seine Eltern hatten, das muss man sich mal vorstellen!, vergessen, ihm bei seiner Geburt einen Namen zu geben), er fuhr einen alten Opel 600 oder so, in Grün oder in Rot, völlig egal, jedenfalls mit Antenne auf der Motorgrillhaube, oder wie das bei Autos heißt. Schon am Einlass der Großraumdiskothek begrüßte man uns mit den Worten: »Mann, seid ihr hässlich.«

Warum wir nicht einfach wieder gingen? Nun, wie bereits erwähnt, wir waren jung, wir waren mutig, wir waren besoffen. Auf jeden Fall wurde im Veranstaltungssaal der Großraumdiskothek Geburtstag gefeiert, scheinbar ein gewichtiger Geburtstag. Man hatte sogar eine Stripperin geladen, welche auf einem Motorrad sitzend die Bühne erklomm, um sich zu schummriger Rotlichtmusik dort gemächlich zu entblättern. Das anwesende Volk grölte, wir holten Bier. Dass wir Fremdkörper waren, bemerkten wir zwar an den verächtlichen Blicken, allein, wir blieben jung, wir blieben mutig und so weiter. Nach der angesagten Performance der Motorradqueen dröhnte Discomucke aus den Boxen. Irgend so ein Lied, wo irgendeinem Herren der Nobelpreis umgehängt werden soll und man sich wünscht, eine rote Fahne hissen zu dürfen, mit irgend so einem Kreuz in der Mitte. Dorfbums eben.

Wir ließen uns das Bier schmecken, als ein massiger rasierter Fleischklops, den man eindeutig einer gewissen Fetisch-Szene zuordnen würde, heutzutage, sich zu uns gesellte und mich ohne Umschweife fragte, warum ich denn rote Docs trüge, ob ich vielleicht ein Redskin sei. Nun muss man wissen, dass zu jener Zeit, Anfang der Neunziger, die Farbe der Schnürsenkel eine nicht zu unterschätzende Rolle spielte, weiß galt als national, rot als faschistisch oder alternativ als anarchistisch, und gelb und bestimmt auch blau hatten bestimmt auch irgendwelche Bedeutungen. Diese wechselten übrigens alle Nase lang und waren von Dorf zu Dorf noch mal vollkommen verschieden. Von der politischen Aussagekraft einer Schuhfarbe allerdings hatte ich bis dahin noch nie was gehört. Doch das musste ich ja auch nicht. Der Fragesteller erwartete nämlich gar keine Antwort, sondern haute mir direkt eine in die Fresse. Und damit verschwimmen meine Erinnerungen. Ich weiß noch, dass von diesem Moment an jeder auf sich alleine gestellt war. Jeder von uns bekam es mit einer ganzen Reihe von denen zu tun. Irgendwie schaffte ich es hinauszukommen, befand mich dort allerdings schnell in einem Kreis von, wie das so schön heißt, gewaltbereiten Jugendlichen, über deren Gesinnung man nicht lange rätseln musste. Ich kniete mich auf den Boden und versuchte mit Armen und Beinen so gut es ging die inneren Organe zu schützen, vor allem aber das Gesicht. Keine Ahnung, ob das in solchen Fällen immer so ist, aber ich spürte überhaupt keinen Schmerz bei den Tritten und Schlägen. In meinem Kopf hämmerte es nur immerzu: ›Bloß keine inneren Verletzungen, bloß keine inneren Verletzungen.‹ Mehrmals probierten Ordner halbherzig, ihre nationalen Kameraden zum Ablassen zu bewegen, aber vielleicht war es auch nur ein Trick, weil man in jenem Moment, in welchem ich mich vom Boden erhob, natürlich wesentlich wirkungsvoller zuschlagen konnte.

Warum sie irgendwann dann doch von mir ließen, konnte ich mir damals nicht erklären, erfuhr erst später aus der Zeitung, dass sie an derselben Stelle keine Woche zuvor einen Mann ins Koma geprügelt hatten. Aber ob es daran lag? Wer weiß.

Was ich genau weiß, ist, dass meine Freunde, die bereits im Auto saßen, es total idiotisch fanden, dass ich provozierend langsam und betont aufrecht zum Wagen schritt, natürlich noch den einen oder anderen Hieb kassierend. Und war ja auch idiotisch. Allerdings lange nicht so idiotisch wie meine Idee, mit unseren beiden Hunden, einem kleineren Mischling und einem größeren Riesenschnauzer, noch mal zur Disco zu fahren, um unseren zurückgelassenen Freund, dessen Name mit einem Buchstaben anfängt und mit einem Buchstaben aufhört, dort herauszuholen. Ihn aus den Klauen der Faschisten zu befreien. Denn die Herren und Damen Dorfnazis kuschten vielleicht vor einem gestrengen Pionierleiter, vor Hunden hielt sich ihr Respekt dagegen in Grenzen. Noch dazu, wenn die Köter eindeutige Gesten der Angst zeigten. Zack, wurden die Leinen mit Messern zerschnitten, zack waren die Tölen auf und davon, zack ging die muntere und äußerst einseitige Prügelei weiter. Doch ich will nicht ungerecht sein, Mitgefühl schienen die mordlüsternen Gesellen durchaus zu haben. Zwar wollten sie bestimmte Völker und Rassen, sämtliche Behinderten, Homosexuellen und ideologische Feinde gnadenlos ausrotten ... aber Hunde? Wie konnte man seine Hunde nur im Stich lassen? Das war doch barbarisch! Nein, die brachte man uns selbstverständlich hinterher. Denen wollten man nichts zuleide tun. Schließlich war der Riesenschnauzer ein reinrassiger Deutscher, irgendwie, und Oschi trug, zum Glück, keine Erkennungsmarke bei sich, aus welcher hätte hervorgehen können, dass er ein griechischer Mischlingshund war, welcher noch dazu homoerotische Avancen nicht grundsätzlich ausschlug und außerdem einen ziemlichen Knall hatte.

Moderate Rechte, welche zwar ebenfalls eine nationalsozialistische Ordnung wollten, aber nicht mit ganz so brutaler Gewalt, versteckten uns anschließend in einem Keller, für mindestens eine Stunde. Sie gaben uns den Tipp, auf Umwegen nach Quizöbeln zu fahren, da unter Garantie noch weitere motorisierte Trupps unterwegs seien, und außerdem sollten wir um Himmels Willen nie wieder hierher zurückkommen.

Als wir uns am nächsten Tag dann auf den Weg nach Berlin machten, mussten wir, was kein Witz ist, an der brandenburgischen Ortschaft Kotzen eine Zwangspause einlegen, damit ich mich dort übergeben konnte. Die Übelkeit hielt mehrere Tage an, zuhause erkannte mich meine Freundin kaum wieder, und eine Zeitung meldete, dass es am 20. April in der Ortschaft Legde eine Auseinandersetzung unter Jugendlichen gegeben hätte.

Das Ganze liegt mit dem heutigen Tage 17 Jahre zurück. Oder 16? 21? Viel Wasser ist seitdem die Havel hinuntergeflossen. Der Euro kam, mit ihm der Klimawandel, der Wolf und die vegetarische Currywurst. Von den fremdenfeindlichen Schlägern aus Legde dagegen lebt kein einziger mehr. Die sind alle gestorben. An Borreliose.

PS: Unser Freund übrigens, dessen Name mit einem Buchstaben anfängt und einem Buchstaben aufhört, wurde von den Naziverbrechern nach kurzer Zeit damals in Ruhe gelassen. Er nämlich ist behende hinter den Tresen gesprungen und hat dort wild schreiend mit Schnapsflaschen um sich geworfen. Ihn akzeptierten sie als einen der Ihren.

Ein dreieckiger Käsetransporter von vorne (Modell)

Ich bin drauf

Angefangen hatte es vollkommen harmlos. Da meine Tochter immer nur langweilige Sachen spielte, Verkleiden und Tänze aufführen und so'n Kram, kam ich eines Tages auf die Idee, ihr ein richtiges Spiel beizubringen. Ich lief also flugs die fünf Treppen unseres Townhouses hoch bis auf den Dachboden und wühlte dort in der Truhe, die durch Totenkopf und Aufschrift »Ahne privat« gekennzeichnet war.

Hei, da kamen natürlich lustige Erinnerungen hoch, mein FDJ-Hemd und das erste Porno-Heft, welches ich mir vom ersten selbst verdienten Westgeld leistete. Putzen bin ich gegangen, damals, bei Frau Schloppermann, hei, war das lustig. Und die Spieluhr, die feine, mit der schönen Melodie: »Wacht auf, Verdammte dieser Erde ...«, und die Briefe meines sowjetischen Brieffreundes Wolodja, noch ungeöffnet, die könnte man jetzt bei eBay reinstellen, eigentlich. Würde sicher 'ne Menge Schotter abwerfen. Fetischisten gibt es schließlich für alles. Meine Botas-Turnschuhe, hmm, die rochen noch nach Leistungskontrolle Bodenturnen. Das Stück Hartewurststulle, das Bettina damals erst angebissen hatte, aber dann wollte sie plötzlich doch nicht mehr. War richtig mumifiziert. Vielleicht, wenn Wissenschaftler es im Labor wieder zum Leben erweckten, könnte man später original DDR-Bazillen nachzüchten, so wie sie das mit den Blümchen aus der Urzeit ja auch machen. Dabei fällt mir ein, meine Tochter, die ist ja fünf, und die hat neulich mal wieder was ganz Niedliches gesagt, die hat gesagt: »In der Steinzeit, da war alles aus Stein.« Niedlich, oder? Die sagt öfter mal was Niedliches. Die hat auch schon mal gesagt: ... nee, fällt mir jetzt nicht mehr ein. Na, ich weiß nicht, vielleicht war die Zeit auch zu kurz gewesen, damit sich einzigartige DDR-Bazillen ausbilden konnten. 40 Jahre? An sich ja eine lange Zeit. Aber im historischen Maßstab betrachtet? Die Wissenschaftler, also die Neurobiologen oder die Astralphysiker oder auch die Kryptiker, die fangen ja erst bei Millionen an zu messen. Millionen Jahre, wohlgemerkt! Man wird sehen. Wegwerfen tu ich es auf alle Fälle nicht, auch wenn Bettina einen Freund hat, mittlerweile. Ah, das Testbild, dass ich einst malte, als mir langweilig gewesen ist. Kam ja nie was im Fernsehen, nach der Schule. Da guckte man eben Testbild, und das war langweilig. Die wissen gar nicht, wie gut sie es heute haben, die Kinder. Immer kommt was im Fernsehen, egal wann man einschaltet. Und hier das Matchboxauto, das ich Torsten Kieslatt wegnahm, weil der vorher meins weggenommen hatte, glaube ich zumindest. Die Sammlung mit den Fußball-Aufnähern. Alle außer Union. Chemie Buna Schkopau. In welcher Liga die jetzt wohl spielen? Ach nee, guck an, die Platte, nach der ich Gitarre lernen wollte. Die Gitarre habe ich Tarzan geschenkt später, die Platte besitze ich noch immer. Das Heft mit den selbst eingeschriebenen Kochrezepten. »Bratkartoffeln mit Rührei.« Gab ja nichts, im Osten. Meine ersten Stäbchen. Aus Japan. Mann, hatte ich da Verstopfung! Nichts anderes als Reis gegessen, weil das, was es sonst noch gab, keine Ahnung, ich meine, ich war ja nur Bratkartoffeln mit Rührei gewöhnt. Was der Bauer nicht kennt? Außerdem hab ich's ja probiert. Das ließ sich einfach nicht essen. Das hatten sie extra so ölig gemacht, dass es für einen Europäer schlicht nicht zu fassen war, mit den Stäbchen. Das flutschte immer so raus, immer wieder, über den halben Tisch rüber. Die Japaner fanden das natürlich lustig, und ich konnte nicht kacken, na, dafür habe ich sie gezwungen, mit mir hoch auf einen Berg zu wandern. Dabei führte da genauso eine Straße rauf. Kein Wunder, dass man in anderen Ländern Angst vor uns hat.

Mein Zeugnis aus der Druckerei. »Ahne bemühte sich, die an ihn gestellten Aufgaben zu erfüllen.« Keine Ahnung, ob man noch schlechter beurteilt werden kann. Ich hätte mich beschweren sollen, damals, bei der Gewerkschaft, denn bemüht habe ich mich nun wahrlich nicht. In der Gewerkschaft dagegen bin ich noch immer, obwohl ich seit mehr als 20 Jahren in keinem Betrieb mehr angestellt war. Zehn Euro zahle ich. Jeden Monat. Monat für Monat. Na, vielleicht kriege ich ja mal eine Ehrennadel. Wenn ich noch zehn Jahre durchhalte? In Bronze?

Mein Schwimmabzeichen. Die eine Socke von der einen, die mir mal einen geblasen hat. Das Leuchtschwert, das aufblasbare, von meinem Sohn, der mittlerweile sogar besser Gitarre spielen kann als Tarzan. Aus *Star Wars* sollte es sein, das Schwert, angeblich. Ist aber nicht ganz dicht, die Erektion lässt bereits kurz nach dem Aufblasen zu wünschen übrig. Der Fotoapparat aus der Zeit, als ich noch dachte, ich würde irgendwann einmal Fotos machen. Der erste Liebesbrief meiner Frau. Sie hatte mich gewarnt, damals. Sie hatte gesagt: »Du kennst mich doch gar nicht.« Nun, ich habe sie kennengelernt.

Und dann, ganz unten, tätä, da war sie ja! Die große Spielesammlung! *Mühle*, *Dame*, *Halma* und *Mensch-ärgere-dich-nicht*. Alles, was das Herz begehrt. Begeistert pustete ich den Staub vom Deckel, ergriff die Box, stürmte die fünf Treppen unseres Townhouses wieder runter und präsentierte meiner Tochter stolz die Frucht meiner zweistündigen Suche. Doch diese gähnte nur und sprach: »Kenn ich schon. Mag ich nicht.«

Wie zum Trotz sitze ich seitdem in der Küche, jeden Tag, mehrere Stunden und spiele *Halma*. Gegen mich und gegen mich. Manchmal wache ich nachts auf und schleiche aus dem Schlafzimmer, nur um in Ruhe eine Partie spielen zu können. Ich habe es auch schon in der Badewanne getan, auf dem Klo, im Zug und während ich Auto gefahren bin, hinten natürlich. Es macht süchtig. Eindeutig! Ich bin wie im Rausch. Ich bin Blau, ich bin Rot, ich bin Grün. Ich vergesse zu essen, während ich spiele, ich gehe nicht ans Telefon, ja, selbst der Frühling kann mich nicht locken. Ich lese kein Buch mehr, sehe kein fern. Ich wiege kaum noch 75 Kilo, und meine Haare sind schon ganz kurz. Ich bin voll auf *Halma*. Ich bin drauf.

Schwach

»Mama, der Papa kann nicht popeln, weil er so viele Haare in seiner Nase hat.« Kinder sind schon echt süß. Sie verfügen über eigene Wahrheiten, und man sollte sie ihnen so lange wie möglich lassen.

Meinen Traum, einmal Präsident irgendeines Landes zu werden, habe ich ja bereits vor etlichen Jahren zu den Akten gelegt. Da wird wohl nichts draus werden. Da fehlt mir einfach der Durchsetzungswille, der eiserne, der Atem, der lange, für den Marsch durch die Institutionen. Ich bin da aber auch gar nicht traurig drüber. Sollen den Job doch andere machen. Jeden Tag die immer gleiche Plörre aus den immer gleichen Kaffeeautomaten, und dann die Küsschen von den Amtskollegen erst mal. Wie leicht holt man sich da was weg. Erkältungskrankheiten. Die werden ja durch Tröpfchen übertragen, winzige Tröpfchen. Und gerade die französischen Regierungschefe und die italienischen, von den russischen ganz zu schweigen, da ergießen sich ja regelrechte Sturzbäche aus Speichel über die Gesichter der Geknutschten. Igitt. Als ob man sich nicht auch in die Wangen kneifen könnte, zur Begrüßung. Oder 'ne Kopfnuss geben. Klar tut so was weh, aber man bleibt zumindest gesund. Und die Idioten aus dem Volke erst mal, die die Wiedereinführung der Todesstrafe fordern und neue Autobahnen, und man muss immer so tun, als würde man die ernst nehmen, die Volksidioten. Man kann nicht einfach im Fernsehen verkünden, dass einen das nicht die Bohne interessiere, was so 'ne Gehirnbrote sich wünschen. Dann gilt man immer gleich als überheblich. Dann teufeln gleich diverse Berater auf einen ein, dass das ja auch Wähler seien, potentielle. Dass die womöglich dann populistischen Protestparteien des äußersten Randes (äußerster Rand, so ein Quatsch, ein Rand ist immer außen) in die Arme laufen, die offenen. Sollen sie doch! Weiß man wenigstens, wo sie sind und kann sie problemlos entmündigen lassen. Ja, schon gut, das geht nicht in einer Demokratie, ich weiß, und das ist ja auch völlig in Ordnung so und richtig, aber als intelligenter Mensch, da macht man sich eben Gedanken.

Wenn ich ehrlich bin, weiß ich überhaupt gar nicht, ob ich ein intelligenter Mensch bin. Das gerade zeichnet ja intelligente Menschen erst aus, dass sie sich selbst nicht für den Nabel der Welt halten. Dass sie sich immer wieder in Frage stellen. Wirklich intelligente Menschen sind, mit an Sicherheit grenzender Wahrscheinlichkeit, schlechte Entscheidungsträger. Unfähige Bestimmer. Und wenn sie noch dazu auch ehrlich sind und sich nicht selbst verleugnen, dann findet sich für sie auch kein Platz in dieser Gesellschaft. Jedenfalls nicht in der kuschligen Mitte. Dann stochern sie als bedauernswerter Bodensatz in den Mülltonnen nach Brosamen, welche die erfolgreichen Dummköpfe für sie übrig gelassen. Weil deren Verfallsdatum vielleicht abgelaufen. Oder unmodern. Unmoderne Brosamen. Solche, die man wegschmeißt, weil sich dadurch ja auch die Wirtschaft ankurbeln lässt. Weil, je mehr weggeschmissen, desto mehr wird ja auch wieder benötigt, und das kurbelt ja die Wirtschaft an, denkt sich der schlaue Dummkopf und hat damit leider recht. Er denkt eben bloß von hier bis hier, weswegen das Ganze dann funktioniert, zumindest so lange, bis es richtig kaputtgeht, woran dann aber wieder nur die schuld sein können, die nicht mitgemacht haben. Logisch.

Ich mach ja mit. Ich kaufe Schnickschnack. Ich schmeiße weg. Ich bin zu schwach, um nach Brosamen zu stochern. Damit ich mich aufrecht halten kann, benötige ich das gesellschaftliche Schulterklopfen, als Stütze. Den kleinen Erfolg, als Prothese.

Nur ganz selten einmal, da juckt es mich und ich sage: »Nein!« und bleibe liegen und mache nicht mit. Sehr selten. Viel zu selten.

Meine kleine Tochter übrigens will mal Prinzessin werden, wenn sie groß ist, und Tänzerin und Pippi Langstrumpf. Schätze, die schafft das.

So schlümm war der Osten

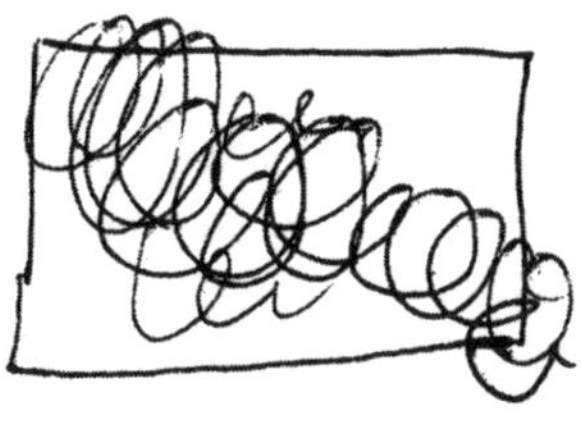

Politbüro (etwa 1966)

Das Positive am Negativen

Zwei Stunden habe ich mit meiner Mutter über Religion, Jugendkultur und Ideologien diskutiert. Vom Kaffeerausch beflügelt die Zeit vergessen. Sie sieht eher die kleinen Dinge, während ich versuche, alles in große Zusammenhänge zu setzen. Die Lust an der mathematischen Weltsicht. Meine Lust an der mathematischen Weltsicht. Das plus das ergibt das, und das muss auch das ergeben, weil das immer das ergibt, wenn man das und das summiert. Vollkommen klar. Und wenn zufällig das plus das doch nicht das ergeben sollte, dann nicht etwa, weil es andere Möglichkeiten für ein Ergebnis gäbe, nein, dann hat man ein Glied einer Gleichung übersehen, oder verrückterweise sogar mehrere.

Ja ja! So verstreicht die Zeit. Ein Sohn wird geboren. Ein Sohn wächst heran, entwickelt sich, reist nach Istanbul und ähnliche Scherze. Steinezersäger zersägen vor deiner Haustür Steine, Kreuzfahrer brutzeln auf Kreuzfahrtschiffen vor sich hin, und ein paar Inseln mehr versinken im Ozean. Dass Rügen versinkt, ist zwar nicht zu erwarten, das bröckelt nur ein bisschen, aber woanders, im Ausland, da versinken sie, die Inseln. Und laut Zeitung muss das aber gar nicht mal schlimm sein. Nicht immer zumindest. Es soll ja sogar schon eine Insel gegeben haben, die durch ihr Versinken einen Krieg verhindert hat. Atlantis war es nicht gewesen, auch nicht Vineta, ich weiß es ehrlich gesagt nicht mehr, wie diese Insel geheißen hat. Ich nenne sie der Einfachheit halber mal: Insel A. Insel A ist wohl erst 1993 entstanden, durch einen Taifun, wenn man der Lügenpresse Glauben schenkt. Durch einen Taifun über dem Indischen

Ozean ist im Golf von Bengalen 1993 die Insel A entstanden. Sie war, sagen wir mal, zwölf Quadratkilometer groß. In Wirklichkeit waren es vielleicht nur elf Quadratkilometer oder auch dreizehn Quadratkilometer, aber wir wollen mal nicht so sein. Vielleicht war sie ja auch nur ein winziger Sandhaufen gewesen, völlig egal. Jedenfalls war da plötzlich was da. Und, wie das immer so ist, wenn was plötzlich da ist, wollen es gleich mehrere haben, in diesem Falle die Staaten Bangladesh und Myanmar, welches sich früher bekanntlich einmal Birma nannte, und noch davor Burma, und welches eine Kackregierung hat, wissenschaftlich betrachtet, aber das nur am Rande. Die beiden Staaten, sie stritten sich voller Vehemenz um die aus dem Meer aufgetauchte Insel. »Dit is meine!« »Nee, janich ma. Dit is ja wohl voll meine!« »Ey, hast du 'n Ahsch offen! Dit sieht doch 'n Blinda mit 'n Krückstock, dit dit meine is.« »Woran soll man dit denn sehn, bitteschön?« »Na, kiek doch ma, die is doch gelb.« »Die is doch nich gelb, die is doch braun, eha.« »Dunkelgelb.« »Jib her, dit is meine!« »Janich, dit is meine!« Und so weiter und so fort. Sie stritten sich und stritten sich, und der Streit, er drohte zu eskalieren. Der eine König von dem einen Land drohte mit Backpfeifen, was wiederum den anderen König des anderen Landes beleidigte und ihn veranlasste, seinerseits mit Kinnhaken zu drohen. Man steigerte sich regelrecht in einen Rausch hinein, drohte und drohte, gab sich nichts mehr ab, gegenseitig, machte blöde Fratzen, wenn der andere gerade nicht hinguckte, und im Weltsicherheitsrat unterstützte man genau das Gegenteil von dem, was der andere unterstützte. Man benahm sich also ein bisschen wie die USA und die Sowjetunion früher, für die, die noch wissen, dass es früher mal eine Sowjetunion gegeben hat.

Irgendwann jedenfalls standen an den Grenzen der beiden Staaten hochgerüstete Armeen, befähigt und willens, den jeweils anderen in die Steinzeit zurückzubombardieren. Muss man sich mal vorstellen! Wegen einer verfickten kleinen Sandinsel, unter der aber, das war natürlich immer möglich, riesige Erdölreserven schlummerten. Vielleicht ja sogar die größten Erdölreserven der Welt? Wer weiß das schon? Vielleicht hatte ja eine Hexe, eine böse, dort das Erdöl mit einer Spindel gestochen, und jetzt schlummerte es, bis ein schöner Prinz es wach küsste, dereinst. Erst dann würde es wieder lustig zu sprudeln beginnen, und man könnte Hochzeit feiern und mit der Ausbeutung beginnen, um ein wenig mehr unseren Planeten zu vergiften. Möglich wäre es. Oder auch Gold, Edelsteine, Uran. Gab es bestimmt. Also wenn nicht, wäre es ja auch egal, aber wenn, würde man sich doch totärgern, wenn man nicht alles gegeben hätte, um diese Insel in seinen Besitz zu bringen. Das würde einem doch die Opposition, die in elenden Kerkerzellen vor sich hin faulte, nie verzeihen. Nein, nein, »Feuer frei!« wollte der Präsident König Kakadu gerade sagen, als just in diesem Moment der Minister für Inselüberwachung wie von der Tarantula gestochen in den Kristallpalast gestürmt kam, um seinem vom Volke gewählten Gottkaiser mitzuteilen, dass die Insel wieder weg sei. »Welche Insel?« »Na, die Insel.« »Die?!« »Ja, Insel A.« »Kann nich sein.« »Kann doch sein.« Wofür der Inselminister natürlich umgehend in den Knast wanderte, bis zu seiner Enthauptung, seiner unvermeidlichen, denn schließlich, wo kämen wir denn da hin, wenn jeder x-beliebige Inselminister seiner Exzellenz, dem Vorsitzenden der Liberaldemokratischen Volkspartei und Gottkaiser in persona, widersprechen dürfte? Das widerspräche doch krass der Kultur und der Tradition und ähnlichem Schnickschnack. Nee, nee, Rübe ab! Aber, so dachte sich der Despot, man könnte ja vielleicht selber mal gucken, via Google-View oder wie das hieß, ob diese Insel wirklich, also nicht in dem Moment, von dem der Inselminister es behauptete, selbstverständlich nicht, aber vielleicht ja ein wenig später, vielleicht ja just in jenem Moment, als man selber … das wäre doch, geradezu grandios wäre das! Er, König Kakadu, entdeckt einen original …, einen definitiven Inseluntergang! Dann könnte man zwar kein Kriegsheld mehr werden und auch kein Ölmogul, kein reicher, aber man könnte trotzdem … was heißt trotzdem? Man würde in die Geschichte eingehen! Also rasch die Armee zurückgepfiffen und überlebensgroße Statuen in Auftrag gegeben, von einem selber. 50 oder sagen wir ruhig 50.000 Stück, was soll der Geiz. Das Volk, es möge feiern!

So wird es gewesen sein, sehr wahrscheinlich. Hat der Klimawandel also einen Krieg verhindert und darüber hinaus der Bevölkerung Myanmars oder Bangladeshs einen zusätzlichen Feiertag beschert. Das Positive am Negativen, oder auch: Wie meine Mutter mal gar nicht so doof gewesen ist.

Zwiegespräche mit Gott – heute: Gott staunt

A: Na Gott.
G: Na.
A: Na, weeßte, wat wa bisher übahaupt noch nich bedacht ham?
G: Och, da fällt mir so einijit ein, wat ihr bisher noch nich bedacht habt.
A: Dit meinick aba nich, Gott.
G: Weeßt ja janich, wat ick meine.
A: Doch.
G: Denn leg ma los.
A: Andamal. Wat ick meine is jedenfalls wat, wat du garantiert nich uffin Schürm hast.
G: Denkste Sexualität issin Fremdwort für mir?
A: Hat nüscht mit Sex zu tun, Gott, sondan mit Europa. Mit Europa, Gott, und mit Fußball.
G: Ach du Scheiße, ick schlaf ein.
A: Wartte ma noch, Gott. Und zwah jibt dit doch die Fußball-Europameistaschaft, die imma so abwechselnd is, mit die Fußball-Weltmeistaschaft.
G: Dazwüschen kommt aba noch Weihnachten und Ostan.
A: Hmm. Ick weeß. Und Jeburtstach. Aba jedenfalls is dit doch imma ein Rieseniwent, wenn da alle vier Jahre die besten europäischen Lända jegeneinanda antreten und hinta einen Ball herrenn', um den, falls se dazu inne Lage sind, in' Tor des Gegnas untazubringen.
G: Die Wahrheit liegt uffin Platz.

A: Richtich, Gott. Aba, wat bisher übahaupt jakeena bedacht hat, wat passiert übahaupt, wenn, wie allübaall awünscht, sich die Lända der Europäischen Unjon nun doch noch zu die Vaeinichten Staaten von Europa zusammenschließen?

G: Denn heißt die Hauptstadt hoffentlich nich mehr Berlin.

A: Ja, aba vor allen, übaleg doch ma, wat für 'ne öde EM solln dit denn werden. Da brauchste ja denn jakeene Qualifikatjon mehr, vor allen, wo se doch die Endrunde jetz noch uffstocken wolln, uff 20 Tiems.

G: Warick von Anfang an dajegen.

A: Du?!

G: Ja. Ick find dit jemein, wenn da welche ausjeschlossen werden solln. Dit müsste einfach so sein, dittit nich wichtich is, wer valiert oda jewinnt. Dabeisein sollte allit sein. Man könnte doch ooch ohne Tore miteinander spielen. So hin- und herschießen, aba nich so doll.

A: Wat ick mein, Gott, is, dit denn, sagen wa ma in eine Qualifikatjonsgruppe, die Vaeinichten Staaten von Europa mit einen Spielareserwoah aus England, Spanjen, Deutschland, Frankreich, Niedalande, Schweden, Tschechjen, Polen, Kroatjen, Portugal, Italjen und von die sangesfreudigen Iren, um nur ma einije wenije herauszuheben, jegen, zun Bleistift, so Zwergstaaten wie Moldawjen, Kasachstan oda Nordzüpan antreten müssten.

G: Kasachstan? Ein Zwergstaat?!

A: Ick mein, so von' fußballerischen Potentjal her.

G: Warts ab, Sportsfreund. Die ham 'ne janz jute Kindaförderung in Alma-Ata. Die Drei- bis Sechsjährigen dort, ick sage dir, da wächst wat heran.

A: Hmm.

G: Oda kiek dir die Vaeinichten Staaten von Amerika an, da dachten ooch erst alle, dit die den janzen Kontinent dominieren würden, uff Jahrzehnte hinaus, wenn nich Jahrhundate, nachdem se sich zusammen jeschlossen ham. Ick meine, immahin, Utah, Pennsylvannia, Iowa, North Dakota, South Dakota, Hawaii oda die sangesfreudijen Texana, um nur ma einije wenije herauszuheben, und wat is? Manchma valiern se soja jegen Kostarika.

A: Hmm. Ick merk schon, Gott. Bein Thema Fußball kamman dir nich beikomm'.

G: Tja, ick bin Gott.

A: Die einzije Möglichkeit, die ick noch sehe, damit 'ne EM selbst denn noch spannend bleibt, is, meiner Meinung nach, dit Großbritannjen-Prinzip auszuweiten.

G: Statt 'n Elfmeta, 'n Vierunddreißichfüßa?

A: England, Schottland, Wales, Nordürrland, Gott, dürfen doch ooch einziln antreten, trotzdem se als Staat zusammenjehörn. Nach eine europäischen Vaeinigung müsste man in' Fußball eben einfach so tun, als hätte es diese nie jejeben.

G: Üba wat du dir Jedanken machst, also da staunick echt imma wieda.

A: Tschüss Gott.

G: Tschüss du.

A: Ach, Gott?

G: Ja?

A: Wie ville Ecken hat einklich so'n Eckball?

G: Is 'ne Fangfrage, oda?

Mir ist nichts peinlich

Mir ist nichts peinlich. Ob ich nun auf dem Klo sitze, während die Tante einer befreundeten Nachbarin durch die unverschlossene Tür das Bad betritt, ob mir ein Spuckefaden aus dem Mundwinkel rinnt, weil ich im S-Bahn-Abteil eingeschlafen, oder ob ich der Einzige bin, von dem sich bei einer Party herausstellt, dass er noch niemals hinter dem Lenkrad eines Automobils gesessen, es ist mir nicht peinlich. Es macht mir auch nichts aus, falls Leute bemerken sollten, dass sich meine Arme spastisch versteifen, während ich mich freue. Das ist vorbei. Ob das nun gut oder schlecht oder überhaupt erwähnenswert ist, sei dahingestellt, aber mit irgendetwas muss man einen Text ja beginnen. Man kann nicht immer nur mit dem Wetter anfangen. »Draußen ist es neblig.« Wie oft habe ich das schon geschrieben. Und dann ist es aber an dem Tag, an dem man diesen Text vorlesen will, gar nicht neblig, und was dann?! Dann steht man dumm da. Dann kann man tausendmal behaupten, dass man gegen Ausländerfeindlichkeit wäre und keine kleinen Kinder äße, das nimmt einem dann doch niemand mehr ab.

Nein, Wetter geht gar nicht. Uhrzeit auch nicht. Oder so was wie mittags. »Es ist Mittag.« Das geht auch nicht, weil, wann liest man schon mal einen Text an einem Mittag vor? Abends, okay. »Es ist abends«, das ginge noch. »Es ist abends und schüchtern gähnt ein Huhn im Wald«, das würde gerade noch so gehen, obwohl ich mir vorstellen könnte, dass lediglich 30 oder wahrscheinlich noch weniger als 30% aller Menschen überhaupt wissen, dass Hühner gähnen können. Hühner sind ja Wirbeltiere, Hühner besitzen ja Wirbel, deshalb gehören sie mit zu den Wirbeltieren, anders als zum Beispiel Würmer, die Lieblingsnahrung der Hühner. Die gehören nicht mit zu den Wirbeltieren, sondern zu den wirbellosen Tieren, weil sie ja, anders als Hühner, keine Wirbel haben, und deswegen können sie auch nicht gähnen. Wenn Würmer müde sind, dann bemerkt man das als Außenstehender allerhöchstens daran, dass der Wurm zuckt. Er zuckt dann, der Wurm. Das erkennen aber auch nur Menschen mit Augen, ich meine, mit geübten Augen, oder man nimmt eine Lupe. Man geht mit einer Lupe ganz dicht heran an so einen Wurm und guckt. Dann sieht man das auch. Natürlich nur, wenn der Wurm müde ist, aber wenn man abends einen Wurm besucht, mit der Lupe, dann sollte man eigentlich Glück haben. Abends sind Würmer nämlich immer müde, weil sie ja, im Gegensatz zu Hühnern, keine Wirbel besitzen.

Vor einiger Zeit, an Weihnachten, habe ich schon mal eine längere Abhandlung zu Würmern geschrieben, der eine oder andere wird sie kennen, da ging es zum Beispiel um den Bandwurm. Der ist ja, wenn man den ausrollt, den Bandwurm, dann ist der ja von Berlin bis nach Potsdam, so lang ist der. Wer das nicht glaubt, kann das gerne mal ausprobieren, aber Vorsicht, das muss selbstverständlich angemeldet werden, beim Tiefbauamt, drei Wochen vorher. Weil, wenn das jeder machen würde, das kann man sich ja bestimmt an seinen fünf Fingern bunt ausmalen, das würde ja ein beträchtliches Chaos ergeben. Da würde ja der gesamte Straßenverkehr zum Erliegen kommen. »A10 gesperrt wegen Würmern. Stadtautobahn, stadtauswärts, zwischen Schmargendorf-Süd und Anschlussstelle Funkturm-Ost, gesperrt wegen Würmern. Komplettsperrung auf dem Ring Richtung Potsdam, und in allen Nebenstraßen gefährliche Glätte durch Schleim.« Nein, es gibt ja auch noch Menschen, die arbeiten gehen, oder sagen wir ruhig: fahren. Und die haben sicher wenig Verständnis für so eine Schnapsidee.

Wisst ihr eigentlich, dass ich plötzlich ganz traurig werde, wenn ich daran denke, dass immer noch so viele Menschen arbeiten gehen müssen? Passt jetzt an dieser Stelle vielleicht gar nicht, aber muss es ja auch nicht. Es muss nicht immer alles passen. Wenn es mal eine wichtige Meldung geben sollte oder wenn einen die Emotionen übermannen, dann kann man dem durchaus auch mal Raum geben. Mut zur Menschlichkeit. Mut zur Lücke. Bau auf, Freie Deutsche Jugend, bau auf. Gerade in der Weihnachtszeit oder zu Ostern – es ist nie zu spät, dem Chef zu sagen, dass man ihn liebt. Vielleicht beruht es ja auf Gegenseitigkeit, und dann fallt ihr euch in die Arme, beknabbert zärtlich eure Ohrläppchen und habt anschließend immer noch genügend Zeit, in einer goldenen Kutsche, gezogen von acht schneeweißen Wirbeltieren, zum Standesamt zu fahren, um euch dort vom Beamten gepflegt beschimpfen zu lassen. Kein Schlusssatz wie aus dem Lehrbuch, aber wie gesagt, is mir nich peinlich.

So schlümm war der Osten

Leipziger Allerlei (um 1964)

Ein bescheidener Mensch

Die Schmorgurken haben nicht geschmeckt. Zu alt. Zu sauer. Zu bitter. Standen ja auch bereits vier Tage auf dem Herd herum, und das im Sommer. Einen Stich nennt man das wohl. Sie haben einen Stich bekommen.

Ich schalte den Fernseher an. Direktübertragung der Leichtathletik-Weltmeisterschaften. Irgendeine Deutsche gewinnt die Silbermedaille im Diskuswerfen. Sie tut, als ob sie sich freuen würde, dabei wollte sie eigentlich doch gewinnen. Der Reporter tut auch, als ob er sich freuen würde: »Silber bei der WM«, sagt er, »was will man mehr?« »Gold«, bin ich versucht zu antworten, aber sie können mich sowieso nicht hören. Sie sind so weit weg. In Südkorea, und außerdem im Fernsehen. Es ist nur eine Illusion, wenn man meint, man sei ihnen nahe, man bräuchte lediglich seine Hand auszustrecken und schon könnte man ihnen in der Nase bohren.

Die Uroma einer Freundin hat ja immer einen Blumenstrauß zwischen sich und den Fernseher gestellt, damit der Moderator ihr nicht direkt in die Augen blicken kann, aber das ist dumm, denn wenn sie durch den Blumenstrauß hindurchgucken kann, kann das der Fernsehmoderator selbstverständlich auch. Hat der Uroma aber keiner gesagt, weil, sie war ja schon so alt, was sollte man ihr noch unnötig Angst machen.

Ich schalte den Fernseher wieder aus. Leichtathletik hat irgendwie ihren Reiz verloren. Sind doch sowieso alle gedopt. In der DDR waren sie gedopt und in der Sowjetunion und im gesamten Ostblock, aber auch in den USA und in Frankreich und in der BRD. Die waren überall gedopt, und daran hat sich nichts geändert, so wie ja auch die Politiker nach wie vor machen, was sie wollen, und der kleine Mann kann nichts tun.

Der war neulich zu Besuch bei mir, der kleine Mann. Ich hatte ihn eingeladen, weil ich dachte: ›Der kleine Mann, der frisst mir wenigstens nicht die Haare vom Kopf. Wenn ich den zu mir einlade, da reicht bestimmt schon ein Stück Kuchen. Ein kleines.‹ Aber da habe ich mich ziemlich getäuscht. Der hat vielleicht reingehauen, der kleine Mann, mein lieber Scholli! Erst das kleine Stück Kuchen, dann noch die Rolle Drops, die angefangene Packung Kekse, die noch von meinem letzten Jugoslawien-Urlaub übrig geblieben war, und dann musste ich ihm auch noch drei Leberwurststullen schmieren und das Glas Bockwürste aufschrauben, die hat der kalt gegessen, der kleine Mann, nebst einem rohen Blumenkohl, einer Stiege Äpfel, dem Paket von Tante Hilde aus Bocholt, wo ich nich mal mitgekriegt habe, was da überhaupt drin gewesen war. Und dann hat der auch noch aus allen Töpfen bei uns die Reste … die hat der auch noch komplett ausgeschleckert. Hätte ich den mal zu den Schmorgurken eingeladen. Aber war ganz interessant gewesen, hat man ja nicht alle Tage zu Gast, den kleinen Mann. Haben wir über dies und jenes geredet, Zipperlein und das leidige Thema Wetter. Gar kein richtiger Sommer mehr und so weiter.

Der kleine Mann ist übrigens in Wirklichkeit gar nicht klein. Er heißt bloß so. Der kleine Mann ist in Wirklichkeit sehr groß und sehr dick, und er besitzt einfach keine Manieren. Der kleine Mann ist einfach so aufgestanden, nach dem Essen, und hat einfach so bei uns in die Ecke gekackt, ohne zu fragen, ob er das dürfe. Habe allerdings auch nicht interveniert, weil ich ihn nicht verärgern wollte, und außerdem möchte ich ja nicht als Spießer gelten. Man gilt ja immer gleich als Spießer, wenn man jemand zum Rauchen auf den Balkon schickt oder zum Kacken aufs Klo. Nein, ich habe mir lieber dezent die Nase zugehalten. Er ist dann auch sehr schnell gegangen, der kleine Mann, natürlich nicht ohne noch was mitzunehmen. Unsere

Waschmaschine. Er hat einfach unsere Waschmaschine mitgenommen, ohne zu fragen. Was soll's. Wasch ich eben wieder mit der Hand. Ist ja sowieso gesünder und besser für die Umwelt, weil man dann nicht mehr so oft wäscht. Einmal im Monat reicht vollkommen. Schmeißt man die ganze Wäsche, bunt, weiß, grau, völlig egal, alles zusammen in das Waschbecken rein, kalt Wasser rauf, auswringen, fertig. Muss man gar kein Waschmittel benutzen, davon geht ja nur die Wäsche kaputt. Und wegen dem Geruch machen das manche. Und wegen dem Dativ. Der Geruch, der ist ja im Prinzip auch bloß Chemie. Der greift die Haut an. Da wird man schneller alt. Das ist nicht gut. Ich nämlich möchte auf gar keinen Fall älter sein als ich aussehe. Dann wird man immer so gefragt: »Mann, wie machst du das nur?«, und das nervt.

Wenn ich mir übrigens mal was wünschen dürfte, dann würde ich mir wünschen, dass alles immer so ist, wie ich mir das genau in jenem Moment immer wünsche. Mehr Wünsche habe ich eigentlich nicht. Ich bin ein bescheidener Mensch.

Mit freundlichen Grüßen

Das habt ihr ja ganz toll hingekriegt! Ausgerechnet mein Blog musstet ihr angreifen. Dabei gibt es bei mir nun wirklich nichts zu holen. Ich meine, guckt euch doch mal die Pullover an, die ich trage. Der eine hat Riesenlöcher unter den Achseln, der blaue, und der andere, der franst überall aus. An den Ärmeln, am Kragen, und falls ihr glaubt, ich würde nur so tun, als ob ich es mir nicht leisten könnte, neue zu kaufen, nun ja, ich meine, da habt ihr vielleicht recht, vielleicht könnte ich in einen Laden stiefeln, um mir Ersatz zu besorgen, aber allerhöchstens einen von Humana oder aus der Grabbelkiste vom Schlussverkauf, und zwar jenem Schlussverkauf kurz vor dem Weltuntergang. Ja, ihr habt richtig gehört, verehrte Trojanerverschicker, die Welt geht unter, in aller Bälde, und dann ist es Essig mit euch und eurem verkacktem Blogkaputtgemache, dann seid ihr nämlich auch kaputt. Ja, auch Russland gehört mit zur Welt, oder wo auch immer ihr sitzt und hämisch grinsen tut. Und Englisch könnt ihr übrigens auch nicht. Ja, ich auch nicht, weiß ich selber, doch zu erkennen, dass euer Englisch ein schlechter Witz ist, dafür reicht es gerade noch. Ein Prozentzeichen mitten im Wort und *big* groß geschrieben, mitten im Satz. Da fällt doch niemand mehr drauf rein. Das sieht doch 'ne blonde Oma mit Krückstock, dass sie da jemand verarschen will. Warum ich euren Kommentarmüll dann nicht einfach gelöscht habe, fragt ihr? Na, warum wohl? Weil ich es nicht kann, weil ich nicht aufgepasst hab in der Computerschule, weil ich nämlich in gar keiner Computerschule war, weil ich nämlich aus dem Osten bin, und im Osten gab es keine Computerschulen, da gab es nur EDV-Schulen und EDV-Schule heißt Elektronische Datenverarbeitungsschule, und wer geht schon zu einer Elektronischen Datenverarbeitungsschule? Doch nur die, die keine Freundin abgekriegt haben. Okay, ich hab auch keine Freundin abgekriegt, im Osten, aber das ist ja nun echt fies, wenn ihr mir das vorwerft! Wollt ihr mich fertigmachen oder was?! Ist außerdem privat, da muss ich gar keine Auskunft drüber geben, das fällt unter Datenschutz. Hallo?! Schon mal was von Datenschutz gehört?! Ich wollte einfach keine Freundin, damals. Ich war mir selbst genug. Außerdem waren die sowieso alle blöd, die Mädchen. Die wollten doch bloß hinten aufm Moped sitzen, bei jemand. Und zur Disco wollten die. Und knutschen. Ist doch voll kindisch, knutschen. Ich meine, ich kannte die doch gar nicht richtig. Nachher kriegt man noch ein Kind und ist für ewig gebunden. Ich war doch noch jung. Ich wollte was erleben. Ich wollte was sehen von der Welt. Ja, auch in der ČSSR gab es schöne Ecken. Und nach Polen konnte man ebenfalls noch reisen, eine Zeit lang. Als ob es nicht auch andere Dinge noch gäbe als Sex. Schon mal was von Büchern gehört? Dostojewski? Tschaikowski? Chruschtschow? Kommen doch alle aus eurer Ecke. Ach, war vor eurer Zeit. Na, 'n bisschen Bildung würde auch ganz guttun, was? Dann bräuchtet ihr nämlich nicht sinnlos vor euren Rechnern zu hocken und andere Menschen ins Verderben reißen. Ja, manche Menschen mögen das gar nicht, wenn ihr Blog nicht mehr funktioniert. Ja, manche Menschen sind dann sauer. Ich meine, ich spreche hier gar nicht von mir, ich kann damit schon umgehen, irgendwie, aber es gibt ja auch noch andere Menschen auf diesem Planeten. Menschen, die vielleicht völlig verzweifelt sind, im Augenblick. Die sich wild ihre Haare raufen und weinen und gemeine Sachen sagen zu ihren Liebsten, obwohl die gar nichts dafür können. Habt ihr euch schon mal in die Lage von solchen anderen Menschen versetzt? Könnt ihr eigentlich überhaupt noch schlafen? Wird euch nicht schlecht, sobald ihr einen Happen in euer dreckiges Maul stopft?! Wollt ihr wirklich noch warten, mit eurem

Ableben, bis zum Weltuntergang? Ich meine, wie wäre es mit morgen? Oder heute? Jetzt? Nehmt einfach ein rostiges Messer und rammt es euch in die Magengegend. Nein, nicht das gute. Ein rostiges, hab ich gesagt. Ja, von mir aus das. Ja, das Brotmesser ist perfekt. Und jetzt rein damit. Immer rein damit. Richtig schön tief. Und dann langsam nach oben sägen und hübsch bei Bewusstsein bleiben. Kommt, kommt, kommt! Mal sehen, wie lange ihr das schafft. Ihr seid doch die Harten, oder? Austeilen konntet ihr doch auch ganz gut, jetzt müsst ihr eben mal eure Nehmerqualitäten beweisen. Tut weh, kann ich mir vorstellen, und keine 72 Jungfrauen, die im Paradies auf euch warten. Tja, Pech, hättet ihr eine andere Richtung in eurer Karriereplanung einschlagen müssen. Aber, wenn euch das trösten sollte, ich glaub da auch nicht dran. Mit freundlichen Grüßen.

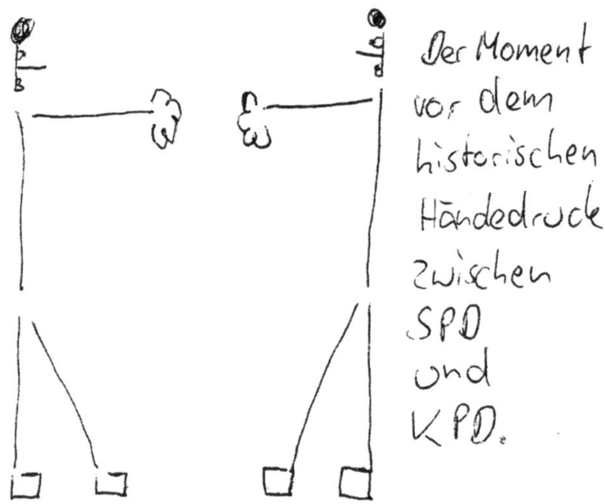

Brücken baun

Wieder einmal haben sie mich beim Zahnarzt gefragt, ob ich mit 50 noch Zähne im Mund haben will. Und wieder einmal habe ich versprechen müssen, dass ich ab sofort Zahnseide benutzen werde. In meinem eigenen Interesse. »Ja«, sagte ich, »ich hab auch schon welche zuhause.« Und das stimmt sogar. Dort auf dem Wandbrett steht sie, seit mindestens vier Jahren, die gute, alte Zahnseide. Ob ich es diesmal schaffe, meinen Plan in die Tat umzusetzen?

Die Steinezersäger sind ja fast fertig jetzt, mit dem Steinezersägen. Einen hübschen, historischen Trottoir haben sie in unsere Straße hineingebastelt. Einen Bürgersteig, der sich kaum von dem Bürgersteig unterscheidet, der hier war, bevor die Steinezersäger kamen. Vielleicht ist ja genau das mit historisch gemeint? Aufgeregt hat sich aber keiner über die sinnlose Verplemperung von Geld. Oder doch. Wahrscheinlich schon. Jeder für sich. In seinem Kämmerlein, seinem stillen. Wobei, in unserer postgentrifizierten Straße von einem Kämmerlein zu sprechen schon einer Verhöhnung der Wohnverhältnisse durchschnittlicher Bürger gleichkommt. Ich spreche ja gerne von Mietshäusern mit sechs Dachgeschossetagen übereinander, um Prenzlauer-Berg-Unerfahrenen den Luxus, in dem wir schwimmen, anschaulich erklären zu können. »Aber das *geht* doch gar nicht!«, beschweren diese sich dann häufig. »Eben«, antworte ich ihnen, »*das* geht gar nicht.«

Ende September 2009 waren wir wieder einmal wandern gewesen in der Böhmischen Schweiz. Sächsische Schweiz und dann hopplahopp rüber über die Grenze nach Tschechien.

Bier und Knedlík mit Gulaschy waren immer noch deutlich billiger, doch ansonsten hatten sich die Preise schon angeglichen. Schlimm sah es dort aus. Das Hochwasser im August hatte sämtliche Brücken weggerissen, welche wenigstens zum Teil durch »Pontons« genannte Behelfsbrücken ersetzt worden waren. Die Menschen schaufelten Schlamm aus ihren Wohnungen. Viele Häuser waren beschädigt, die meisten Straßen nur einspurig befahrbar. Statt drei blieben wir lediglich zwei Tage, denn es schüttete erneut wie aus Kannen. Eigentlich, da hätten wir auch überhaupt gar nicht erst hinkommen dürfen, denn die einzige Straße nach Hrensko galt als gesperrt. Respektable Felsbrocken, welche von den Steilhängen herabgestürzt waren, lagen auf ihr herum. Stumm, stur, humorlos. Wahrscheinlich um sich rechtlich abzusichern, hatte die Polizei Schilder auf die Straße gestellt mit der Aufschrift »Durchfahrt verboten«. Ein Verbot, welches aber gar nicht überwacht wurde, was uns ebenfalls verständlich erschien, denn Umleitungsalternativen gab es schlichtweg keine. Auf der einen Seite floss die Elbe, auf der anderen ragten Berge steil hinauf. Die Leute waren auf diese Verbindung in die Außenwelt angewiesen, sie mussten die Straße einfach benutzen. Ihnen wäre es sicher auch piepegal gewesen, ob ihr Bürgersteig zeitgenössisch oder historisch ausgesehen hätte. Die Begehbarkeit macht den Unterschied. Aber sind selbstverständlich zwei verschiedene Paar Schuhe. Wenn ich hier und heute mein Sushi im Speckmantel verschmähe, wenn ich auf es verzichten täte, rettete ich dadurch ja auch kein einziges afrikanisches Kind vor dem Hungertod. Das Geld war nun mal im Topf für historische Berliner Trottoirs, dann musste es dafür auch ausgegeben werden. Schnell! Sonst wird es noch schlecht.

Vor zwölf Jahren, andere Quellen sprechen von sechzehn Jahren, besuchte ich einmal einen Hals-, Nasen-, Ohrenarzt in der Schönhauser Allee. Ich weiß gar nicht mehr weswegen, nur dass mich eben jener mitleidig anschaute und feststellte: »Sie haben es ja wohl sehr schwer im Leben. Sie können ja gar nicht durch die Nase atmen.« Nachdem ich dies überrascht verneinte, legte er nach: »Aber längere Strecken rennen, das schaffen Sie nicht, oder?« Als ich auch diese Vermutung mit einem Verweis auf kürzlich erfolgte Teilnahme am Harzgebirgslauf – immerhin zehn Kilometer bergrauf, bergrunter – nicht bestätigen konnte, spannte er seinen letzten Pfeil in den imaginären Bogen: »Und was sagt Ihre Partnerin zu Ihrem Geschnarche?« Hmm. Statt zu antworten, schoss ich einen Pfeil in seine Richtung ab: »Was wollen Sie eigentlich?« Er darauf: »Ich will Ihre Nasenscheidewand operativ begradigen.« Ich darauf: »Ist das umsonst?« Er: »Auf Wiedersehen.«

Manchmal, da ist es gar nicht so schwer, so zu bleiben wie man ist. Sollten wir Menschen eigentlich froh drüber sein. Bürgersteige fragt man nicht.

So schlümm war der Osten

Manfred von Ardenne (um 1975)

Glück

Meine Haut habe ich mir verbrannt, letzte Woche, im Garten. Ich dachte: ›Ach, warum nicht mal die Kleider abstreifen, 's ist ja warm und erlaubt ist es außerdem.‹ Ist ja mein Garten, also nicht alleine, wir sind ja eine GG, eine Gartengemeinschaft, und gehören ist sicher auch nicht ganz korrekt, wir haben ihn ja nur geliehen, auf Zeit geliehen, gehören tut er selbstverständlich dem Benni, *dem* Benni übrigens, der eine Frau sucht, weil er sich unterhalten will. Also unterhalten kann er sich natürlich auch mit anderen Menschen, mit uns oder mit den Kumpels aus dem »Storchennest«, der einzigen Kneipe in da, wo wir unseren Garten haben, aber anders, Benni will sich anders unterhalten, intimer, so wie sich nur Pärchen unterhalten, will Benni sich unterhalten, und das kann ich auch voll verstehen, weil, ich will mich ja auch ab und zu mal unterhalten, wie Pärchen sich unterhalten, das ist ganz natürlich, das ist ja in der Natur auch so. Die Störche zum Beispiel, wenn die im Nest so klappern, das verstehen wir zwar nicht, aber das ist ganz natürlich. Oder die Frösche, oder die bei uns im Hinterhaus, die immer ihre Gardinen zuziehen, wenn sie sich unterhalten wollen. Das ist normal. »Spießig«, werden manche sagen, aber ich sage dann: »Na und?« Man kann nicht immer nur zum Wohle der Gesellschaft und auf die Barrikaden, Punkrock … die Schiene. Nee. Dann ärgert man sich später nämlich, wenn man immer nur Punkrock gemacht hat und immer nur auf den Barrikaden war, weil irgendwann einmal niemand mehr neben einem stehen wird, plötzlich, auf den Barrikaden. Dann sieht niemand mehr zu, wenn man besonders mutig ist, oder besonders klug, wenn man besonders kluge Sachen wirft, und dann fragt sich sicher der Eine oder die Andere: ›Für wen tue ich das eigentlich?‹ Und das müsste ja aber gar nicht sein, wenn zuhause jemand wartete, mit dem man sich unterhalten kann und so. Und mit »und so« meine ich nicht etwa ficken, also nicht nur, weil, gibt ja auch andere Sachen noch als unterhalten und ficken. Gibt ja auch streicheln noch und den Schweiß von der Stirn wischen nach einem anstrengenden Arbeitstag und knuddeln und knutschen und Albernheiten. Immer denken alle gleich an Ficken, wenn man mal »und so« sagt. Dabei fickt man allerhöchstens 2% des Tages. Und 2% sind gerade einmal 0,48 Stunden und das kann man sicher auch in Minuten umrechnen, aber ich will hier ja nicht alles auf dem güldenen Tablett servieren, euch. Außerdem sagt dann sicher wieder die Eine oder der Andere: »Ha, stümmt gar nich!« So ein superpotenter Angeber beispielsweise, der viel länger kann, aber garantiert andere Probleme hat. Ich jedenfalls wünsche Benni viel Erfolg und auch sämtlichen Weiteren, die auf der Suche sind.

Benni macht ja einfach alles bei uns. Er schneidet die Hecke, er mäht den Rasen, er repariert das Dach an der Hütte, wenn drinnen mal wieder alles verschimmelt ist, er flickt den Zaun, er wechselt die Wasserpumpe. Das tut er, obwohl er es gar nicht müsste. Niemand hat es je von ihm verlangt. Könnte man sich jetzt drüber ärgern, klar, weil, auch ich täte ja vielleicht ganz gerne mal einen Rasenmäher führen oder ein Fensterbrett ankleben, ein frisches, sicher, das macht ja auch Spaß, irgendwie, gerade wenn man es nicht kann; sich ausprobieren, über die eigenen Grenzen hinausgehen, etwas dazulernen, und sei es nur dazuzulernen, wie man die Trümmer seines missglückten Reparaturversuches restlos entsorgt, das gibt einem ja auch was. Durchaus. Es muss nicht immer ein Orgasmus sein. Manchmal genügen auch die kleinen Sorgen des Alltags. Die erden einen wieder. Da sitzt man dann, schmutzverkrustet, vor sich einen Haufen Zeug und kann gar nicht anders als lachen, weil man merkt, wie dumm man eigentlich ist, im Vergleich zum Beispiel zu Benni und wie viel unerhörtes Schwein man doch hat, dass irgendwann einmal ein besonders ahnungsloses Weibsstück auf einen hereingefallen ist. Ich meine, die hätte ja auch auf Benni hereinfallen können oder auf … euch.

Und dass sie dann kommt und einem den Rotz aus dem Gesicht wischt und einen tröstet und vielleicht sogar sagt, man besäße eben andere Qualitäten, man könne doch sehr gut den Wasserhahn laufen lassen, das ist dann … doch, das ist Glück.

Und da macht es auch gar nichts, wenn das Panthenolspray alle ist, für die verbrannte Haut. Diesen Schmerz erträgt man dann gerne, als Mann.

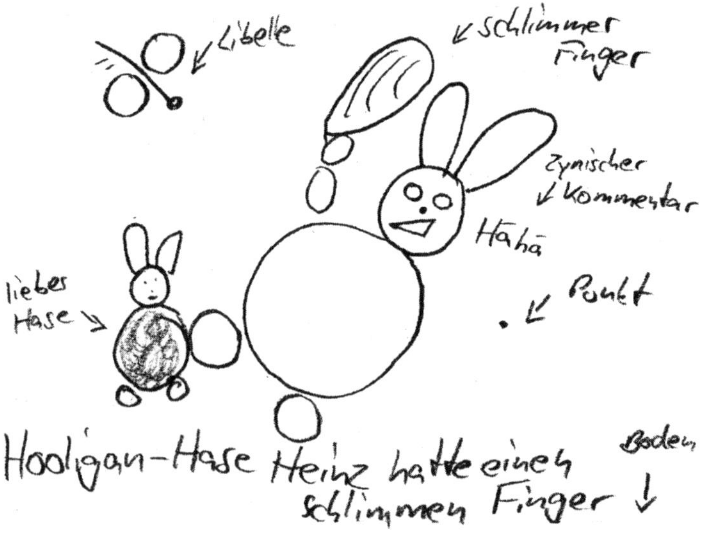

Freie Marktwirtschaft oder auch: Entscheide dir!

Willste Krieg, willste Frieden,
willste Freiheit oda Tod,
liegste oben oda unten,
wählste Schwarz oda Rot?

Willste Ying oda Yang,
willste Bier oda Wein,
willste Sekt oda Seltas,
Hamma sein? Amboss sein?

Willste dünn oda dick,
mehr so lässich, mehr so schick,
willste fliehen, willste jagen,
willstit sicha, willst wat wagen?

Willste janz oda janich,
heulste imma oda nie,
willste kleben, willste spalten,
biste einsam, biste bi?

Willstit frisch oda schal,
analog, digital,
willste mit, willste ohne,
voll die Dröhnung,
nich die Bohne?

Willst 'n Appel, willst 'n Ei,
eha nüchtan, mehr so high,
hörste Ping oda Pong,
biste King oda Kong,
willstit hart, willstit weich,
willstit späta, willstit gleich,
sag, wat willste denn, ick warte?!

Vor allem aber bar oder … mit Karte.

So schlümm war der Osten

Scheidenpilz
(um 1959)

Impressionen

Kurz-hinter-Wittenberg-Impression

Auf die Frage einer Bahnreisenden, wann wir denn Leipzig erreichen würden, antwortet die Schaffnerin des Zuges, der den ausgefallenen ICE nach München ersetzen soll: »Wir wissen hier gar nichts. Der Einzige, der was weiß, ist der Lokführer, und der sitzt ganz alleine im Zug, aber der wird das sicher durchsagen, wenn wir irgendwann, irgendwo ankommen sollten.«

Beruhigend, irgendwie.

Magdeburger Impression

Als ich fast am Bahnhof angekommen bin, verabschiedet mich das Glockenspiel irgendeiner Magdeburger Kirche mit dem Lied *Bunt sind schon die Wälder*. Habe ich noch nie gehört, dieses hübsche Herbstlied, so von Kirchenglocken intoniert. Überlege kurz, dass ich es eigentlich ganz witzig finden würde, als Glockenspielverantwortlicher einer Kirche mal an einem Sonntag meiner Wahl die *Internationale* zu läuten. Am letzten Arbeitstag zum Beispiel?

Kurz-hinter-Aschaffenburg-Impression

Auf der Fahrt von München nach Gießen, kurz hinter Aschaffenburg, bleiben plötzlich zwei Typen vor meinem Bahnabteil stehen, mustern mich kurz und brabbeln etwas, das ich erst nicht verstehe. »Was?« frage ich, woraufhin der eine etwas forscher meint: »Personenkontrolle. Wir würden gerne Ihren Ausweis sehen.« »Warum?«, frage ich erstaunt, daraufhin er: »Weil das hier eine Personenkontrolle ist.« »Aha«, sage ich und hole umständlich meinen Ausweis aus der Gesäßtasche. Nachdem der andere diesen studiert und die Daten durchgegeben hat, lächelt er und bemerkt verschmitzt: »Kennen Sie wohl nicht aus Berlin?« »Nein«, antworte ich und füge nach kurzem Überlegen hinzu: »Oder warten Sie, doch, von früher, aus Ost-Berlin.« Sein Lächeln erstirbt augenblicklich.

Kölner Impressionen (1)

Bei der zeitlichen Überbrückung bis zu einem Auftritt im Kölner Klüngelpütz-Theater betrete ich unter anderem auch die Thalia-Buchhandlung am Neumarkt und stöbere sämtliche Abteilungen durch. Unsagbar enttäuscht bin ich natürlich, dass es dort kein einziges Buch von mir zu geben scheint. Erfreuen tut mich allerdings, dass die Mitarbeiter gewissenhaft geschult worden sind. Sie behelligen einen so lange nicht, bis man vor der Abteilung »Lebenshilfe« steht. Erst dann kommt sie hurtig angespurtet, die junge Angestellte, und fragt: »Sie kommen zurecht?« So muss es sein.

Kölner Impressionen (2)

Kurze Zeit später, vor der Mayerischen Buchhandlung, ruft ein Mann: »Gratis Zeit, Zeit gratis!« Verrückt, denke ich, und bin ziemlich interessiert. Doch es handelt sich nur um ein heruntergekommenes Presseorgan. Schade eigentlich.

Kölner Impressionen (3)

In einem persischen Döner-Imbiss halte ich Ausschau nach Spezialitäten, die ich noch nicht kenne, und entdecke das Kaltgetränk »Dough«. Es befindet sich im verglasten Kühlschrank und sieht aus wie Ayran. Ich nehme mir eine Flasche heraus, schüttel sie ordentlich durch, öffne den Verschluss und, guck an, das Joghurt-Zeugs, es sprudelt mir begeistert entgegen, läuft über meine Hände, meine Klamotten, meine Schuhe. Vor allem aber will es einfach nicht mehr aufhören damit. Gefasst konstatiert der Perser hinterm Tresen: »Tja, Kohlensäure.«

Kölner Impressionen (4)

Da ich den Gastgebern meiner temporären Bleibe in Köln-Merheim nicht auch noch das letzte Hemd vom Leibe fressen möchte, beschließe ich, einfach mal außer Haus zu frühstücken. Ich laufe also frohgemut durch diesen Kölner Vorort und befinde mich bereits keine halbe Stunde später an der Autobahn.

Bonner Impression

An einem sonnigen Nachmittag verfolge ich im Sportpark-Nord das Siebtliga-Duell zwischen dem Bonner SC und dem 1. FC Spich. Keine Absperrgitter, keine Taschenkontrollen, keine Polizei, dafür gibt es Bratwurst, Bier, drei Tore und sogar zwei Rote Karten. Und sie haben Fans, die Bonner, welche Gesänge und Choreographien einstudiert haben. Leider nennen sich diese nicht »Bonner Ultras«, was ich lustig gefunden hätte. Lebt eigentlich Karl-Eduard von Schnitzler noch?

Düsseldorfer Impressionen

Nach einem Auftritt im zakk-Kulturzentrum laufe ich den Weg zurück bis ins Hotel. Düsseldorf sieht in dieser Gegend nicht nur ein bisschen wie eine wilde Mischung aus Wedding und Osten zu Ostzeiten aus, sondern es besitzt auch unglaublich viele Straßennamen, die nach Bäumen benannt worden sind. Kiefernstraße, Fichtenstraße, Birkenstraße, Platanenstraße … bei der Lindenstraße muss ich kurz schluchzen, weil ich die letzte Folge verpasst habe. Schlechter noch als mir scheint es aber einem alten Mann zu gehen, welcher versucht, die Fassade eines Hauses zum Hochparterre zu erklimmen. Verzweifelt trommelt er dabei gegen die Wand und brüllt: »Lass mich rein! Ich will rein! Ich will in mein Bett!« Dann fällt er hinunter, direkt vor meine Füße. Ich helfe dem Betrunkenen auf und frage ihn, ob es denn gehe. »Alles okay«, antwortet dieser, »alles ist okay.«

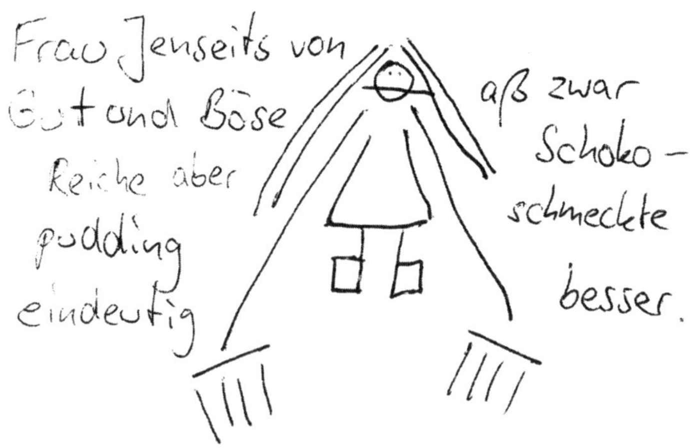

Neonlicht

Mir friert's.

Ich weiß, es ist mitten im Sommer oder Anfang Herbst, normalerweise sollte man jetzt nicht frieren, denn es ist ja superwarm, und selbst wenn nicht, gibt es genügend Kleidung, die man sich überziehen kann, Strickjacken, Pullis, Westover, gefütterte Mäntel, um nur mal einige wenige zu nennen. Und auch wenn alle Sachen zu Hause von den Kleidermotten zu Staub zerfressen worden sein sollten und das Geld verschwunden ist, in Luft aufgelöst, dann kann man immer noch in diverse Kleidercontainer klettern, die vor fast jeder Kaufhalle herumstehen, und sich dort die feinsten Anziehsachen – es wird viel zu viel weggeschmissen – herausfischen, das ist selbstverständlich möglich, auch wenn die Leute dann gucken. Sollen sie gucken. Wenn sie sonst nichts zu tun haben? Die sind doch sowieso alle doof, die Leute. Lass sie gucken. Solange sie nicht die Polizei holen? Und selbst wenn, auch nicht weiter schlimm. Dann nehmen sie dich eben mit auf die Wache – wer nie in seinem Leben auf einer Wache gewesen, weiß nicht was Leben ist! Ja, natürlich wäre man lieber zuhause als in dieser eiskalten Zelle, aber man hat ja nichts verbrochen, man kann seelenruhig vor sich hin frieren, auch im Sommer, dort, in U-Haft. Selbstverständlich. Das wird sich im Prozess schon noch herausstellen, dass das alles lediglich ein Irrtum war. Da wird der Richter hundertprozentig schockiert sein. Der wird ein Gesicht machen! »Ja, was ist das denn?!«, wird der sagen. »Ja, wollen Sie mich hier etwa auf den Arm nehmen?!«, wird der sich empören. Und auch wenn er deine Argumente nicht nachvollziehen kann, ja, selbst wenn er auf beiden Augen blind und vollkommen taub ist für die gerechte Sache, mehr als fünf Jahre kann er dir gar nicht geben. Das lässt ja das Strafmaß überhaupt nicht zu. Also schön, sagen wir sieben Jahre, aber da ist man doch nach fünf Jahren meist eh schon wieder draußen, bei guter Führung. Das ist ja der Trick, das ist doch alles Ferienlager im Prinzip, mit allem drum und dran und pipapo und Fernseher, das kann man doch gar nicht mehr ernst nehmen heutzutage, bezahlt im Übrigen von Steuergeldern. Sicher, das ist, ich meine, schon skandalös natürlich, weil alle anderen ja arbeiten gehen, tagtäglich, also nicht nur mal so, wenn sie mal Lust haben, nee, Montag, Dienstag, Mittwoch, Donnerstag, Freitag, Sonnabend, Sonntag, Montag, Dienstag, Mittwoch, und das geht ja immer so weiter. Das hört ja nie auf. Okay, sicherlich, es gibt selbstverständlich auch welche, die am Wochenende mal Urlaub machen oder Weihnachten, vollkommen klar, aber das ist ja nicht der Normalfall. Der einfache Steuerzahler, der kennt ja überhaupt gar keinen Feierabend mehr, und nicht umsonst sterben Männer sieben Jahre früher als Frauen. Ich meine, da kann man die Wut der Massen schon verstehen, wenn da jemand nach fünf Jahren bereits aus dem Knast entlassen wird, auch wenn der nichts getan hat. Das ist absolut nachvollziehbar. Das … wenn man's nicht selber erlebt hat, sicher, dann zuckt man mit den Augenbrauen oder runzelt die Stirn, zieht die in Falten, das ist klar, das ist verständlich und garantiert kein Einzelfall. Gibt ja sehr viele, die gar nichts mehr mitkriegen, die vor dem Internetz vergammeln, seit Jahren dieselbe Unterhose an und nur Fertigpizza, und dann wird man eben fett, das ist zweifellos ein großes Problem. Fette, verwahrloste Existenzen, oder auch die Dünnen. Die Magersüchtigen. Die nach jedem Happen Körnerriegel gleich zweimal kotzen gehen und anschließend ganz viel weinen, weil sie so alleine sind und immer noch kein Agent angerufen hat, der sie groß rausbringt. Ja, meine Güte! Wie sollen die Agenten das denn auch wissen, dass da so eine ununterbrochen kotzende Schönheit sich verbirgt, hinter den Mauern der dreckigen Mietskaserne? Dabei, mit ein wenig Farbe, mit ein bisschen Rosa oder Rot, Gelb, Grün, Pink, da würde dieses Haus garantiert schon vollkommen anders aussehen, und dann zögen vielleicht auch Besserverdienende nach, dahin, wo alles so schlimm ist. Aus Mitleid. Erstmal.

Tristesse, unbedingt, das lockt niemanden. Obwohl es so ein schönes Wort ist. Ich meine, *Tristesse*. Wie das klingt. Tristesse! Einfach wunderbar. Wenn ich je ein Künstler werden könnte, also, ich würde mir augenblicklich den Namen Tristesse sichern. Einfach nur Tristesse. Ohne Vornamen. Oder als Vornamen. Tristesse als Vornamen und ohne Nachnamen dann. Tristesse. Er malt die ungeschminkte Wirklichkeit und rappt dazu. Tristesse feat. DJ Adlerauge. Weil, Adlerauge, verstehste? Knick, knack. Aber, weiß ich selber, sind nur süße Träumereien. Die Mauern zu hoch, die Maschen zu weit, der Ast, auf dem man sägt, ist fruchtbar noch. Doch man darf ja wohl mal spinnen, ja, man muss es geradezu! Sonst friert man doch, friert, bis man Eis geworden. Tot! Aus und vorbei. Dann ist man tot. Dann freuen sich die anderen oder sind traurig, oder sie zucken mit ihren Schultern. Egal! Egal, egal, egal, egal. Das ist dir dann egal. Weil du ja tot bist, und da ist dir das dann egal.

So schlümm war der Osten

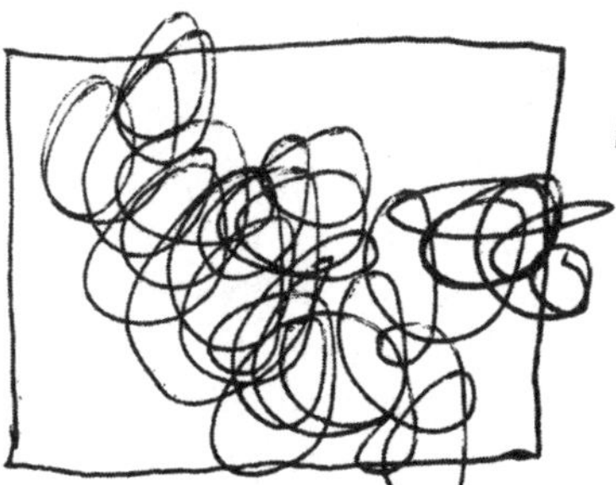

Ministerium für Staatssicherheit (Frontansicht, 1975)

Noch Fragen offen

Seit Monaten schon steht auf meinem kleinen Beistelltischchen … Beistelltischchen, auch so ein komisches Wort, oder? Als ob der hauptsächliche Zweck dieses Tischchens darin bestehen würde, es »bei« etwas »zu stellen«, ganz abgesehen davon, dass »bei etwas stellen« meiner Meinung nach den korrekten Deutsch höchst unzulänglich spiegelt. Aber vielleicht bedeutet »beistellen« auch etwas vollkommen anderes, dessen Ursprung im Niederdeutschen zu suchen ist? Vielleicht ist »beistellen« ja entfernt verwandt sogar mit dem berühmt-berüchtigten »beischlafen«?

Sei's drum. Nicht wichtig. Ich erwähnte dieses kleine Beistelltischchen auch bloß deswegen, weil da etwas draufsteht. Und zwar ein Päckchen. Ein Plastepäckchen, um nicht zu sagen: ein Tetrapäckchen. Ein Tetrapäckchen aus Tetramaterial. Keine Ahnung was das ist, Tetra, aber irgendwas wird Tetra schon sein. Im Periodensystem kommt's zwar nicht vor, aber vielleicht ist es ja eine Legierung oder ein Ester. Irgendetwas, weswegen ich in Chemie nur 'ne Vier hatte.

Mit Wasser gefüllt hat man es, das Tetrapäckchen. Also, genau weiß ich es natürlich nicht, hab ja noch nicht probiert, aber es steht zumindest drauf. »Natürliches Mineralwasser« steht da drauf und bekommen habe ich es von der »Deutschen Bahn«. Nun könnte ich selbstverständlich hier einiges zur »Deutschen Bahn« niederschreiben, dass die Züge größtenteils pünktlich kommen, zum Beispiel, und man sehr viele nette Leute kennenlernt, in so einem Großraumwagen, oder dass ich meinen allerbesten Sex im Zug hatte, ebenfalls in einem Großraumwagen, mit mehreren Mitreisenden und einer Schaffnerin, ganz spontan und vollkommen hemmungslos, abgesehen davon, dass wir nicht laut sein durften, weil das einer dieser »Pssst Zeigefinger überm Mund Rücksicht auf die anderen Fahrgäste«-Großraumwagen war, was die versaute Orgie vermutlich aber noch geiler für uns machte. Das könnte ich hier niederschreiben. Wäre zwar ein klein wenig geflunkert, setzte jedoch einen wunderbaren Kontrapunkt zu den üblichen Bahngeschichten.

Eine Entschuldigung war dieses Tetrapäckchen gewesen. Dafür, dass es kein Bordrestaurant gegeben hatte, auf dem Weg von Berlin nach München, und dass die Sitzplatzreservierungen nicht wahrgenommen werden konnten und die Klos verstopft gewesen waren, ausnahmslos alle. Bedingungen im Prinzip wie in der guten alten DDR, doch anstatt die »Deutsche Bahn« die Gunst der Stunde beim Schopfe packte, dem ICE kurzentschlossen das Etikett »Ostalgie-Zug« verpasste, um gepfefferte Preisaufschläge zu kassieren, bekam man auch noch was geschenkt. Süß.

Manche haben das Geschenk ja nicht einmal angenommen. Die lehnten das Tetrapäckchen ab, brüsk. Die waren aus irgendwelchen Gründen echt sauer. Deutsche eben. Typische Deutsche. Kommt der Bus mal nicht auf die Hundertstelsekunde pünktlich, schon wird gemeckert. Werden zwei Weltkriege hintereinander verloren, trägt man eine ärgerliche Miene zur Schau. Gibt's mal keinen frisch gebrühten Kaffee im Speisewagen, akzeptiert man die Entschuldigung nicht. Meine Güte, aber nun haben sie den Salat. Kein Tetrapäckchen ziert ihr Beistelltischchen, so sie überhaupt eines besitzen.

»carat« heißt es, also nicht das Beistelltischchen, sondern das Mineralwasser. carat mit C geschrieben. Ob das Englisch ist? Ich weiß noch genau, dass dieses Mineralwasser, exakt jene Marke, vor nicht allzu langer Zeit sich mit K schrieb. Mit K und groß. Heute nun also mit C und klein. Bloß eine Modetorheit? Oder hat die berühmte Ostrockgruppe gleichen Namens geklagt, die hier mit dem *Schwanenkönig*? »Wenn ein Schwan stirbt, schweigen die Tiere«, »Über sieben Brücken musst du geh'n«, »Tanzt unsre Welt mit sich selbst schon im Fieber?« Bisher kannte ich das ja lediglich umgekehrt. Dass eine Musikgruppe ihren Namen ändern muss, weil eine Firma nicht will, dass ihre Marke im Namen der Musikgruppe vorkommt. Bei den »Beck's Pistols« zum Beispiel war das so. Die heißen heute »Pöbel & Gesocks«, können also meines Erachtens sich durchaus glücklich schätzen, dass diese Drecksbrauerei gegen sie klagte. »Pöbel & Gesocks«, das klingt doch wenigstens, die lädt man doch gerne mal ein, sollte ein runder Geburtstag anstehen oder ein Abiball. Dagegen »Beck's Pistols«, hört sich arg nach abgehalfterter Cover-Band an. Ich meine, nichts gegen abgehalfterte Cover-Bands. Die können auch ganz lustig sein, sollten sie mal nicht auf der Bühne stehen. Apropos abgehalftert, was macht eigentlich Stefan Remmler, der ehemalige Sänger von »Trio«? Hat der wenigstens einen dieser miesen Jobs bei den Talente-Shows im Fernsehen abbekommen? In einer Jury? Wo man dann so tun muss, als würde man sich freuen neben Dieter Bohlen, dem unerträglichsten Deutschen seit 1945, sitzen zu dürfen, um ahnungslose Eintagsfliegen ins offene Messer laufen zu lassen? Die Jurys der Talente-Shows, das Auffangbecken für gescheiterte Unterhaltungskünstler der BRD. Ist Nena nicht auch schon dabei, mittlerweile? Und Nina Hagen? Und Bushido? Tja, in der DDR durfte man zumindest weitermachen, mit dem Musizieren, egal ob man noch auf der Höhe der Zeit war, Hauptsache man hatte sich vernünftig einstufen lassen und versteckte die Kritik zwischen den Zeilen. Womit wir wieder bei »Karat« wären. »Über sieben Brücken musst du geh'n«, weiß ja kaum jemand, dass es damals sieben Zonen gab, an der Staatsgrenze zur BRD, die ein Flüchtling überwinden musste, wenn er rübermachen wollte. Weiß man es, ahnt man, wie mutig diese Band gewesen sein muss, unter der SED-Diktatur. Und dass Erich Honecker hinter vorgehaltener Hand von vielen »der Schwan« genannt wurde, nicht auszudenken, wie leicht man ihnen daraus hätte einen Strick drehen können … »schweigen die Tiere«, die hohen natürlich, während das Volk jubelt. Aber dass sie jetzt einem Mineralwasserhersteller den Namen verbieten, wenn es denn stimmt, das würde ich unsympathisch finden. Na, liegt wahrscheinlich am Sänger, am neuen.

»Christinen« steht über »carat«. Auf dem Tetrapäckchen. Das stand da 1995 auch noch nicht. Sicher übernommen worden von »Christinen«, »carat«. Vielleicht ja deshalb die Änderung von K zu C, weil »Christinen« ebenfalls mit C beginnt. Und warum die Mehrzahl? Sind es etwa mehrere Christinen, welche die Firma gründeten? Christine Müller und Christine Meier und Christine zu Wittgenstein-Abdulhayyed? Ihr Mineralwasser zumindest wird jährlich prämiert, von einer gewissen »DLG«, das besagt ein Goldstempel, welcher vorne und hinten auf der Packung abgedruckt ist. »DLG«, »Deutsche Lebensmittel Gesellschaft« vermutlich, aber warum prämieren die das Zeug jedes Jahr und schreiben diesen Betrug dann auch noch ganz offensichtlich auf ihre Verpackung rauf? Fläming Felsenquelle Wiesenburg. Weiß nicht. Ich rühr das Gesöff besser nicht an. Da sind mir einfach zu viele Fragen offen.

Interdisziplinär

Ich habe jetzt ein Bild in meinem Zimmer zu hängen. Das heißt, ich hatte natürlich auch vorher schon ein Bild in meinem Zimmer zu hängen. Sogar drei Bilder habe ich in meinem Zimmer zu hängen. Mit Reißzwecken drange…, weiß jetzt nicht, wie man dazu sagt, wenn man etwas mit Reißzwecken an der Wand befestigt. Drandatschen? Dranzwecken? Dranpucken? Die hängen da jedenfalls wegen der Reißzwecken, die farbenfrohen Kinderzeichnungen. Wütende Monster, welche Blumenwiesen und Hasen kaputttrampeln, sind darauf zu erkennen, ängstliche Hasen. Und eine Fee, die mit Schnee wirft. Ich habe schon Ausschimpfe bekommen, weil man so etwas in meinem Alter angeblich nicht mehr mache. Die gehörten in einen Rahmen, die Bilder. Na ja. Vielleicht. Aber wenn ich Bilder rahme, muss ich dann bestimmt auch die klappernden Türbeschläge festschrauben, meinen als Hockerersatz dienenden kaputten Fernseher aus dem Zimmer verbannen, und zu guter Letzt darf ich nicht mal mehr Besucher in Feinrippunterwäsche empfangen. Nee, nee. Wollnwa die Spirale lieber gar nicht erst in Gang setzen.

Ab und zu spiele ich ja Klavier. Klimpere ein paar Töne und sinniere. Ich sinniere und sinniere, bis ich müde werde, hinüber auf die Couch wanke und dort gepflegt hinwegdämmere.

Aber wir entfernen uns vom Thema. Rolf Hochhuth, meine Damen und Herren, der bekannte Dramaturg, hat neulich zur Revolution aufgerufen. Nämlich wegen der Bürokratie in Brüssel, wenn ich das richtig verstanden habe. Wegen der EU-Bürokratie in Brüssel. Er hat nicht gesagt, was dann anders werden solle, nach dieser Revolution, aber das muss er ja auch nicht. Das haben alte Kunst-Käuze wie er selbstverständlich nicht nötig, das wäre ja auch noch schöner. Die sollen mal ordentlich draufhauen lieber, dass die Bühne bebt, dass sich das tumbe TV-Pack, welches seit Jahrzehnten bereits in seine Sofas hineinwächst, verwirrt die Augen reibt und fragt: ›Nanu? Ist das noch das Fernsehprogramm, oder bin ich bereits tot?‹ Davor ziehe ich meinen Hut, Herr ... Dings. Das haben sie ganz fein gemacht. Und ein Theater besitzen sie also auch? Guck an.

Stand da doch plötzlich dieser Mann vor der Tür. Tarnhose, Tarnjacke und grünes Käppi. Und so Stiefel an. Dacht ich schon: ›Sieh mal einer schau, jetzt kommen sie mich also holen, die Nazis. Aber warum nur halten sie ein so großes Bild in ihrer Hand?‹, es war zwar nur einer, aber ich dachte trotzdem sie statt er, man ist manchmal blöd, in Gedanken. ›Wollen sie etwa erschlagen mich, mit diesem Bild, diesem monströsen?‹, dachte ich total umständlich. Der Besucher guckte erst ein wenig irritiert auf den Feinripp-Schlüppa, ich hatte ihn absichtlich falschherum angezogen, wegen Punkrock, dann aber sprach er mit tiefer Stimme, wie ein Wolf: »Ich bin der Wolf«, ach nein, das sprach er nicht, er sprach: »Ich bin der Udo.« »*Der* Udo?«, fragte ich zurück. Ich hatte mir bis dahin Udo immer ganz anders vorgestellt. »Nein, nicht *der* Udo. Ich bin Udo Hagedorn. Der Maler. Ich male Bilder.« »Angenehm«, antwortete ich. »Ich bin Ahne. Ich male keine Bilder.« »Genau darum bin ich hier. Ich wollte Sie bitten, sich einen Monat lang ein Bild von mir in Ihr Zimmer zu hängen und anschließend etwas darüber zu schreiben.« »*Über* das Bild?! So mit Edding meinen Sie?« »Nein, ich meine, ich würde mich freuen, wenn Sie zu diesem Bild einen Text schrieben. Wenn Sie Ihre Eindrücke verarbeiten würden, welche das Bild auf Sie gemacht hat. Ich gebe Ihnen dazu, sagen wir, einen Monat Zeit?«

Ich schaute auf die Uhr. Einen Monat. Hm. Mir blieben also noch 30 Tage, 23 Stunden und fast 60 Minuten, das Bild auf mich wirken zu lassen. »Nun gut, mein Herr«, sagte ich und gab ihm Five. »Abgemacht. Ich krieg das Bild, Sie den Text, aber … eine Bedingung habe ich noch.« »Welche?«, fragte der Typ wie aus der Pistole geschossen, wobei sich seine Augen binnen Hundertstelsekunden zu messerscharfen Schlitzen verengten. »Keine Bullen!« »Okay«, stimmte er zu, und damit war die Sache geritzt.

Und nun hocke ich hier in meinem Zimmer und starre seit Stunden schon auf das Bild des Malers Hagedorn. Irgendwie abstrakt ist es. Links oben ein weißer Fleck, ein bisschen Rot ist mit hineingelaufen, außen, der Rand blau, ein paar schwarze Striche, ein paar gelbe Punkte. Ich habe ja nichts gegen abstrakte Kunst, doch während ich dieses Bild so betrachte, beschleicht mich ein ungutes Gefühl, denn dass Udo hier war, ist nun mittlerweile auch schon wieder ein paar Tage her, und ich wusste doch erst mal nicht, wohin mit dem Bild, dieses war schließlich ganz schön groß und, ich meine, sicher hätte ich besser aufpassen können, als ich da mit der Kaffeetasse … aber ich habe mir ja auch Mühe gegeben, später, die Flecken wieder wegzukriegen, nur scheint Essigreiniger irgendwie … und die blaue Farbe, die ich dann versucht hab zu mischen … also ein bisschen anders sah das Bild vorher schon aus. Auch weiß ich jetzt gar nicht, ob das beabsichtigt gewesen ist, dass bei diesem weißen Kreis da, dass da die Farbe so bröckelt. Hab ja mal einen Dokumentarfilm gesehen, ich glaube mit Eiweiß könnte man das wieder restaurieren. Doch nach den schlechten Erfahrungen bei der blauen Farbe … vielleicht sollte ich erst mal gucken, wie viel das überhaupt wert ist, das Gemälde. Mal das Internetz bemühen, mal gugeln, unter Hagedorn, Udo Hagedorn. Hagedorn, Hagedorn, Hagedorn? Ach, da haben wir es ja. Nee, wa?! Dis glaub ich jetzt nich! Wahnsinn!

Im Schlaraffenland der Vergänglichkeit

Mit meiner Aktion »Verschenken gegen Kapitalismus« scheine ich ihm mächtig zugesetzt zu haben, dem alten Hallodri. Kurz bevor er jetzt aber endgültig zusammenbricht, zeigt er uns noch mal so richtig seine hässliche Fratze. Treibt die Preise für Gas, Wasser, Scheiße in die Höhe, baut Panzerkreuzer ohne Ende, verbietet das Grillen im Park, und eine neunspurige Autobahn soll künftig Berlin-Marzahn mit Berlin-Steglitz verbinden. Dafür werden die Bezirke Lichtenberg, Friedrichshain und Charlottenburg komplett eingeebnet, und auch das Brandenburger Tor, Kultstätte der europäischen Linken, muss weichen. Noch ist das alles nicht umgesetzt, aber wenn schon, denn schon, denkt sich das marode System und pumpt sein Gift mit letzter Energie in unsere Venen, Ampulle um Ampulle.

Ich, im Gefühl des sicheren Sieges, habe mir gerade ein Brötchen geschmiert mit Marmelade drauf, mit süßer Erdbeermarmelade drauf, und das nehme ich mit hinaus. *To go* wie man heutzutage sagt, »Erdbeermarmeladenbrötchen to go«. Das nämlich will ich essen, das Brötchen, unterwegs, denn ich bin unterwegs, denn es ist Herbst, und da bin ich gerne unterwegs, genauso wie im Frühling, wie im Sommer und wie im Herbst und wie im Winter, aber vor allem wie im Herbst. Denn im Herbst, da ist das Leben leicht, leicht wie eine Prise Wind, leicht wie eine Tüte Zuckerwatte, leicht wie eine Zigarettensorte mit wenig Nikotin drin und Teer, Teer, was auch Kondensat genannt wird oder in der Mehrzahl Kondensate. Und die sind ja gesund, die leichten Zigarettensorten, oder jedenfalls nicht ganz so ungesund wie die schweren Zigarettensorten, die ich übrigens allesamt sehr gerne rauche, aber man darf ja keine Werbung dafür machen, weil das der Staat verboten hat, der gemeine Staat, der gleichzeitig Großflughäfen erbauen lässt, durch deren Lärm tausende Kinder an Ohrenschmerzen jämmerlich krepieren oder zumindest schlecht hören werden einst, der gleiche Staat also, der neue faschistische Parteien quasi einlädt, die Macht zu übernehmen, der alles Geld in Waffen investiert, Streubomben, Landminen und so weiter und so weiter, während rund um die Uhr, rund um den Erdball herum, sich die Menschen falsch ernähren, dieser genau jener Staat will uns erzählen, dass Rauchen schädlich sein soll? Ey hallo?! Geht's noch?! Ich jedenfalls, ich rauche gerne. Auch als Nichtraucher. Hab ich kein Problem mit. Marlboro, Karo, Havanna-Club, ich rauche alles weg. Kette. Mal Lunge, mal Pustebacke. Wie mir gerade ist. Manchmal, da rauche ich auch nicht, meist wenn ich schlafe. Man sollte beim Rauchen ja durchaus auch mal eine Pause einlegen, ab und zu, weil, sonst wird es schnell langweilig, so wie alles, was man ständig tut irgendwann einmal langweilig wird. Es setzt eine gewisse Routine ein, ja, man küsst sich noch, wenn man sich verabschiedet oder begrüßt, ja, sicher, das schon, aber die große Leidenschaft, sie ist verflogen. Das innige Begehren, das heiße Verlangen, die brodelnde Gier, die Lust des Fleisches auf das Fleisch, auf den dampfenden Saft der Vereinigung, die maßlose Erregung, Extase pur, zerwühlte Kissen, verräterische Flecken, Herbst.

Neulich habe ich sogar einen Fuchs gesehen, in der Wisbyer Straße. Der stand da nachts, auf der anderen Straßenseite, stand der da herum und guckte mich an. Ich wollte ihn schon mit einem Marmeladenbrötchen locken zu mir herüberzukommen, auf meine Straßenseite, aber dann ist mir eingefallen, dass Füchse ja gar keine Marmeladenbrötchen fressen, also nicht so gerne bestimmt, und außerdem hatte ich ja auch keines dabei. Wenn ich nämlich nachts durch die Straßen Berlins flaniere, habe ich grundsätzlich keine Marmeladenbrötchen bei mir. Wenn man nämlich nachts noch Marmeladenbrötchen isst, wird man dick. Deswegen esse ich nur noch Fleischklopse nachts oder Würstchen vom Schwein. Hmm, Schweinefleisch! Der Herbst und Schweinefleisch, das gehört für mich einfach zusammen. Bunte Blätter, feiner Nieselregen und eine schöne Schüssel frisches Hack. Pfeffer und Salz dazu, Zwiebeln, ein rohes Ei, sehr, sehr lecker. Gibt ja Menschen auf dieser Welt, die kein Schweinefleisch mögen. Also, die tun mir echt leid. Auch die aus ethischen Gründen. Also, die haben sicher recht, alle, aber sie tun mir trotzdem leid. Weil der Verzicht sie hart macht, letzten Endes, und böse, und sie irgendwann auch ihre Kinder schlagen werden oder den Kapitalismus reanimieren. Davon bin ich überzeugt, aber daran will ich jetzt mal lieber nicht denken, weil man an so etwas nicht denken sollte, wenn man ein frisch geschmiertes »Marmeladenbrötchen to go« in der Hand hält und sich auf dem Wege befindet hinaus in die schöne, bunte Welt des Herbstes, in das Schlaraffenland der Vergänglichkeit, in die lichte Zukunft einer neuen, einer besseren Gesellschaft. Ach, wie dankbar ich doch dafür bin, dass ich das alles noch miterleben darf. Ich, höchstpersönlich.

So schlümm war der Osten

Plaste und Elaste (Bezirk Halle)

Zwei Mädchen, ein Gesprächsstoff

M1: Irgendwie tut es mir ja doch leid mit Janne.
M2: Aber du wolltest doch gar nicht mehr mit ihm zusammen sein.
M1: Das stimmt ja auch. Aber er fehlt mir. Die Sicherheit, weißt du. Und Frank, das war doch irgendwie auch nichts. Wenn der in Köln gewohnt hätte, ja. Das wäre ideal gewesen. Sein Bart, der sah ja richtig gut aus, aber so?
M2: Immer passt dir irgendwas nicht. Du musst die Menschen auch mal nehmen, wie sie sind.
M1: Das fällt mir aber schwer. Ich glaub, ich werde einfach gar nicht mehr weggehen, diese Woche.
M2: Das wäre aber schade. Ich hab doch übermorgen Geburtstag.
M1: Da komm ich ja auch. Aber weißt du … die Sache mit Ronald zum Beispiel …
M2: Den fandest du doch auch nur gut, weil der dich in Schweizerdeutsch angeredet hat.
M1: Ja. Aber ist das nicht verrückt? Da ist man mitten in Amsterdam und plötzlich redet dich jemand auf Schweizerdeutsch an?
M2: Aber Ronald ist doch gar nicht dein Typ!
M1: Nein, aber der war so süß. Der hat sich richtig Mühe gegeben, weißt du.
M2: Ronald ist, finde ich, echt ein blöder Name.
M1: Ja. Klar.
M2: Ronneld, das hätte irgendwie was. Aber Ronald?
M1: Vielleicht geh ich ja doch wieder zurück zu Janne. Wir waren schließlich drei Monate zusammen.

M2: Ich finde, das solltest du nicht machen. Du wolltest doch von ihm weg. Das ging doch schon so lange, dass du von dem wegwolltest.
M1: Ja, aber er liebt mich.
M2: Aber dann wäre es ja, wie es vorher war, und das wolltest du doch nicht mehr.
M1: Ich geh ja auch nicht zu ihm zurück. Aber er fehlt mir eben.
M2: Vielleicht solltest du dich mal richtig aussprechen. Dir einfach mal Zeit nehmen. Mal alles auf den Tisch packen, was dich stört.
M1: Ach ... ich weiß nicht.
M2: Du darfst jetzt aber auch nicht den Kopf hängen lassen, hörst du?
M1: Ich lass ja gar nicht den Kopf hängen. Ich hab ja zum Glück auch viel zu tun. Ich muss ja die Bewerbung schreiben, und dann hab ich ja noch meinen Nähkurs. Das wär jetzt übrigens genau die richtige Zeit, um da in Bielefeld angenommen zu werden.
M2: Aber dann wärst du ja gar nicht mehr in Köln!
M1: Nein.
M2: Ich fand das immer so schön, wenn wir drei zusammen weggegangen sind.
M1: Ist doch nur für kurz. Weißt du, irgendwie ist das schon merkwürdig, immer wenn dich jemand anspricht, ist das ein Idiot.
M2: Dann musst du eben selber mal jemand ansprechen. Du kannst doch nicht ständig darauf warten, dass dich jemand anspricht, und dann soll das auch noch genau so einer sein, wie du ihn haben willst. Du musst die Menschen nehmen wie sie sind!
M1: Aber mit Ingo ... echt, das geht gar nicht. Ich fand das ja schon gut, aber ich hab auch schnell gemerkt, dass das gar nicht geht, auf Dauer.
M2: Das ist doch aber auch klar, dass das nicht geht. Immerhin warst du ja vorher so lange mit Janne zusammen. Da ver-

gleicht man ja auch ständig. Da ist das ja normal, dass das nicht geht.

M1: Vielleicht sollte ich mich entscheiden. Aber will ich denn zu viel? Ich will, dass er mir gefällt, dass es nicht langweilig ist und dass man reden kann.

M2: Und aus Köln sollte er sein.

M1: Ja. Klar. Vielleicht wünsche ich mir auch einfach ein Haustier.

M2: Also, ich find ja Chipmunks total niedlich. Wenn ich mir mal ein Haustier zulegen sollte, dann einen Chipmunk.

M1: Was ist denn ein Chipmunk?

M2: Das sind so Eichhörnchen. Bloß, die haben statt einem buschigen Schwanz, haben die einen kleinen, einen dünnen Schwanz.

M1: Ich find ja Wombats toll. Aber die sind schwer zu halten.

M2: Wegen dem Futter?

M1: Ja. Und die Haltung eben. Und das Klima. Die haben ja ein ganz anderes Klima in Australien.

M2: Hunde sind auch toll. Hunde, Ratten und Schildkröten.

M1: Ich mag keine Reptilien.

M2: Auch keinen Lurch?

M1: Nein. Und vor Hunden hab ich Angst.

M2: Hast du da mal was erlebt?

M1: Ja. Mich hat mal ein großer Hund angesprungen und mir fast das Gesicht zerfleischt. Ich weiß nicht, welche Sorte, aber sehr groß. Der kam mit einer Frau und hat plötzlich seine Pfoten so auf meine Schultern gelegt und dann immer geschnappt. Zum Glück war der mit Maulkorb.

M2: Na, dann ist das ja auch klar, im Prinzip, dass du Angst hast.

M1: Katzen find ich gut. Katzen sind kuschlig.

M2: Katzen sind aber nicht so treu wie Hunde. Hunde betrachten dich ja als deins. Die ordnen sich dir unter.

M1: Ach, ich mag nicht so unterwürfige Tiere. Ich mag lieber Pferde oder Wombats.

M2: Ja, Wombats sind niedlich. Eine Freundin von mir hat einen Lemming.

M1: Ich weiß nicht, ob ich dich nerve, aber ich muss doch noch mal mit Daniel anfangen.
M2: Ach, Daniel.
M1: Weißt du, das war eigentlich eine schöne Zeit mit ihm.
M2: Aber Daniel und du, ihr habt doch gar nicht zusammengepasst.
M1: Natürlich haben wir nicht zusammengepasst. Ich mein ja auch nur … weil ich so oft an ihn denken muss.
M2: Ja, das ist nun mal so.
M1: Ich glaub, ich bin viel zu lieb.
M2: Du musst eben öfter sagen, was du denkst.
M1: Ich denk, ach weißt du, ich denk, ich geh einfach zu Janne zurück, auch wenn natürlich …

Und so weiter und so weiter, und wir waren, glaubt es oder glaubt es nicht, gar nicht mal so sehr traurig, als wir den Zug in Duisburg verlassen mussten und damit eben auch die beiden jungen Damen, denen aber garantiert auch ohne unser Beiwohnen der Gesprächsstoff so bald nicht ausgehen würde. Da war ich mir ziemlich sicher.

Bernd und das Unglück

An einem ulkigen Tag im Monat November begab sich Bernd die Stufen hinauf zu seinem Ausblickzimmer des Niedrigenergiehauses in der Scharnweberstraße. Draußen tröpfelte der Regen hinunter. Seit Berlin Hauptstadt Europas geworden war, schien das Wetter noch unerträglicher zu werden. Staubige Trockenzeiten wechselten sich mit Phasen klammer Kälte, irren Gewittern, steifen Nordostbrisen und drückender Schwüle ab. Bernd begrub das Gesicht unter seinem Lieblingskissen und weinte. Seit gestern war er arbeitslos. Die Zwiebackfirma »Knacks« hatte sämtliche fest angestellten Mitarbeiter entlassen und sie durch billige Leiharbeitskräfte ersetzt. Portugiesen, Spanier und Italiener zumeist, die nach dem wirtschaftlichen und politischen Kollaps in ihren Heimatländern das Glück in der märkischen Metropole in den Sand setzten. ›Arme Schweine, genau wie ich‹, dachte Bernd und verwünschte all jene, die dafür verantwortlich zu sein schienen und die, wenigstens nach Bernds Vorstellungen, sämtlich in Brüssel saßen. Brüssel und Berlin nämlich teilten sich seit geraumer Zeit die Aufgaben einer Hauptstadt. Während in Berlin repräsentiert wurde, während hier die Partys über die Bühne gingen, die Aufmärsche an jedem 23. September, dem europäischen Einigungstag, stattfanden, feierlich Staatsgäste empfangen und die spektakulärsten Hinrichtungen inszeniert wurden, verblieben Parlament, Regierung und die meisten Ausschüsse in Brüssel, wo auch die Entscheidungen fielen, von wo aus man die Geschicke Europas lenkte.

Bernd weinte und weinte. Wie sollte er es nur seiner Mutter erklären, wie seinem Vater? Und Elisabeth, was würde sie dazu sagen? Sie hatten doch schon Pläne, wegen einer Familie. Das Erste sollte ein Mädchen werden, das Zweite ein Junge. Mädchen machten nicht so viel Stress, erst mal. Und mit seinem Gehalt wären sie auch ganz gut über die Runden gekommen. Es hätte schon gepasst, irgendwie. Gut, sie hätten weiter bei den Eltern wohnen müssen, doch da waren sie beileibe keine Ausnahme. Fast alle wohnten bei ihren Eltern. Hatte ja auch was für sich. Heimplätze waren unbezahlbar und Pflegekräfte gab es zwar wie Sand am Meer, aber die klauten ja alle wie die Raben, das konnte man zumindest der Presse entnehmen.

Ach, was sollte bloß werden? Bernd weinte weiter. Er schlug die B.A.Z., die Berliner Allgemeine Zeitung, auf. Erdbeben, Hungersnöte, Flüchtlingsströme. Und Mali testete angeblich eine neue Langstreckenrakete. Die waren also als Nächstes dran. Bernd überblätterte die Meldungen. Sie interessierten ihn nicht besonders. Er hatte andere Probleme. Seit dem Arbeitsverbot für Frauen lastete der Broterwerb fast ausschließlich auf seinen Schultern. Gut, Elisabeth konnte ab und zu ein paar Stunden geben, schwarz, und die »Herdprämie«, wie das Grundeinkommen für Gebärfähige genannt wurde, kam hinzu, aber das waren natürlich nur Erdnüsse. Davon konnte niemand überleben, schon gar nicht in Berlin.

›Man müsste sich zusammenschließen‹, dachte Bernd. Sie waren doch so viele. Und sie hatten alle dieselben Sorgen, egal ob sie nun Moslems waren oder Christen oder Juden oder Hindus. Bernd glaubte ja eigentlich gar nicht an Gott. Aber offiziell musste man sich einer Religion zuordnen, weil man sonst die Strenggläubigen provozieren würde, wie es hieß, und sowieso, damit man überhaupt einen Wohnberechtigungsschein bekam, der einem zwar auch keine Wohnung bescherte, jedoch ständig mit sich geführt werden musste, im Prinzip also ein Aufenthaltsberechtigungsschein für das jeweilige Viertel. Nach den letzten Unruhen wurden diese jetzt schärfer kontrolliert. Während man früher lediglich lächelnd darauf hingewiesen wurde, dass man sich in der falschen Gegend befinde und nach seinen

Erledigungen bitteschön schleunigst dorthin zurückkehren solle, woher man gekommen sei, hörte man nun immer öfter auch von körperlichen Züchtigungen, von öffentlichen Auspeitschungen auf den Marktplätzen vor den Moscheen, Kirchen, Synagogen und Tempeln. Was die begeisterten Zuschauer trieb, die jeden Schlag dort mit frenetischen Ovationen quittierten, würde Bernd nie verstehen. Vielleicht blieb ihnen ja nichts anderes im Leben. Vielleicht hatten sie längst aufgegeben und versuchten nun, sich von der Schmach des eigenen Scheiterns abzulenken. Und da blieb ihnen nicht viel. Wahrlich. Nach dem Verbot sämtlicher Drogen (den Muslimen war aus religiösen Gründen der Genuss von Tee erlaubt, Christen und Juden stand pro Woche und Erwachsenem ein Viertelliter Wein zu), dem Verbot von Spiel und Sport (geschuldet angeblich den gewalttätigen Ausschreitungen beim Stadtderby zwischen Hosianna Hohenschönhausen und Djihad Schöneweide), nach Bürgerprotesten gegen betrügerische Hütchenspieler, dem Untersagen öffentlicher Vorführungen von Kunst und Kultur aus Gründen ungeklärter Fragen des Urheberrechtes sowie dem Verbot jeglicher politischen Betätigung, die geeignet war, das friedliche Zusammenleben der Religionen zu stören (somit sämtlicher), war es schwer geworden, sich vom grauen Alltag abzulenken, von der Jagd nach Arbeit und Geld oder der Angst vor dem Verlust von beidem. Man konnte sich auf das Jenseits freuen oder ein Buch lesen. Bücher durfte man noch lesen. Obwohl es innerhalb der Liberal-Religiösen Volkspartei für Freiheit, Demokratie und Glück auch da Bestrebungen gab … denn in vielen Büchern konnte man ja, ähnlich jenem vor dem Energiekollaps weit verbreiteten Internet, verfassungsfeindliche Passagen finden. Sehr viele Bücher, das war nicht zu leugnen, erregten die Gemüter, da konnte nicht ausgeschlossen werden, dass daraus hitzige Debatten entstehen würden, und dann war es natürlich bis zu den ersten Toten nicht mehr weit. Und die Liberal-Religiöse Volkspartei für Freiheit, Demokratie und Glück verstand sich schließlich als Bewahrer von Ruhe, Ordnung und Sicherheit, als Garant für den Frieden in Berlin und europaweit – nach der unumgänglichen Auflösung der anderen Parteien tragischerweise als einzig verbliebenen Garanten dafür.

Bernd weinte wieder. Hier oben, in seinem Ausblickzimmer des Niedrigenergiehauses in der Scharnweberstraße, konnte ihm dabei niemand zusehen. Hier oben war er noch sicher.

Runter kommt man immer

Gestern nur ein Großes und vier Kleine. Dafür ist die Glühbirne kaputtgegangen. Gibt's da überhaupt noch Ersatz zu kaufen? Hieß das nicht mal, dass die jetzt verboten worden seien, die Dinger? Hier, von Brüssel? Oder hab ich mich da verlesen? Dachte, wegen diesem Vereinigten Europa. Wie heißt das eigentlich, was es dann anstelle von Glühbirnen gibt? Glühlampen? Ist das nicht dasselbe? Muss immer 'ne Kerze anmachen, seit gestern, wenn ich was finden will, weil, die Rollos, die lassen sich ja auch nicht mehr aufziehen. Muss irgendwas gerissen sein. Geht immer mehr kaputt, seit meine Freundin ausgezogen ist. Fürchterlich ist das, ganz, ganz fürchterlich! Als ob mich jemand strafen wolle. Schlüssel is auch weg. Muss ich jetzt immer durch's Fenster klettern, nachts. Muss ich das offen stehn lassen, so angelehnt, und dann das Rollo hochdrücken und drunter weg hier reinschlüpfen. Zum Glück wohn ich Hochparterre. Wenn ich … im ersten Stock, nicht auszudenken. Der Jüngste bin ich ja auch nicht mehr und allzu geschickt noch nie gewesen, und manchmal trinkt man ja auch etwas mehr als nur ein Großes und vier Kleine. Wenn jemand Geburtstag hat oder wenn jemand mal Glück hatte, zum Beispiel. Hier, bei Olli, da bin ich mir ziemlich sicher, dass der dieses Jahr schon mindestens dreimal Geburtstag hatte. Na, der Geschenke wegen wird der das garantiert nicht arrangiert haben.

Ach, findet sich schon wieder an, der Schlüssel. Kann ja nich ewig weg sein. Materie verschwindet ja nicht so einfach. Materie wandelt sich um. Aber in was soll sich so ein Schlüssel schon umwandeln? Nee, der wird runtergefallen sein. Der wird sich, sollte ich mal sauber machen, garantiert wieder irgendwo anfinden. Wahrscheinlich an einer Stelle, wo man ihn gar nicht vermutet hätte. Da werd ich mich höchstwahrscheinlich scheckig lachen, wenn ich den wiederfinde.

Anrufen soll ich, wenn ich Probleme hab, hat sie gesagt. Aber ich bettel doch nich. Wer bin ich denn? Hallo?! Wenn sie zurückkommen will, bitte schön, meine Tür steht offen, jederzeit ... na ja, stünde, sagt man wohl.

Ist gar nicht verkehrt, so ein Alleinleben. »Single«, das Wort, das mag ich gar nicht. Das klingt, nach Salatfresser klingt das, nach Webdesigner. »Single«. Ich bin alleine. Gerne alleine. Hat man nicht so viel Abwasch, und Heizkosten spart man außerdem. Weil ich nur noch ein Zimmer bewohne, musste ich auch nur ein Zimmer heizen, so lange das noch ging. Aber ich liege sowieso immer unter zwei Decken, wenn ich hier bin. Kein Weltuntergang.

Ist wahrscheinlich Luft im Heizkörper, hat Olli gesagt, und Olli weiß das, denn Olli hat früher mal mit jemandem zusammengearbeitet, der mal Heizungsmonteur war oder gelernt hat oder weiß der Fuchs. Er kommt vorbei, hat Olli gesagt, bei Gelegenheit, um sich das Ganze mal anzugucken. Aber ich weiß nich, ob Olli das schafft, hier, durch das Fenster? Der is ja oft, schon früh am Morgen is der ja blau und, ich meine, mich stört's ja eigentlich nicht, so ohne Heizung, obwohl natürlich, wenn dis dann im Winter mal richtig kalt wird, so ganz ohne Heizung und mit offenem Fenster, keine Ahnung, ab wann einem die Wasserrohre einfrieren. Und ohne Wasser? Gut, abwaschen brauch ich nich, was isst man schon, wenn man alleine ist, aber auf's Klo? Das würde ich schon ganz gerne noch benutzen wollen, das Klo. Sicher, hatte man früher auch nicht, und man gewöhnt sich an alles, sicher. Müsste man eben Zeitungen rumwickeln, um die Wasserrohre, richtig dicke Packen Zeitungspapier so schön um die Rohre drumrumwickeln, dass der Frost nich rankommt. Zeitungen hab ich ja noch, jede Menge. An Zeitungen herrscht wahrlich kein Mangel bei mir. Wenn's nur um Zeitungen ginge?

Hauptsache, die schmeißen mich nich aus der Wohnung. Aber, da habe ich mich informiert. Das dürfen die gar nicht. Da müssten sie mir erst mal Mahnungen zustelln, und wie sollen sie das tun? Mein Briefkasten ist dermaßen mit Werbung vollgestopft, da passt kein Futzelchen mehr rein, nich mal 'ne klitzekleine Minimahnung passt da noch rein. Meine Tür geht nich auf, Telefon gibt's keins, die haben überhaupt keine Chance, mir eine Mahnung zuzustelln. Und das bedeutet? Tja, 1:0 für mir.

Dürf mich eben bloß nich erwischen lassen, aber da pass ich schon auf. Ich stell nichts an. Ich guck auch immer erst, ob keiner guckt, wenn ich rein- oder rauskletter. Bin umsichtiger geworden, seit ich alleine wohne. Meine Sinne haben sich geschärft. Ein bisschen als wäre ich ein Tier geworden, ein wildes.

Wenn ich so drüber nachdenke, wahrscheinlich würden wir sowieso gar nicht mehr zusammenpassen, ich meine, selbst wenn sie zurückkäme, jetzt.

So schlümm war der Osten

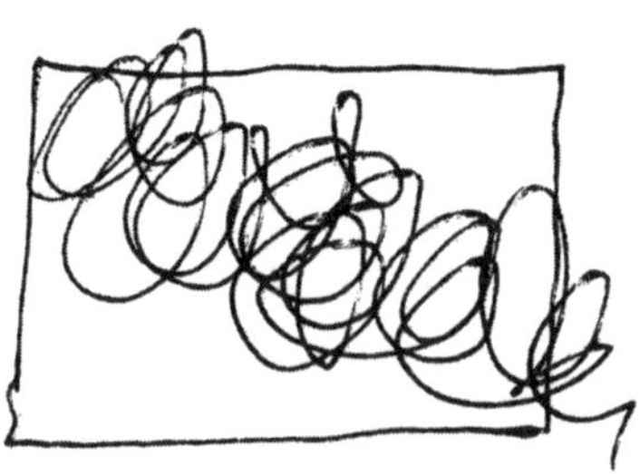

Fernsehprogramm (DDR II circa 1978)

Wie ich einmal so vor mich hin ging

Ich ging mal einmal so vor mich hin. Ich ging auf der Straße. Ich ging und ging. Auf dem Fußweg natürlich, ging ich, nicht auf der Straße. Auf der Straße natürlich auch, wenn ich eine Straße mal überqueren musste, um auf die andere Straßenseite zu gelangen. Auf den dortigen Fußweg. Dann ging ich schon auch einmal auf der Straße. Dann guckte ich aber auch nach rechts und nach links vorher, weil, es könnte ja ein Auto, zum Beispiel ein Laster kommen, und dann wäre ich tot oder zumindest sehr kaputt. Wenn so ein Laster, ein mit Wackersteinen beladener Laster, über einen drüberwegknattert, dann hat man ja gemeinhin schlechte Karten. Der ist ja fast immer stärker, so ein Laster, es sei denn, es ist so ein Laster, wo nur ein Wackerstein raufpasst, ein einziger kleiner Wackerstein, ein Kiesel, ein winziger, noch kleiner als ein ganz ein kleiner Mariechenkäfer, dann, ja dann hätte man sicher gute Chancen, aber so einen Laster, den gibt es nicht, nicht hier jedenfalls, nicht auf Deutschlands Straßen. Hier sind solche Laster verboten, weil, die werden sowieso nur in Japan hergestellt oder in noch ferneren Ländern, und das schädigt die hiesige Lasterbauindustrie, das … da könnte ja jeder kommen! Nee, man muss auch mal an die Arbeitsplätze denken, deshalb gucke ich da immer, bevor ich über die Straße gehe. Nach links und nach rechts. Zuerst nach links, dann nach rechts. Genau in dieser Reihenfolge. Ich weiß nicht warum, aber das ist mir förmlich in Fleisch und Blut übergegangen, das ist mir wie eingeimpft, wahrscheinlich bin ich da früher, von der SED im Kindergarten, als ich in einer Reihe da auf den Töpfchen …

wir mussten ja von früh bis spät in einer Reihe auf den Töpfchen sitzen, bis die Mutti, die liebe Mutti, uns abholte, aber die kam ja oft auch nicht, die war ja oft in Sibirien, auf Montage, wie es immer hieß. Ja, Gleichberechtigung wurde damals noch groß geschrieben, und deswegen wurde ich auch öfters von Tante Stahlgewitter, die nur so hieß, aber eigentlich ganz nett war, mit nach Hause genommen. Weil Vati ja auch nicht konnte, weil der sich ja auch mal amüsieren musste. Männer sind ja auch nur Menschen. Da hatte die SED natürlich leichtes Spiel und konnte uns impfen. Deswegen sind ja auch die Menschen aus dem Osten nicht so anfällig gegen Krankheiten, weil wir alle geimpft sind. Is so! Alles Negative hat auch sein Positives. Die Autobahnen waren nicht so gut, dafür waren wir geimpft. Also, ich hab jedenfalls schon mit drei Jahren nach rechts und nach links geguckt. Und da kam nie ein Auto. Niemals! Nun, das ist so geblieben, bis heutzutage. Ich gucke nach links, und ich gucke nach rechts. Ich gehe auch ganz gerne mal ganz langsam. Ich gehe ganz gerne ganz ohne Hast. Es staut sich hinter mir, für gewöhnlich, klar, wenn der Bürgersteig schmal ist. Dann beginnen die Gestauten sich zu rotten, selbstverständlich. Dann beginnen sie zu murren und zu knurren, hinter mir, im Chor, denn sie wollen ja zur Arbeit oder irgendwohin. Nun, sollen sie, sollen sie. Aber immer hübsch der Reihe nach. Erst ich, dann sie. Öfter überholt mich auch so ein Depp. Eilt auf der Straße an mir vorbei und wird prompt von einem Laster überrollt. Matsch. Dann zeigen die wütenden Gestauten mit ihren Fingern auf mich. Geifern: »Der is schuld, der is schuld!« Da kann ich dann nur verwundert den Kopf schütteln. ›Das ist ja überhaupt gar nicht wahr‹, könnte ich dann sagen, aber ich weiß, es würde sie nicht besänftigen. Sie suchen einen Schuldigen, und sie haben einen Schuldigen gefunden, weil sie ja auch keine Zeit haben, ewig nach einem Schuldigen zu suchen, weil, sie müssen ja auch zur Arbeit oder irgendwohin. Die Drogeriekette macht schon um 19 Uhr zu, und vorher hat vielleicht noch jemand Geburtstag. Nein: »Hängt ihn auf! Da, an der Laterne ist noch Platz.« Und dann hänge ich da also, an der Laterne, und so ist es nun eben doch noch eine traurige Geschichte geworden, eher. Ja, man weiß manchmal nicht, wo so ein Weg hinführt, ob nun nach rechts oder nach links, ob nach oben oder nach unten, oder ob man sich gar dort wiederfindet, wo man dereinst begann zu laufen. Man weiß nur, man ist nicht allein. An den anderen Laternen, da hängen sie ja auch. Guckt euch doch um.

Antwort auf eine Frage

Müde. Müde bin ich. So müde. Müde wie in der DDR. In der DDR war ich ja auch schon müde. Dann kam die Wende, und da war ich auch müde. Und nach der Wende auch. Ich hab auch mal geschlafen nach der Wende. Doch dann war ich immer noch müde. So müde, dass es mir ungeheure Anstrengungen bereitete, überhaupt die Augen offen zu halten. Andere spielten Federball oder machten Karriere, ich war müde. Sagte meine Mutter: »Guck doch mal, was für Möglichkeiten ihr jetzt habt, ihr könnt doch Bäume ausreißen jetzt oder Häuser besetzen oder in den Puff gehen«, dann freute ich mich riesig, dass ich ihre Worte wahrnahm, weil ich doch so entsetzlich müde war. So unglaublich müde. Ich war so müde wie die höchsten Wolkenkratzer von New York. Ich war müde wie die längsten Langstreckenraketen von der ganzen Welt, wie eine Stupsnase im Sommerwind, ein LKW im Stau auf der Autobahn A6, wie eine komplizierte Formel aus der man Energydrinks herstellt oder mit der man Kuba-Apfelsinen geschält kriegt, so müde war ich. Und als die EU erweitert wurde, wurde ich noch müder. Und als Berlin endlich wieder Weltstadt wurde, noch müder.

»Ja, geht das denn überhaupt, noch müder?«, werden sich einige von euch jetzt sicher fragen. Ja. Das geht.

Gefühlte 92

Zu den Rückenschmerzen, dem Kopfjucken, der ständigen Müdigkeit und meinen Erektionsproblemen ist jetzt also auch noch so ein Schmerz im Arsch hinzugekommen. Also in der linken Arschbacke, also von mir aus gesehen links. Das heißt, wahrscheinlich ist gar nicht der Arsch das Problem, sondern irgendein Knochen, ein Gelenk, welches im Arsch ist, im doppelten Sinne der Wörter. Immer wenn ich 'ne Weile so sitze oder liege, kann ich anschließend gar nicht mehr richtig laufen. Ich humpel dann immer und stoße Geräusche aus, so: »Ahhaha« oder auch: »Vvvvhhhh« oder: »Heijeijei«. Dann guckt der Rest der Familie genervt bis angewidert. Sie sehnen sich sicher bereits nach dem Tag, an dem der letzte Ton meinen Körper verlässt. ›Endlich Ruhe‹, werden sie dann denken, ›endlich issa weg, der alte Sack.‹ Dabei bin ich noch gar nicht alt. Ich meine, 44, es gab Menschen, die deutlich älter geworden sind. Frage mich allerdings, wie die das ausgehalten haben. Ich meine, Johannes Heesters ist ja 100 geworden oder sogar noch älter, hab irgendwann aufgehört mitzuzählen, und in Georgien, genauer gesagt in Grusinien, da ist es ja vollkommen üblich, dass die Menschen über 130 Jahre alt werden, wegen ihres Tees, ihres grusinischen Tees: »Grusinischer Tee, grusinischer Tee, lalalalala, lalalalalalala.« Hach, das waren noch Hits, in den Siebzigern. Da konnte man noch tanzen zu, und nicht nur, weil man in der Lage gewesen ist, die eigenen Knochen so zu bewegen, dass Wohlgesinnte einen gewissen Zusammenhang zum Rhythmus der Musik herstellen konnten. Nein, das war eben menschlich. Menschliche Musik. Heute wird Tanzmusik ja nur noch für Roboter gemacht, ich meine, 260 Schläge pro Minute, das schafft doch höchstens ein Duracell-Häschen, und nein, das liegt nicht daran, dass ich irgendwann den Anschluss verpasste. Das ist eindeutig eine Fehlentwicklung, das ist entartet, das hat mit Musik nichts zu tun! Seit wann ich diese Ansicht vertrete? Nun, kann mich ehrlich gesagt nicht mehr erinnern. Unter Kohl muss es wohl gewesen sein. Jawohl, Kohl. Das war noch ein richtiger Politiker gewesen. Helmut Kohl. Das war nicht so ein farbloses Mäuschen, wie diese ganzen Versager, die heutzutage im Bundestag herumlungern. Diese debilen Nullen, egal aus welcher Partei. Nieten in Nadelstreifen, deren Namen man sich niemals merken kann. Dagegen Kohl. Helmut Kohl! Der Vater der Einheit! Oder auch Schmidt. Helmut Schmidt! Oder gar Honecker. Erich Honecker! Das waren noch Vollblutpolitiker. Da ging es noch rund. Keine Waschlappen wie diese Lackaffen, diese Vollpfosten, diese Stümper heutzutage, die immer gleich weinen, wenn sie mal 'n Antrag nicht durchkriegen. Nee, der Helmut Kohl, wenn der mal 'ne Wahl vergeigte, oder auch der Erich Honecker, dann hat der nicht lange gefackelt, dann hat der, am selben Abend noch, direkt im Fernsehen, hat der dem Gewinner direkt eine in die Fresse geboxt. Dann spritzte da das Blut, und so manches Glasauge plinkerte auf den Fußboden. Plink, plink.

Kein Wunder, wenn heutzutage keiner mehr zur Wahl gehen will, also, ich kann ... also, muss ich sagen, da kann ich die Jugend von heute durchaus verstehen, auch wenn ich die ansonsten vollkommen verabscheue, natürlich. Ich meine, mal ehrlich, was ist das denn?! Ich meine, das ist doch keine Jugend! Da ist ja jedes Toastbrot interessanter. Sitzen die ganze Zeit vor ihren Computern und weinen, und dann wundern sie sich, wenn man sie enterbt.

Ich meine, ich habe ja sowieso nichts, also, außer Schmerzen, aber wenn ich was hätte, dann täte ich das lieber der Heilsarmee überschreiben, und ich hasse die Heilsarmee, mindestens eben so sehr, wie ich diese ganzen feinen Pinkel hasse, die fortwährend unsere Straße hoch und runter stolzieren. Da könnt ich mal richtig reinhalten. Ja, das habe ich noch gelernt. Ich war dabei. Nicht beim Bund, dieser Weicheiertruppe. NVA! Da wurde noch … da gab es noch … haha! Klar, war auch nicht ohne. Viele haben's ja nicht geschafft, die blieben auf der Strecke, die kamen nie zurück. Tot oder so. Aber wer die Zeit irgendwie überstand, der war gezeichnet fürs Leben. Den konnte alles andere nicht mehr erschüttern. Also, ich könnt da Sachen erzählen, also, allein die ganzen Durchschüsse und wie oft mir so ein Bajonett im Unterleib steckte. Kam vor. Was uns nicht umbringt, macht uns hart, und irgendwie musste der Mangel an militärischer Ausrüstung ja wettgemacht werden. Ich sage mal, hätten wir damals nackig, eins zu eins, der Bundeswehr gegenübergestanden, ohne Gerät und gewusst wofür, ich bin mir sicher, nicht die Spur einer Chance hätten die gehabt. München, Hamburg, Köln, binnen Stunden hätte dort Russisch gesprochen werden müssen. Dostoprimelschatjelnosti. So was verlernt man nicht.

Na, den Jungschen würde ich jedenfalls immer noch was vormachen. Trotz Rücken und so. Bin ja damals, aus sechs Metern Entfernung konnte ich … mit einem einzigen Tritt … es gibt ja mehrere Stellen, wo man sofort tot ist. Das könnte ich den Jungschen natürlich beibringen, aber interessiert die gar nicht. Die sitzen lieber vorm Computer und weinen, also, vermute ich wenigstens, verschwimmt nämlich immer alles so, wenn ich durch's Schlüsselloch zu ihnen hineinspähe, denn erzählen tun sie mir von sich aus ja nichts. Leider.

Er macht in Immobilien (vermutlich)

Auf einer meiner Reisen durch die Welt – ich reise ja viel, weil ich es mir leisten kann, ich bin reich, meine Mutti ist die Erfinderin des Zuckerwürfels – befand ich mich unlängst mal wieder in der Eisenbahn. Es war Frühling, draußen sangen die Vögel, und der Wind wallte der Mädchen Haare. Nach Chemnitz wollte ich kutschieren, um mir dort eine Ausstellung der alten Meister anzusehen, im Chemnitzer Schloss, welches früher Karl-Marx-Schloss geheißen, aber diese Zeiten sind ja zum Glück vorbei, anstehen nach Zuckerwürfeln, was für ein absurdes System.

Da Vinci wollte ich sehen, Max Ernst und auch einige Fehldrucke von Dürer sollten gezeigt werden, seltene Fehldrucke, darunter die weltberühmte *Blaue Mauritius*. Ich war voller Vorfreude und pfiff ein Liedchen vor mich hin, *Die Moorsoldaten*. Hinter mir im Zug nach Leipzig saß ein fränkischer Geschäftsmann, welcher seiner bayerischen Sitzplatznachbarin Gedanken grundsätzlicher Art näherbrachte. Diese hatte nämlich vorher den Fehler begangen, ihm zu erzählen, sie hätte in Berlin im Bezirk Schöneberg gewohnt, und da seien auch ganz viele Homosexuelle gewesen, in den Bars dort und den Kneipen, und überall hätte deren Fahne gehangen, diese Regenbogenfahne. Der fränkische Geschäftsmann war natürlich, ähnlich wie ich, weit herumgekommen in der Welt und selbstverständlich auch in Schöneberg gewesen und fand es da auch ganz lustig, so bunt und frei, »leben und leben lassen«, das wäre ja schon immer das Motto der Berliner gewesen. »Aber«, so sagte er dann, »nicht dass wir uns falsch verstehen, war selbstverständlich nicht richtig, was man damals mit denen gemacht hat, im Dritten Reich, das war absolut ein Verbrechen gewesen, von diesem Hitler. Aber dass man die Lebenspartnerschaft von Homosexuellen jetzt gleichstellen will mit der Ehe«, so er wörtlich, »das verstehe ich nicht. Denn die Ehe wird ja nur deswegen vom Staat unterstützt, weil er sich davon auch was verspricht, weil durch die Ehe ja Nachwuchs entsteht, und selbst wenn Homosexuelle Kinder adoptieren, wie sollen diese Kinder denn jemals ... ich meine, die lernen ja gar nicht, wie man so was macht.«

Seine bayerische Sitzplatznachbarin schwieg pikiert. Sie fragte nicht etwa: »Was denn ... machen?« Sie fragte auch nicht, ob man Kinder nur innerhalb einer Ehe zeugen könne, und selbst ich verkniff es mir, mich umzudrehen und mit der Bemerkung einzumischen, ob ihn vielleicht seine verheirateten Eltern einst gerufen hätten, um ihm praktischen Anschauungsunterricht zu erteilen in »wie man es so macht«. »Ludwig! Ludwig, komm doch mal. Guck mal, Mutti hat hier unten doch so ein Loch, siehste das? Nein, nicht das, das hier. Und der Vati, der hat doch genau wie du, na ja, genau, haha ... na, das wächst schon noch, aber jedenfalls einen Piephahn. Den hier. Warte, guck mal, den. Und jetzt zeigen wir dir mal, wie man mit diesen beiden Werkzeugen – mit Papis Kolben und Muttis Möse – ein Kind bastelt. Pass genau auf, Ludwig, denn irgendwann musst du ja auch mal deine Cousine Karin heiraten.« Das verkniff ich mir, weil, vielleicht war es ja genau so gewesen, und Karin und er erwarteten in Kürze bereits ihr viertes Kind, nach fünf Jahren Ehe, dann hätte ich mit meinem hämischen Einschub ganz schön alt ausgesehen. Ich meine, was weiß ich denn schon von fränkischen Gepflogenheiten. Bin weit herumgekommen in der Welt, das schon, ja, aber in Nürnberg und Umgebung, da wurden ja meist die Gardinen zugezogen, wenn es zur Sache ging, da war man nicht so offen wie in den Niederlanden oder im Ostberlin der achtziger Jahre.

Der Geschäftsmann ließ uns eine Weile Zeit, die Gedanken sacken zu lassen, dann aber setzte er zum großen historischen

Kontext an. Er sprach, ich zitiere wieder wortwörtlich: »Wenn man sich das mal vorstellt, Deutschland wäre ja ausgestorben, nach dem Dreißigjährigen Krieg, wenn da alle schwul gewesen wären.« Rumms! Da hatte er jetzt aber wirklich den Nagel auf den Kopf getroffen. Wer wollte ihm da schon widersprechen? Also ich ganz bestimmt nicht, vor allem, weil wir mittlerweile in Leipzig angekommen waren, wo ich nach Karl-Chemnitz-Stadt umsteigen musste, in einen Regionalzug, welcher wesentlich weniger von weit gereisten Geschäftsleuten frequentiert wurde als der ICE »Walter Ulbricht« auf seinem Weg von Hamburg nach München.

Fragte mich später, zwischen gemütlichen sächsischen Muttis sitzend, allerdings schon noch, warum er ausgerechnet den Dreißigjährigen Krieg gewählt hatte für seine Apokalypse der Deutschen. Wären diese nicht genauso ausgestorben, wenn nach Einführung des Farbfernsehens alle schwul gewesen wären? Oder nach dem Ermächtigungsgesetz der Nazis? Oder nach, Gott behüte, der Erfindung des Zuckerwürfels?

Einiges hätte ich übrigens dafür gegeben, zu erfahren, was sie wohl gedacht hat, die bayerische Sitzplatznachbarin des fränkischen Geschäftsmannes. Ob sie ihn bewunderte ob seiner Ausführungen? Ob sie sich innerlich lustig machte? Hat sie vielleicht schon nach seinen ersten Worten komplett abgeschaltet?

Manche Menschen sind ja bewundernswert ökonomisch, was die Speicherkapazität ihres Gedankenhaushaltes betrifft. Von denen könnte ich sicher noch was lernen. Bei mir nämlich fehlt der Platz dann für den Geburtstag der Freundin zum Beispiel, die Vornamen meiner Kinder, und was noch mal sollte ich aus Chemnitz mitbringen?

Ach, da stand es ja, die *Blaue Mauritius*. Glück gehabt. Hätte sonst wieder Ärger gegeben, zuhause.

Zwiegespräche mit Gott – heute: Die Freiheit hat gewonnen

A: Na Gott.

G: Na.

A: Heiße Butta ins Jesicht,
heiße Butta ins Jesicht,
heiße Butta, heiße Butta, heiße Butta ins Jesicht,
heiße Butta ins Jesicht,
heiße Butta ins Jesicht,
heiße Butta, heiße Butta, heiße Butta ins Jesicht,
heiße Butta ins Jesicht …

G: Aba sonst jehts dir jut, oda wat?

A: Könnte so'n Majorka-Hit wern, Gott. Mit so'n Techno-Rüttmus drunta? So bumsbombamäßich. Und 'ne andre Textzeile bräuchtick villeicht noch.

G: Hmm. Aba vor allen bräuchtiste deine Medikamente, würdick ma sagen. Und zwah dringend!

A: Die Tabletten, meinste? Die pinkenen?

G: Die rosanen.

A: Is mir heute früh in' Bett einjefalln, Gott, dit Lied. Ej, manchma issit schon varückt, ick mein, keene Ahnung, ob dit Beethofen mit seine Neunte ooch so jejangen is, oda hier Ej Zie Die Zie, aba da liegste in' Bette, weeßte, denkst an nüscht Schlümmit, und plötzlich, da issa da, der Welthit. Ej, da gloobste manchma direkt an dir, Gott.

G: Is so, ja?

A: Schon. Also, nur für 'n kurzen Moment natürlich, aba is ja ürgendwie ooch unaklärlich, warum da plötzlich so 'ne Melodie da is, mit einen passenden Text dazu, weeßte, ohne dit man sich … also, ick mein, ick hab mir ja nichmas Mühe jejeben. Dit is mir ja einfach so zujeflogen. Ej, meistens, da sitzte doch … also, musste dir ma anhörn, die meisten Lieda, ick meine, da hörste doch glei, dit da jemand ewich uffin Stuhl hin- und herjekippilt is und wat weeß icke wie ville Bleistifte durchjekaut hat, und trotzdehm, wa, is denn nich mehr bei rausjekomm' als so'n jequältit Durchschnittsjedudil.

G: Seit wann bist du übahaupt in' Musikbisniss untawegs?

A: Seit morgen, Gott. Glei morgen jehick zu AMIGA hin und untaschreib den Vatrach.

G: Bei AMIGA?

A: Ja. Oda bei 'ne andan Plattenfürma. Mussick ma gugiln, wattit so jibt, heutzutage. Hat sich ja wahscheinlich einijit bewegt, uffin Mahkt, seite Wende.

G: Jehick ma von aus, ja.

A: Mussick nur uffpassen, Gott. Dittick da nich üban Tüsch jezogen werde. Sind ja allit Schweine, in den Jeschäft. Ej, die speisen einen mittin pah lumpije Milljon' ab, vastehste, und von die Tantjemen denn und von die Fülmrechte und die janzen, hier Ti-Schörts und Kram, weeßte, da siehste denn keen Stich, keen müden.

G: Du willst Ti-Schörts machen lassen, von deinen Lied?

A: Is heute allit mit inbegriffen, Gott. Ti-Schört, Lied, Kompjutaspiel, jibtit heute nur noch in' Paket. Ej, manchma weeß man janich mehr, wattit zuerst jab, von den Krempil.

G: Dit Lied zun Ti-Schört.

A: Jenau. Oda der Fülm zun Auto. Dit Auto zur Bänd. Die Bänd zun Fußballklub. Der Fußballklub zun Energiejetränk. Ej, mir würde dit nichmas wundan, Gott, wenn se demnäst soja Krieg führn würden, nur um Reklame machen zu könn', für 'n neuit Brettspiel.

G: Jetz hör aba uff!

A: Der Mahkt is heiß umkämpft, Gott, gloobs mir.

G: Und du willst da mit rin, ins Haifüschbecken?

A: Ick muss, Gott, ick muss. Ick hab 'ne Familje zu anährn.

G: Wie wär 't mit ehrliche Abeit?

A: Hallo?! Uffwachen, Gott! Wir leben in' Jahre 2012. Die Freiheit hat jesiegt. Dieta Bohlen vadient Milljarden und 'ne Kaufhallenkassiererin kann nich leben, von wat se an' Monatsende rauskricht.

G: Es muss nich imma der teuaste Käse sein.

A: Hmm. Und Graupen mit ohne wat dazu ham noch niemanden jeschadit, wa? Ick kann mir dit einfach nich leisten, Gott. Einma, weeßte, ein einzijit Ma, is mir so ein Welthit zujeflogen, ick meine, die Schongs, vasteh mir richtich, die kommt villeicht nie wieda.

G: Ick vasteh dir schon richtich. Aba ... kann mir nich helfen, an ürgendwat tut mir die Melodie von deinen Welthit ainnan.

A: Vajissit, Gott. Ick will nich beeinflusst werden, hörste. Von niemanden! Nich, dittick noch teilen muss, nachher. Mir fehlt doch nur noch eene Zeile. Eene eenzje Zeile!

G: Du meinst, ick würde wat abham wolln, von dir?

A: Man kann nie wissen. Tschüss Gott.

G: Tschüss du.

A: Ach ..., Gott?

G: Ja?

A: An ... ick meine, könntist mir ja villeicht ins Ohr flüstan, an wat dir die Melodie ainnan tut, denn jibs ooch keene Zeugen.

G: Popkorn?

A: Nein!!!!

Wie sich eine Vorahnung mal bestätigte

Sie bewegt sich fast gar nicht mehr. Die dicke Fliege sitzt träge auf dem Frühstückstisch herum und lässt die Zeit verstreichen. Man darf sie sogar mit dem Zeigefinger berühren. Was heißt »man darf«? Erlaubt hat sie es einem ja nicht. Man kann. Ich kann sie jetzt einfach mit dem Zeigefinger anstupsen, ohne dass sie gleich hinfortfliegt.

»Sie wird sterben«, sage ich zu meiner Tochter, die ungerührt ihr Müsli weiter in sich hinein löffelt. Ich schnipse sie ein paar Zentimeter über die Tischplatte, also nicht meine Tochter, sondern die Fliege. Ich tue es, weil ich es kann. Ich denke mir nichts Besonderes dabei. Meiner Tochter missfällt meine Handlung, sie empfindet Mitleid mit der Fliege, hat aber auch ein wenig Angst vor ihr. Nicht dass sie denkt, diese könne sie stechen oder sei giftig oder so'n Quatsch, sie ist aufgeklärt, sie weiß viel für ihr Alter, über die Natur, über Tiere und Pflanzen, sie weiß, dass man Sauerampfer und junge Lärchentriebe essen kann und eine Kiefer kein Tannenbaum ist, sie kennt den Weberknecht und das Tagpfauenauge und den Buntspecht und die Ringelnatter und weiß, dass die Beeren der Eibe giftig sind und es brennen kann, wenn einem Ameisen über die Haut krabbeln, das alles ist ihr geläufig. Die Fliege dagegen ist harmlos, das weiß sie selbstverständlich, und trotzdem zuckt sie unwillkürlich zusammen, als das Insekt urplötzlich noch einmal durchstartet und kurz danach schwerfällig auf sie hinabplumpst. Sie schüttelt sich, doch die Fliege will nicht weg. Sie klebt, sie klammert, sie will diesen Platz um keinen Preis der Welt verlassen. Mit einer flüchtigen Handbewegung streife ich den dicken Brummer von ihrem Kleid herunter. Auch mir ist es ehrlich gesagt unangenehm.

Das Tier fällt zu Boden.

Ich trete drauf.

Es macht »knack«.

»Lebe wohl, Fliege«, sage ich in Gedanken versunken, obwohl ich sehr genau weiß, dass ich mir da etwas vormache.

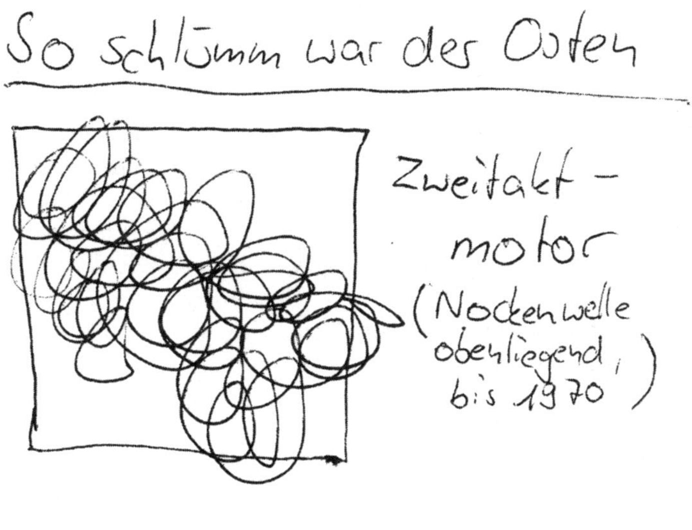

KMU

Klaas Müller-Unterklampf war ein ganz lieber Mensch. Er lachte, wenn was Lustiges erzählt wurde, und er hörte gerne zu, und er räumte auch auf, zuhause. Und wenn in der Straßenbahn ein hutzliges Mütterchen mit einer schweren Kiepe mit Holz drin einstieg und sie zog ein Bein nach, alte Kriegsverletzung, dann bot Klaas Müller-Unterklampf ihr seinen Sitz an und sagte noch was Aufmunterndes, was wie: »Gut Holz« oder »Sport frei« oder auch »Na?«. Und wenn das Mütterchen dann nur was Unverständliches zurückbrabbelte, was wie: »Härrlplizrhärrlzprrotschm« oder so, dann nahm Klaas Müller-Unterschlumpf das dem Mütterchen überhaupt gar nicht übel, sondern eher im Gegenteil. ›Wer weiß, was sie erlebt hatte‹, dachte er sich, und er fragte höflich, ob er sie streicheln dürfe, aber meistens durfte er nicht. Aber dann holte er einfach seine Mundharmonika aus der Jackentasche und spielte bumsfidel eine liebliche Melodei. *Wir sind die lustigen Holzfällerbuam* oder so, und er hüpfte dazu im Takt und schlug sich auf die Schenkel, die oberen und manchmal auch auf die unteren. Wenn genügend Platz war, weil, er wollte ja keinen bedrängen.

Klaas Meier-Unterschlumpf lachte wie ein Kind. Wie ein Kind ohne Sünde. Wie ein Kind, was noch nie eingeklaut hat und nicht der Lüge fähig ist und so weiter. So lachte Klaas Meier-Unterschlümpf.

Aber eines Tages kam ein böser Pinguin mit einer Knarre und sagte: »Hände hoch!« Klaas Meiser-Unterkunft nahm augenblicklich seine Hände hoch. Da schoss der Pinguin trotzdem, so böse war der Pinguin. Klaus Meier-Unterricht war auf der Stelle tot. Er starb an Ort und Stelle, noch im Bus auf dem Wege zum Krankenhaus. Die Polizei konnte kurz darauf bereits den bösen Pinguin festnehmen, aber das brachte ja nun echt auch nichts mehr. Nichts jedenfalls für Klaus-Maria Unterklampf, denn wer einmal tot ist, bleibt tot, für immer – jedenfalls, wenn man richtig tot ist. Manchmal ist man ja noch gar nicht richtig tot, da ist man so scheintot. Es scheint, man ist richtig tot, dabei ist man noch gar nicht richtig tot, sondern: es scheint nur so. Dann ist man noch nicht richtig tot, es scheint aber so. Dann kann man noch ins Leben zurückgeholt werden, zum Beispiel durch Kitzeln. Wenn einen jemand kitzelt, der die Stellen kennt, wo man kitzlig ist – wenn man denn überhaupt kitzlig ist, natürlich nur. Wenn nicht, Pech. Dann müssen eben andere Saiten aufgezogen werden, andere Schikanen, zum Beispiel Mund-zu-Mund-Beatmung. Am besten von jemandem mit Mundgeruch, mit ekligem, geht auch als Mund-zu-Nase-Beatmung übrigens, oder man macht so fiese Geräusche, so'n Quietschen zum Beispiel, mit Styropor, oder wenn man mit Kreide an der Tafel oder Fingernagel an der Tafel, manchmal reicht es auch, demjenigen kräftig in den Magen zu boxen, was bei uns aber verboten ist, weil diese Behandlungsmethode schon von zwielichtigen Gestalten missbraucht worden sein soll. Die haben sich da wohl einfach drauf berufen, dass derjenige scheintot gewesen wäre, dabei war der noch gar nicht scheintot, sondern quicklebendig.

Na ja. So was kommt vor. Da muss der Gesetzgeber ein Auge drauf haben. Oder besser noch zwei, denn mit zwei Augen sieht man bekanntlich besser, Stichwort: räumliches Sehen.

Aber laber, Rhabarber, das ist für Klaas Fahrenheit-Untergrund vollkommen ohne Bedeutung mittlerweile, denn diverse Schäufelein mit Erde bedecken nun seine lieben Überreste. Die liebsten, vermutlich, auf unserem gesamten Planeten.

Das kleine Mädchen

An einem sonnigen Heiligabend spazierte einmal ein kleines Mädchen über den Flugplatz der Stadt Bilbao. Sie war frecher Laune und hüpfte fröhlich. Sie wusste nichts vom Wulff, vom bösen Wulff, welcher in Berlin, in Hannover oder in irgendeiner anderen Stadt viel Geld erschwindelt hatte, durch Urlaub bei verschiedenen Großunternehmern und Kredit, wo er nicht mal die Zinsen zahlte, die eine Großmutter, eine kranke Großmutter, im Waldhäuschen hätte zahlen müssen, wenn sie denn gewusst hätte, überhaupt, was ein Kredit ist.

Das kleine Mädchen, es schwenkte ein kleines Körbchen, in dessen Mitte ein kleines Fläschlein Wein hin und her kullerte und ein kleines Brötchen überdies. Sie wollte Blumen pflücken, die Maid, auf dem Flugplatz, aber das war sehr gefährlich, denn die Flugrouten der Flugzeuge führten direkt zum Flugplatz, obwohl eine Bürgerinitiative dagegen protestierte, schon seit Jahren, aber erfolglos. Unglaublicher Lärm erscholl und ein Jet mit Düsen dran sauste dicht am Ohr des kleinen Mädchens vorbei. Zwosch! Das hätte ins Auge gehen können. Harr, harr. Da kam eine alte Hexe des Wegs, beziehungsweise: sie stand schon da. Die Hexe Bunsenbrock. Sie lauerte auf das kleine Mädchen inmitten auf dem Flugplatz.

Bilbao war eigentlich eine sehr schöne Stadt. Am Rathaus, in den Blumenkästen, die vor den Fenstern hingen, leuchteten zwiebelrote Rotodendrien, Stücker mehrere. Kerzengerade stachen sie zum Himmel, und ihr Schimmer reichte bis hinüber zum Schlachthof der 700.000-Seelen-Gemeinde im Herzen Iberiens. Oberbürgermeister Obrigadović, ein Verfechter von Prinzipien, hatte 2011 dazu aufgerufen, die Stadt zu schönen, und so war sie denn schön. Aber das Haushaltsdefizit, herrjemineh, es erfüllte keinerlei Normen. Bald würde Bilbao der Euro weggenommen werden, das zumindest befürchtete Bilbaos Bürgermeister. Es gab nämlich einen Bürgermeister in Bilbao, einen Oberbürgermeister und einen Unterbürgermeister und natürlich einen Flugplatz, weil …, das wissen wir ja schon. Zuviel für das winzige Stadtsäckel.

Das kleine Mädchen, es pflückte Kerosinien, die entlang der Landebahnen üppig wucherten. Sie wollte sie ihrem Großmütterlein bringen, die im Waldhäuschen wohnte und kaum mehr etwas hörte. Sie roch nur noch. Aus dem Mund. Nach Wein. Sie hatte Schulden, darum trank sie, obwohl sie eigentlich ja schon immer getrunken hatte, heimlich. Aber, aber, Rhabarber. Nichts aber! Das macht man doch nicht, Großmutter! Du solltest doch ein Vorbild sein, deiner Enkelin! Stattdessen säufst du wie ein Loch, ein kaputtes, und rauchst auch noch, dass sich die Gardinen biegen, vor Trauer. Schwarz gequalmte Gardinen und die Tapete voll mit Teer, und die Tür geht schon gar nicht mehr zu richtig, weil überall Zigarettenstummel liegen. Nee, nee. Großmütterchens Waldhäuschen glich im Prinzip einem riesigen Aschenbecher, mittendrin sie, im Bett, und alte Pizzakartons drumherum. Die brachte der Luigi, wenn mal was übrig war. Pizza Carbonara. Brachte er mit seinem Crossmofa, Luigi nämlich war Crossmofafahrer. Er war Weltmeister im Crossmofafahren und verliebt in Madonna, die Sängerin. Wenn er mal Zeit hätte, nach den nächsten Weltmeisterschaften, dann würde er Madonna fragen, ob sie seine Frau werden wolle, so ein Frechdachs war der Luigi. Er lernte extra Englisch für diese Schnapsidee. Was Hand heißt, auf Englisch, und was anhalten heißt, auf Englisch. Die Hochzeit, sie sollte dann in Luigis Heimatdorf stattfinden. In den Abruzzen. Da hatte er schon einen Veranstaltungsraum klargemacht, und die Freiwillige Feuerwehr würde sich um die Mucke kümmern. Die spielten eine heurige Blasmusi auf, eine heurige, dass kein Tanzbein trocken blieb.

Hexe Bunsenbrock zitterte vor Wut. Wie war es nur möglich? Sie wusste nicht mehr, in was sie das kleine Mädchen verzaubern sollte. Dabei hatte sie es bis eben noch gewusst. Bis dieser blöde Jumbo direkt neben ihr aufschlug und sofort lichterloh in Flammen stand. ›Hach, diese Piloten sind doch zu dumm zum Landen‹, dachte die verdiente Hexe des Volkes. ›Die können ja gar nichts mehr. Überhaupt gar nichts! Haben die denn überhaupt gar nichts gelernt in ihrer Pilotenschule?! Quereinsteiger wahrscheinlich, aus der Politik. Nein, das hätte es im Osten nicht gegeben. Oder unter Franco.‹

Ebenfalls erschrocken hatte sich zunächst das kleine Mädchen, dann allerdings blitzschnell die Initiative ergriffen, das Körbchen mit dem Fläschchen und dem Brötchen von sich geschleudert und das Kerosiniensträußchen in die Pampa gepfeffert. Alsdann errettete sie sämtliche Passagiere und sämtliche Besatzungsmitglieder, selbst den Pilotentrottel, aus dem brennenden Wrack der Unglücksmaschine. Keinen einzigen vergaß sie, ja, sie stieg sogar noch mal in den schon fast geschmolzenen Frachtraum, um die Gepäckstücke zu bergen, die wie durch ein Wunder alle noch völlig unversehrt waren.

Beifall brandete auf, als die letzten beiden der klobigen Rollkoffer von ihr herangeschleppt wurden. Ober-, Mittel- und Unterbürgermeister sowie Sicherheitschef Kevin Paella samt erquicklicher Heerschar von Helfern standen in der etwas überdimensionierten Empfangshalle des Flughafens von Bilbao bereit, um Danke zu sagen. Herr Obrigadović überreichte dem kleinen Mädchen, dessen Name wir nicht einmal kennen, eine Medaille für besondere Tapferkeit vor dem Feind und Gutes tun, Großmutter hörte noch am selbigen Tage mit Rauchen auf und trank nur noch einmal die Woche, und auch das nur heimlich, und die Hexe Bunsenbrock verzauberte den bösen Wulff in einen ehemaligen Bundespräsidenten, und wenn Madonna nicht gestorben ist, dann tanzt sie auch heute noch, mit ihrem Luigi, in einem heurigen Abruzzendorf, zur Blasmusi der Freiwilligen Feuerwehr.

Bloß das Geld, das liebe Geld, das ist nach wie vor rar, hier und dar.

Lästige Palästideen

Blaupausen sausen abgezwackt im Rinderwahn,
Happertzinger zucken zwar,
doch durch der Esels Brücke knusen,
die wildgeword'ne Meute derer,
die dazumal der Hack erfolgreich widerstanden.

Ach, könnt ich doch im Elfenturm,
begönnen noch die Mume,
mir fröcht ich stölze dann umher,
im Abendkleid zur Krume.

Sie sind nicht ganz so mäkelig

»Schütt nicht immer das Essen ins Klo«, schilt mich meine Freundin häufig. Ich nämlich schütte recht oft mein Essen ins Klo, und selbst das Essen anderer Menschen. Es ist nicht, weil ich den Hunger in der Welt verhöhnen will, das würde mir niemals in den Sinn kommen, nein, ich tue es einfach gerne. Aus Spaß. Wenn sich am Tisch zum Beispiel zwei unterhalten, über die Fußball-Europameisterschaft oder wer gerade mit wem ins Bett geht, dann bereitet es mir ein diebisches Vergnügen, im geeigneten Augenblick einem der Gesprächspartner seinen vollen Teller zu stiebitzen und flinken Fußes damit zur Toilette zu eilen, um, noch bevor derjenige seinen Verlust bemerkt hat, jenes zum Verzehr Bestimmte in die Schüssel kippen zu können. Kommt er dann angestürmt, betätige ich rasch die Spülung, und sein schönes Schaschlik, oder was auch immer es gerade gab, wird vom Wasser mit sich in die Tiefe gerissen. Finde ich schlicht faszinierend. Mit einem Wusch, alles weg. Klöße, Erbsen, Nudelpamps, Braune Soße I, Braune Soße II. Hinfort. Und das quasi ohne jegliche Anstrengung. Also, klar, man muss die Spülung betätigen. Man muss diesen Knopf drücken. Wir zumindest haben einen Knopf. Manche haben ja auch eine Leine noch, an der sie ziehen müssen. Das ist natürlich anstrengender, das stimmt. Manche haben auch einen Hebel an der Seite oder ein Fußpedal, und sicher gibt es auch Menschen bereits, deren Klo an eine Tastatur angeschlossen ist. Der Fortschritt ist nicht aufzuhalten. Das steht fest. Das ist absolut sicher. So sicher wie das Amen in der Kirche.

Ich war übrigens schon mal in einer Kirche und habe dort kein »Amen« vernommen. Das fand ich irgendwie unheimlich. Sagt man doch immer so: »Sicher wie das Amen in der Kirche«, und wenn das dann aber mal nicht so sein sollte, wenn man mal in einer Kirche kein »Amen« hört, dann ist das schon, also, eine eigenartige Erfahrung ist das dann, das kann ich euch sagen. War allerdings niemand drin gewesen in der Kirche damals, außer mir, muss ich der Vollständigkeit halber hinzufügen. Ich stand alleine in dieser verlassenen Kirche, in diesem verlassenen Dorf, in dieser trostlosen Steinwüste namens Mani, auf einem Finger der Peloponnes.

Hört sich jetzt wie aus einer Sage an, oder? Als ob die Peloponnes so eine riesige Göttin wäre, die Göttin der Einfalt womöglich, auf deren Fingern sich unzählige Wüsten tummelten, und an einer von ihnen wäre ich gestrandet, mit meinem knallroten Gummiboot. Ich muss den Ring des jungen Niebel finden, um meine Zahnärztin erlösen zu können, welche von einem bösen Bonbon zu 100 Jahren Fiskalpakt verzaubert worden ist. Hierzu bleiben mir lediglich zehn Sekunden Zeit noch, und ich darf allerallerallerhöchstens einen Telefonjoker anrufen.

Nein, die Peloponnes, oder auch der Peloponnes, das kommt ganz darauf an, ob es das erste Halbjahr oder das zweite betrifft, im Frühling und im Sommer wird die weibliche Variante bevorzugt, im Herbst und im Winter die männliche. Peloponnes ist selbstverständlich eine Halbinsel, eine griechische Halbinsel, an deren Ende fünf Landzungen sich ins Meer erstrecken. Fünf Landzungen, die der Grieche Finger nennt, weil er, ebenso übrigens wie die Griechin, an jeder Hand fünf Finger besitzt, den kleinen Finger, den Ringfinger, den Mittelfinger, den Zeigefinger und den Daumen. Warum der Daumen als Einziger das Wort Finger nicht im Namen führen darf, weiß ich nicht, aber, und das ist sehr interessant, obwohl Griechen und Türken sich seit einer Ewigkeit hassen wie die Pest, besitzen auch Türken und Türkinnen, ganz genauso wie Griechen und Griechinnen, an jeder Hand fünf Finger. Macht bei zwei Händen glatt zehn. Es sei denn, jemand hat durch einen entsetzlichen Unfall einen oder gar mehrere Finger verloren. Weil die Mutter Speck geschnitten hat, vielleicht. Dann können es auch weniger sein. Neun oder acht oder sieben. Ab sechs Finger darf der Schiedsrichter allerdings das Spiel abbrechen, weil es sonst zu ungerecht wird. Ist ähnlich wie beim Fußball.

Könnte jetzt natürlich jemand einwenden, dann hätte ich doch selber »Amen« sagen können, wenn ich das so unheimlich gefunden hätte, in der Kirche da, ohne dieses »Amen«. Bleibt unbenommen. Aber, muss ich alle Neunmalklugen unter euch enttäuschen, kann ich eben nicht, weil, ich bin ja kein Christ und auch kein (wie wird das heute immer so schön genannt?) Andersgläubiger. Ich weiß ja gar nicht, was »Amen« überhaupt bedeuten soll. Wahrscheinlich: »Schluss«. Oder: »Ende«. Das würde passen. Ausschließen kann ich aber nicht, dass es stattdessen: »Ich bin doof« oder »Tötet alle, die gestreifte Socken anhaben« heißt, dass es sich um die Abkürzung für eine Botschaft handelt, mit der ich absolut nicht einverstanden sein kann, weil für mich nun mal Menschen, die gestreifte Socken anhaben, ganz genauso normale Menschen sind wie du und ich, wie Türken und Griechen, wie Marianne und Michael. Ja, selbst wenn Marianne andere Hobbys haben sollte als Essen ins Klo zu schütten. Das spielt doch dafür gar keine Rolle. Bestimmt leitet sie sogar eine Stiftung, welche Mitbürger ermahnt, verantwortungsvoll mit Nahrungsmitteln umzugehen. Und da hat sie ja auch recht. Genau wie meine Freundin. Macht man nich. Man schüttet kein Essen ins Klo. Nein, nein, nein! Auch wenn es einem noch so viel Spaß bereitet. Da krabbeln ja sonst auch Ratten die Rohre hoch und beißen einem irgendwann in den Sack, wenn nichts Besseres kommt. Das weiß ich ja selber. Das ist nicht schön. Das tut weh. Allesfresser eben, die Viecher, und nicht ganz so mäkelig wie unsereiner.

Vorwärtsverteidigung

In Schwerin gibt es bei einem Fleischer das Angebot, 8 kg Schweinesaftschinken zu erwerben, ausreichend für 15-20 Personen. Kostenpunkt: 85 Euro.

Ich stehe auf einem Bahnhofsvorplatz in Eberswalde und lasse mich von der Sonne bescheinen. Sie streichelt sanft das Haar mir, und ich bedanke mich dafür bei ihr, still. Dem Kameraden, welcher neben mir wartet, prangt eine Tätowierung auf seinem Hals. Ein großes W, ein großes A, noch ein großes W. Er selber ist auch groß und recht kräftig gebaut dazu. ›Weißer Arischer Widerstand‹, denke ich bei mir, hört sich irgendwie nicht besonders links an. Er guckt zu mir rüber und lächelt. Seine Freundin lächelt nicht. Sie ist halb so groß wie er, dafür doppelt so dick. Sieht aus, als würde sie Schweinesaftschinken, sagen wir mal, nicht gerade verabscheuen. Sie raucht. Er auch. Ihre modische Thor-Steinar-Jacke war bestimmt nicht billig.

Vielleicht sollte ich betont lässig zu den beiden da hinüberschlendern und sie fragen, ob sie unterschreiben wollen, auf dieser Liste, die sich gegen die Abschiebung von Flüchtlingen aus der Bundesrepublik wendet. Sollen ja heute alle ganz anders ticken, die Nazis. Che Guevara gut finden, mit Palästinensertüchern rumlaufen und Parolen für den Sozialismus schreien. Zugegeben, den nationalen, aber laut herrschender Meinungsmehrheit ist das doch sowieso das Gleiche. Oder heißt es dasselbe? Na, jedenfalls ähnlich. Radikal eben. Nicht rechts, nicht links, vorne. Oder habe ich das mit der Piratenpartei verwechselt?

Ein Taxi steht auf dem Bahnhofsvorplatz. Sie wollten mich ja eigentlich abholen, aber wenn sie nun nicht kommen? Es ist nur ein einziges Taxi, was dort auf dem Bahnhofsvorplatz herumsteht. In Freiberg/Sachsen habe ich es ja mal erlebt, dass sie einem dort am Telefon sagten, es würde kein Taxi mehr geben, in ganz Freiberg nicht, die ganze Nacht. Da mussten wir ganz viel Bier trinken noch, in der Kneipe dort. Wie in der DDR im Prinzip, nur dass da die Kneipen nicht so lange geöffnet hatten. Aber gut, war ja nachts. Da schien die Sonne nicht so schön wie jetzt. Wenn mitten im November die Sonne so schön scheint wie jetzt, dann gibt es bestimmt mehr als nur ein Taxi, und die Nazis, die kommen unter Garantie nicht auf die Idee, jemanden zu verprügeln, bloß weil er anders aussieht oder genauso schlecht deutsch spricht wie sie.

Manche sagen ja, du musst zuerst zuschlagen, du musst das Überraschungsmoment nutzen. Einfach hingehen, lächeln und ihm dann volle Pulle eine in die Fresse hauen, ohne ein Wort zu verlieren. Vorwärtsverteidigung. Und wenn es eine Gruppe sein sollte, immer den Anführer auswählen, den Leithammel, das Alphatier. Falls man nicht weiß, wer das Alphatier ist, immer den Kräftigsten nehmen. Zack, aufs Maul. So wird gesagt, dass es so am besten sei.

Und dann stellt sich nachher raus, dass WAW gar nicht »Weißer Arischer Widerstand« bedeuten sollte, sondern dass WAW für »Vegetarische Analphabeten Wernigerode« stand, was auch irgendwie das Lächeln erklären würde von diesem Riesen. Sag ich jetzt mal so, obwohl ich keine Analphabeten kenne, keine vegetarischen zumindest, aus Wernigerode.

Das Taxi habe ich dann nicht genommen. Der Nazi kaufte sich unversteuerte Zigaretten beim Vietnamesen, Thor Steinar gehört inzwischen einer arabischen Firma, und ich wurde abgeholt. Gegen Mittag ist schließlich dann auch die Sonne verschwunden gewesen, und das Schweinesaftschinkenangebot, das gibt es wirklich.

Zwiegespräche mit Gott – heute: Eins und zwei das macht drei

A: Na Gott.
G: Na.
A: Faust, Gott, sagt dir dit wat?
G: Der jeballte Zustand eina Hand.
A: Ja, aba ick mein, dit jibt ja ooch so'n Buch, wohl, mit so'n ersten Teil und so'n zweeten Teil.
G: Jibtit, ja. Also … bestümmt.
A: Bestümmt?
G: Ja, na, die machen doch heute übaall glei 'n zweeten Teil von, wennit sich renntiert. Hamse doch hier bei *Skriem* damals ooch schon jemacht. Nach *Skriem 1* kam *Skriem 2* glei, wennit ma nich schon *Skriem 3* jibt.
A: *Skriem*, ja?
G: *Winnetu, Törminejtor, Olsenbande*, übaall ditselbe Prinzip. Wennit looft, lassen sit weitaloofen. Bissit sich ürgendwann totjeloofen hat. Aba dit kann dauan, heutzutaje. *Lindenstraße* looft schon seit zwanzich Jahre, oda *Sandmännchen*, dit looft schon seit … hundat Jahre, gloobick.
A: Gloobste?
G: Gloobick, ja.
A: Ick hab neulich so 'ne Olle kennjelernt, in' Caffee, Gott, und die wah erst neunzin, und die wah so traurich, und denn hatse mir azählt, dit se sich umbringen will und …
G: In einen Caffee?!
A: Ja.

G: Du wahst in einen Caffee?!

A: Ja, ick wollt ein Stück Himbeerkuchen essen, mit Schlagsahne, und dazu 'n leckeren Kapputschino trinken.

G: Einen Kapputschino?! Du?!

A: Wat dajegen?

G: Also, bein besten Willen, aba dit du einen Kapputschino trinken jehst und noch dazu ein Stück Himbeerkuchen isst, ja, mit Schlagsahne, also dit kannste villeicht deine Großmutta azähln, aba nich mir.

A: Meine Großmutta is tot, Gott.

G: Denn ehmd deine Oma!

A: Dit wah nich in unsre Gegend, Gott. Da konnt mir keena bei beobachten.

G: Du jehst extra in eine andrin Gegend, nur damit dir keena bei awüscht, wie de Milchkaffee schlürfst?

A: Kapputschino, Gott. Imma schön bei de Wahrheit bleiben. Kapputschino!

G: Eben Kapputschino. Is doch ditselbe.

A: Dit is allahdings janichma ditselbe, Gott. Kapputschino, ja, Kapputtschino besteht aus etwa zu gleichen Teilen Espresso sowie Milch und Milchschaum, während ein Milchkaffee zu wesentlich mehrereren Teilen aus Milch besteht als wie aus Espresso.

G: Si.

A: So.

G: Wat?

A: Dit heißt Espresso. Weilit nur eina is. Ein Espresso, mehrerere Espressi. Und bei einen Kapputtschino is nu ma bloß eena drin.

G: Ick meinte: ja. Ja, uff Spanisch. Ja, uff Spanisch, heißt: si.

A: Jedenfalls wollte die sich umbringen, die Olle.

G: Weil der zweete Teil von *Faust* nich dit jehalten hat, wat se sich nach die Lektüre von' ersten Teil vasprach?

A: Nee. Oda, weeßick nich. Dit lag bloß vor ihr uffin Tüsch, dit Buch. *Faust 1 plus Faust 2.*

G: Wie kommt die einklich dazu, dir dit so ins Jesicht zu sagen?

A: Dit se sich umbringen will?

G: Hmm.

A: Vamutlich sehick aus wie jemand, dem man sich jerne ma anvatraut. Also, ick hab sie lediglich jefragt, ob sie alleene is, hier, und ob se sich vielleicht ein wenich Jesellschaft wünschen würde und dit dit ja ein unglaublicha Zufall sei, dit man sich ausjerechnit hier treffen würde und dit sie würkich ein sehr hübschit Jesicht habe, mit sehr schöne Augen drin, und sehr schöne Haare ooch und dit dit ja sehr selten sei, dit ein so hübschit und jungit Mädchen wie sie heutzutage richtije Bücha läse und dit ick ja zufälligaweise ooch schreiben würde, in meine Freizeit, Zeinks Ficktschen und Kantri- und Westanjeschichten und so, und ob sie von diesen Dschangres schon ma wat jehört hätte, übahaupt. Und da sagt die doch glatt zu mir: »Ick will ma umbringen.«

G: Klewwa.

A: Die is neunzin, Gott. Ej, die hat ihr Leben noch vor sich! Außadem, wat meinste, wat die ihre Eltan dazu sagen.

G: Die würd sich nich umbringen.

A: Dein Wort in deinen Ohr! Tschüss Gott.

G: Tschüss du. Ach … du?

A: Ja, Gott?

G: Wat treibt dich einklich dazu, wildfremde junge Frauen in zwielichtijen Caffees anzubaggan? Hast du nich Frau und Kinda zuhause?

A: Wat mir treibt, fragste? Du, Gott? Ausjerechnit du?! Ditselbe wolltick nämlich eigentlich dich fragen.

Nachrufschreiber aufgepasst!

Meck-Pomm, Ossi, Wessi, ganz schlimm: Wossi, Prenzlberg, Friedlhain, Proll, Studi, Trendi ..., Meck-Pomm hatten wir schon, oder? Allesamt Abkürzungen, die in Vergessenheit geraten sollten.

Ich sitze fünf vor zwölf auf einem Stuhl und achte auf den kaum spürbaren Schmerz, den ich auf der Haut meines Bauches empfinde. Da ist so ein roter Leberfleck, vielleicht nennt man ihn auch Blutfleck, ein unansehnliches Ding auf jeden Fall, was mich bislang nicht weiter störte, denn es war ja einfach nur da. Nun aber tut es weh, seit ein paar Wochen schon. Bloß ein bisschen, doch es reicht, mir Gedanken zu machen. Deutet sich da ein neuer Lebensabschnitt an? Hautkrebs?

Die Ärzte meinten ja schon immer, ich solle sie beobachten, die vielen braunen und roten Flecken auf meiner Haut. Würden sie größer, sollte ich sie erneut aufsuchen. Hab keine Ahnung, ob sie wirklich größer geworden sind. Um dies herauszufinden, hätte ich sie jeden Tag aus derselben Distanz abfotografieren und mir dann Aufnahmen mehrerer Jahre vergleichend anschauen müssen. Versäumt ist versäumt, man kann die Zeit nicht zurückschrauben. Klar, man hätte sich natürlich auch Tattoos stechen lassen können, rund um die Flecken herum. Eine blaue Begrenzung. Dann wäre es ein Leichtes gewesen, herauszufinden, ob sie gewachsen sind oder nicht. Ich kenne ja einen Tätowierer. Dem habe ich mal einen Frisörstuhl geliehen. Dauerleihgabe. Der hätte mir das womöglich sogar umsonst gemacht. Aber wie sähe das denn aus?!

Die Leute würden mich für einen völlig abgedrehten Typen halten, und in Japan käme ich in keine Badeanstalt mehr hinein. Nein, nein. Wer weiß schon, ob Tätowierfarbe nicht erst schlafende Hunde weckt. Vielleicht würde sie die Krebszellen ja erst herausfordern. Sie aggressiv machen. Sie zum Gegenangriff drängen. Womöglich sind mir ohne Tätowierung sogar ein paar Jährchen mehr geblieben. In Harmonie mit dem Krebs. Ich träge, er träge. Viel Schlaf, das beste Rezept. Habe ich etwa in letzter Zeit zu viel getan? Habe ich ihn durch penetrante Aktivität provoziert? Wen frage ich da eigentlich? Mir wird sowieso niemand antworten. Ich bin mit meinem Schmerz allein. Ja, du bist da und du, ich weiß, aber ich brauche kein Mitleid. Nein, Mitleid, das brauche ich nicht.

»Es tat gar nicht weh« soll auf meinem Grabstein einst stehen, oder auch: »Die nächste Runde geht auf mich«, noch besser: »Ich habe endlich aufgehört zu trinken« oder: »Mann, ist das dunkel hier«. Genau, was Lustiges wäre an so einem Ort das Richtige. »Ich würde viel lieber da drüben liegen« oder aber: »Riech mal, riecht nach Friedhof«. Die, die zu meinem Grab pilgern, sollen nicht in Tränen ausbrechen, auch wenn ich natürlich weiß, dass ich ihnen alles bedeutet habe. Ja, nach meinem Tod werde ich sicher ein ganz Großer sein. In einer Reihe genannt werden mit Heroen wie Konrad Endler, Falko Hennig, Stefan Steckling oder Thilo Bock. Titanen der Literatur! Richtige Kunst wird ja sowieso erst nach Lebzeiten anerkannt. Ach, wenn ich nur bereits tot wäre. Aber das soll man ja nicht … man soll jede Sekunde genießen.

Ich werde jetzt einfach mal, mit einem Kugelschreiber, die ganzen Flecken auf meinem Körper so umranden. Dagegen kann der Krebs ja eigentlich nichts haben. Ist nicht sein Revier. Ist ja nur obendrauf auf der Haut. Wird der Arzt aber einen gehörigen Schreck kriegen, erst, wenn ich mir das Unterhemd ausziehe. »Hollah, was haben wir denn da?!« Oder aber er freut sich: »Endlich kommt mal jemand, der was Interessantes zu bieten hat. Nicht immer nur Dellwarzen, Pusteln, Schuppenflechte. Hautkrebs mit blauem Rand, sehr interessant!« Und er wird die Ärzte im Praktikum, die gerade im Nebenzimmer irgendeine Schweinerei veranstalten, zu sich rufen und sie dann aber ganz schnell wieder wegschicken, weil er natürlich bereits kurz darauf erkennt, dass da jemand bloß dick aufgetragen hat.

Einen Vorteil habe ich ja bei 'ner Chemotherapie: Falls mir die Haare ausfallen, wird man den Unterschied kaum bemerken. Chemo, Abkürzung von Chemotherapie. Klingt aber nicht so schlimm wie Meck-Pomm, finde ich. Oder Wossi erstmal! Nee, dann schon lieber Chemo.

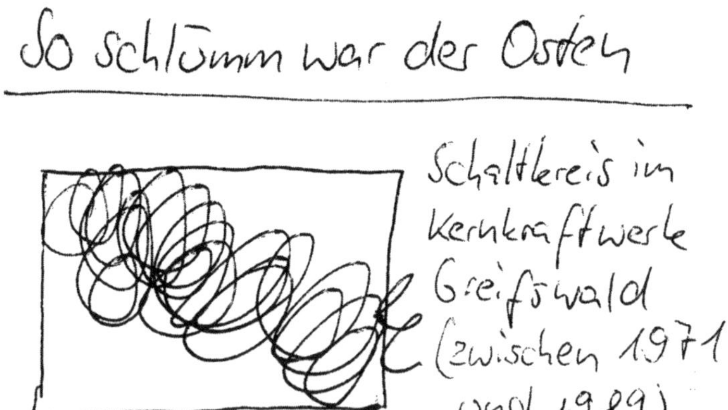

Wie mal etwas überhaupt nichts zu bedeuten hatte

Es gibt sicher viele Sachen, die man an der Gentrifizierung kritisieren kann. Es gibt aber auch schickere Autos, größere Sonnenbrillen, ganzere Häuser. Es gibt farbenfrohere Obst- und Gemüsesorten in den Auslagen der Geschäfte zu bestaunen. Die Kinder sind nicht so frech, die Frauen schöner und die Männer unbedingt auch. Das Zeug, was vor die Tür gestellt wird, ist oftmals noch voll funktionstüchtig, und man kriegt, wenn man das bei E-Bay reinstellt, mehr dafür, als man sonst im ganzen Monat verdienen würde. Die Hundebesitzer sammeln den Kot, den ihre vierbeinigen Prunkstücke aus den Aftern drücken, hinterher liebevoll von der Straße und stopfen ihn in kleine Plastesäckchen, die sie zu Hause wahrscheinlich in speziellen Containern aufbewahren, um ihn später zum Recyceln der Hundefutterindustrie wieder zur Verfügung stellen zu können. Nazis treten nicht offen in Erscheinung. Alkoholkranke sieht man nur selten auf der Straße. Kaum einer kotzt mittags in den Hausflur und findet das völlig normal. Du kannst Leute einfach anpflaumen, ohne von ihnen gleich die Fresse voll zu bekommen. In jedem Zeitungskiosk werden Presseartikel anderssprachiger Länder offeriert. Die Speisekarten der Imben und Restaurationen sind vielfältiger. Die Kleider edler. Die Chancen, einem Prominenten auf der Straße zu begegnen, deutlich besser. Dasselbe gilt für die Möglichkeit, plötzlich in einem Fernsehsender im Hintergrund zu erscheinen oder von diesem nach einer Meinung zu Ausländerkriminalität, dem Euro-Rettungsschirm oder der Eissorte der Saison befragt zu werden. Es wird in gentrifizierten Bezirken sehr viel weniger aus den Fenstern geschmissen. Auch aus den Fenstern gepinkelt wird seltener. Es wird auch seltener aus den Fenstern gekackt. Ganz, ganz selten nur kommt mal jemand mit dem Vorschlaghammer aus dem Hinterhaus gestürmt und drischt die Heckscheiben irgendwelcher Autos ein, ohne Grund. Die Kinder hören weniger Schimpfworte auf der Straße. Dummkopf, Arschloch, Wichser, Votze, Malaka, Schwanzlutscher, Missgeburt oder auch ... Wichser hört man nur ganz selten einmal. Dafür blühen Blumen in den Vorgärten, und die Vögelchen singen des Morgens bis in den späten Abend hinein. Und die Fußballfans verhalten sich anständig. Und die Alten stehen nicht im Weg herum. Wenn überhaupt einmal alte Menschen da sind, dann sind sie nicht als solche zu erkennen. Dann sitzt deren Haut festgetackert am Fleische, bei jedem Wetter straff, der Rücken ist gerade und nervöse Blicke zur Uhr verraten, dass man sich voll im Stress befindet. Von wegen alt, zum Altsein haben die doch gar keine Zeit. Genauso wie deren Enkel keine Zeit haben, Kind zu sein, weil sie sich nämlich mit Bratschen-, Englisch-, Chinesisch-, Spanisch- und Ballettunterricht, Yoga, Pilates, Spielerische Finanzökonomie sowie Tantra für Kids auf kommende Aufgaben vorbereiten müssen, denn schließlich ist es nicht einfach, lässig zu sein und trotzdem so viel Geld zu verdienen, dass man sich das Lässigsein auch leisten kann. In gentrifizierten Bezirken kann man gefahrlos jeden nach der Uhrzeit fragen. Man sollte lediglich wissen, was »Hallo«, »Uhrzeit« und »Handy« auf Englisch heißen. Und das Wetter ist schöner. Und der Bus kommt pünktlich. Und die Bordsteinkanten der Bürgersteige sind abgesenkt. Es gibt irre viele Tempo-30-Zonen, und fast nie liegen gebrauchte Spritzen in den Sandkästen der Kinderspielplätze herum. In den Schulklassen ist noch vernünftiger Unterricht möglich. Der Dönermann verwendet ausschließlich Biomasse, und wenn sie könnten, würden wahrscheinlich selbst Ratten und Tauben hier die Grünen wählen.

Der Gründe viele, die Gentrifizierung zu begrüßen. Was dagegen spricht, ist natürlich die andere Seite der Medaille, die ich mir hier aber mal schenke, schließlich wohne ich selber in einem gentrifizierten Bezirk und »muss« da auch noch 'ne Weile wohnen bleiben. Dass dieses »muss« hier in Anführungsstriche gesetzt ist, hat übrigens überhaupt nichts zu bedeuten. In echt jetzt!

ANNA SCHWAIGER

EIN ETWAS ANDERER SCHULAUSFLUG

MIT DER MAGISCHEN KREIDE IM LAND DER DINOSAURIER

Impressum
Deutschsprachige Erstausgabe November 2021

Der Nardy-Verlag wird vertreten durch:
Philipp Bernardy
Hermanstraße 5 1/2
86150 Augsburg

Autorin: Anna Schwaiger
Umschlaggestaltung: Sprudelkopf Design – Jasmin Raif, www.sprudelkoepfe.com
unter Verwendung eines Motivs der Plattform: www.iStockphoto.com

Verantwortlich für den Druck: Amazon Distribution GmbH, Leipzig

EIN ETWAS ANDERER
SCHULAUSFLUG

INHALTSVERZEICHNIS

INHALTSVERZEICHNIS

Gibt's das überhaupt? – Ein kleines Vorwort

Allein in der Wildnis? Das ist schon für Erwachsene nicht so leicht. Tarek, Emma und Sven sind aber erst Kinder. Schulkinder auf einem ganz normalen Schulausflug. Doch dann ist da diese Höhle. Und der Wald verändert sich.

Zum Glück kennt sich Tarek gut aus mit der Wildnis. Er weiß Einiges darüber, wie man hier überlebt. Und das wird den drei Kindern noch oft helfen. Doch in dieser Wildnis ist auch Svens ganz besonderes Wissen gefragt. Sven, der immer allein dasitzt und in sein Buch schaut. Ausgerechnet dieser stille Junge bewahrt die beiden anderen vor sehr vielen Gefahren.

Aber, wenn wir ganz ehrlich sind: Ohne Emma wäre wohl Vieles gar nicht erst passiert. Warum muss sie auch unbedingt dem kleinen Dino helfen, seine Mama zu finden?

Jetzt fragt ihr euch sicher: Ein Dino auf einem Schulausflug? Gibt's das überhaupt? Sven, Tarek und Emma können es am Anfang auch nicht glauben! Doch in dieser Wildnis gibt es nicht nur einen Dinosaurier, sondern gleich ganz viele. Auf ihrem Abenteuer begegnen die Kin-

der den unterschiedlichsten Dinosaurier-Arten. Manche sind riesengroß, andere aber auch ganz klein. Manche leben friedlich in großen Herden, andere sind gefährliche Jäger.

In diesem Buch begleiten wir Emma, Tarek und Sven durch die wilde Welt der Dinosaurier. Ein Abenteuer, das in einer Höhle irgendwo in Deutschland heute beginnt und uns 70 Millionen Jahre zurück in die Vergangenheit führt.

Die Tiere, die hier leben, gibt es heute natürlich nicht mehr. Trotzdem wissen wir recht viel über sie. Noch heute findet man Fußspuren, Skelette oder auch versteinerte Eier. Und so haben wir eine gute Vorstellung davon, wie die Dinosaurier ausgesehen haben und auch wie sie lebten. Alle wichtigen Infos sind in den Infokästen auf den folgenden Seiten nochmal extra für euch zusammengefasst.

Die drei Kinder wissen natürlich nicht immer gleich, welchen Dinosaurier sie da gerade vor sich haben. Einer der ersten, der ihnen begegnet, sieht zum Beispiel ganz drollig aus: Er hat lange und starke Hinterbeine. Aber seine Ärmchen sind ganz kurz. Sein Kopf ist wieder sehr groß und breit. Und er hat viele scharfe Zähne. Zum Glück ist er noch sehr klein. Ob es wirklich so eine gute Idee ist, seine Mama zu suchen? Nun, wir werden es sehen...

KAPITEL 1:

wenn wünsche wahr werden

„Sven! Tarek! Wo seid ihr?“, ruft Emma durch den Wald. Sie ist sauer. Keiner kann sich an Vereinbarungen halten. „Geht nicht zu weit weg. Bleibt in Rufweite. Seid um halb elf wieder beim Treffpunkt“, hatte die Lehrerin gesagt. Das ist doch wirklich nicht schwer, oder? Aber natürlich fehlen wieder die beiden Außenseiter der Klasse. Der große, dunkelhaarige Tarek natürlich. Er spricht kaum deutsch. Aber deswegen kann er trotzdem zuhören, oder? Und der kleine, blasse Sven. Der bleibt auch nie bei der Gruppe. Alle anderen Kinder sind wenigstens in der Nähe geblieben. Viele haben gemeinsam Ball gespielt. Und andere haben in kleinen Gruppen beisammen gesessen. Die haben getuschelt und gelacht. Emma hat alle gesehen. Sie war bei keiner dieser Gruppen dabei. Das interessiert sie auch gar nicht. Sie hat lieber den Überblick. Deswegen ist ihr auch gleich aufgefallen, wer noch fehlt. Natürlich wieder diese beiden Jungen! Emma hat keine Ahnung, dass gerade Tarek und Sven bald ihre besten Freunde sein werden. Jetzt ist sie nur wütend. Sie hat es so satt: Nie läuft alles nach Plan. Doch sie ist nicht die Einzige, die sich ärgert.

Sven ärgert sich auch. Er hört, dass jemand seinen Namen ruft. Er will nicht zurück zur Klasse. Er will auch nicht

zurück zur Schule. Er will nicht einmal nach Hause. Sven will einfach nur hier sitzen. Und er will weiter lesen. Doch das geht nicht. Er ärgert sich. Kann er denn nie seine Ruhe haben? Gut. Ein Schulausflug ist kein guter Zeitpunkt, um zu lesen. Trotzdem! Sven sieht nur kurz von seinem Buch auf. Das große Dinosaurier-Buch ist eigentlich viel zu groß für den alten roten Wanderrucksack. Und es ist schwer. Den Rucksack hat ihm Mama heute früh neben die Wanderschuhe gestellt. Dann ist sie zur Arbeit gefahren. Dazu hat sie ihm die gebrauchten Jeans mit den Flicken herausgelegt. Und ein verwaschenes schwarzes T-Shirt. Es sieht eher grau aus. Beides ist ihm eigentlich noch ein bisschen zu groß. Die Sachen stammen von einem Jungen aus der Nachbarschaft. Mama hat sich sehr über die Kleidung gefreut. Sven weniger. Aber er trägt sie. Was sollte er sonst tun? Zusätzlich hätte Sven heute nur den Regenschutz, die viel zu vielen Brote und die große rote Trinkflasche aus Metall einpacken sollen. Aber das große Dinosaurier-Buch musste einfach mit. Sven sieht sich die Bilder an, so oft er nur kann. Und er liest auch die Namen. Buchstabe für Buchstabe. Immer wieder. Dabei taucht er immer mehr ein in die Welt der Dinos. Alles andere um sich herum blendet er aus. Die Kinder um sich herum, die immer viel zu laut sind. Die Tatsache, dass keines dieser Kinder mit ihm redet. Und das Wissen, dass zu Hause niemand wirklich auf ihn wartet. Papa ist vor ein paar Monaten von einer Lawine erfasst worden. Und nie wieder aufgetaucht. Sven vermisst ihn. Und Mama arbeitet jetzt den ganzen Tag. Sie vermisst er auch. Das Buch hat er von Papa bekommen. Das war kurz

bevor das Unglück passiert ist. „Wieso kann nicht alles so sein wie früher?“, denkt er traurig. Aus Svens Sicht ist dieser Wunsch sehr verständlich. Früher war eben alles besser. Aber wie viel früher? Ahnt Sven, was bald auf ihn zukommt? Sicher nicht.

„Sven!“, Emma ist empört, „Da bist du ja! Wieso antwortest du denn nicht? Die Lehrerin hat schon drei Mal gerufen! Es ist schon fast elf Uhr! Wir gehen zurück zur Schule!“ Emma ruft jeden einzelnen Satz sehr laut. So aufgeregt ist sie. Sie mag es nicht, wenn jemand nicht zuhört. Und in dieser Klasse hört eigentlich keiner zu. Nur Emma. Deshalb ist es auch ihre Aufgabe, der Lehrerin zu helfen. Zumindest sieht Emma das so.

Nun steht sie vor Sven. Sie trägt ganz neue Freizeitkleidung. Auch die Wanderschuhe sind neu. Jacke und Hose passen perfekt zusammen. Die Schnürsenkel der Schuhe haben dieselbe Farbe wie der Reißverschluss der Jacke. Der Rucksack ist von derselben Marke wie Emmas Kappe. Alles neu gekauft. Extra für diesen Ausflug. Die Lehrerin hat den Kindern vorher eine Liste gegeben. Da stand genau drauf, was die Kinder für den Ausflug brauchen. Emmas Eltern haben alles von der Liste neu gekauft. „Nur das Beste ist wirklich gut“, hat Mama gesagt. Emma weiß, was sie damit meint. Auch Emma soll immer die Beste sein. Das ist ganz schön anstrengend. Papa sieht das nicht so. Er hat sich nur über die schöne Wanderausrüstung gefreut. Er will, dass Emma nun öfter in die Natur geht. Emma will das gar nicht. In der Natur fühlt sie sich nicht wohl.

Sie ist lieber zu Hause. Oder in der Schule. Deswegen hatte sie vorher auch keine Ausrüstung. Und nun ist alles neu und passt eben auch gut zusammen.

„Weißt du, wo Tarek ist?", sie sieht sich suchend um. Sven blickt nur kurz an Emma hoch. Er denkt kurz nach. Ja, Tarek ist vorhin an ihm vorbeigelaufen. Sven deutet auf die Höhle hinter sich. Dann schaut er wieder in sein Buch. „Klapp endlich das blöde Buch zu und hilf mir", schimpft Emma. Sven klappt das Buch zu. Er steht auf und trottet hinter dem nervigen, blonden Mädchen zum Höhleneingang. „Tarek!", ruft Emma. „Wo bist du?" Hat er sie nicht gehört? Versteht er sie nicht? Oder ist er gar nicht da? Sie schaut in die Höhle. Da drinnen ist es ganz dunkel. Sehen kann sie Tarek nicht. „Tarek? Bist du da drinnen? Komm endlich! Die Lehrerin wartet!" Doch niemand antwortet. „Ist er wirklich in der Höhle?", fragt sie. Sven nickt: „Vielleicht versteht er dich nur nicht." „Tarek!", ruft sie noch einmal. „Wieso können wir nicht einfach alle die gleiche Sprache sprechen?", denkt sie genervt. Auf einmal hören die beiden Kinder einen Schrei. Dann sehen sie ihren Mitschüler. Der stolze Knabe ist tatsächlich in der Höhle. Er kommt aus der Dunkelheit und fuchtelt mit den Armen. Aufgeregt deutet er auf die hintere Wand der kleinen Höhle. Dazu spricht er aufgeregt in einer Sprache, die weder Emma noch Sven verstehen.

Tarek ärgert sich. Damit ist er also bereits der Dritte, der sich heute ärgert. Tareks Ärger ist gerade am größten. Niemand versteht ihn. Deshalb versucht er es noch

einmal ganz langsam und extra einfach: „Da! Schaut!“ Tarek ist verzweifelt. Er hasst es, deutsch zu sprechen. In dieser Sprache klingt er so ungeschickt. Die Menschen nehmen ihn dann nicht richtig wahr. Außerdem kann er die Sprache eben auch nicht so gut wie seine eigene. Oft fehlen ihm die Worte. Dann stockt er mitten im Satz. Mit den anderen Kindern in der Klasse redet er nicht viel. Denn bevor ihm das richtige Wort einfällt, hört ihm schon keiner mehr zu.

Jetzt gerade ist er am Ende mit seinen Nerven. Er hat eine großartige Entdeckung gemacht. Und niemand sieht es. Zumindest nicht die wichtigen Leute. Wie sein Vater oder sein großer Bruder. Oder sein Cousin. Menschen, die dieselbe Sprache sprechen. Menschen, die ihn so kennen wie er ist. „Sei stolz darauf, wer du bist“, hat sein Vater gesagt: „Und sei stolz darauf, woher du kommst.“ „Warum sind wir nicht dortgeblieben, Papa?“, hat er gefragt. „Wir hatten dort keine Zukunft. Das weißt du.“ Sein Vater schaute ihn dabei ernst an. „Aber wir haben dort eine Vergangenheit. Und darauf können wir stolz sein. Darauf können wir aufbauen. Und hier können wir uns eine Zukunft schaffen. Deshalb musst du dich immer bemühen. Vergiss das nicht.“ Die Worte des Vaters hatten viel Gewicht. Und Tarek versucht auch immer, sein Bestes zu geben. Er ist jetzt schneller und stärker. Und er weiß vieles, von dem andere in der Klasse keine Ahnung haben. Vor allem das Überleben in der Natur ist etwas, mit dem er sich auskennt. Deswegen hat er sich auch so

auf diesen Ausflug gefreut. Hier könnte er seine Mitschüler beeindrucken. Doch bisher hatte er noch keine Gelegenheit dazu. In dieser Klasse kennt ihn niemand. Keiner weiß, was alles in ihm steckt. Keiner weiß, wie mutig er ist. Und wie klug. Hier ist er nur der Junge, der kaum deutsch spricht. Er würde so gerne beweisen, dass er mehr als das ist. „Wieso können wir nicht alle gemeinsam ein großes Abenteuer erleben?“, denkt er, „dann könnte ich allen zeigen, was ich kann und wer ich bin.“ Tarek stellt sich vor, dass sich die anderen verirrt haben. Und er würde sie sicher nach Hause bringen. Er ist gut darin, den Weg zu finden. Es könnte auch ein Wolf oder ein Bär kommen. Tarek wüsste genau, was zu tun ist. Doch in Deutschland sind Wölfe und Bären selten. Ganz gleich, was sich Tarek vorstellt: Von dem Abenteuer, das hier auf ihn zukommt, hat er nicht die geringste Vorstellung.

Sven und Emma kommen unwillig näher. Doch dann sind sie fast genauso begeistert wie Tarek. Auf die glatte Wand hat jemand etwas gezeichnet. Und die Zeichnungen schillern in rot und grün. Als wären sie mit einer leuchtenden Kreide gemalt. Doch nicht nur die Farbe ist ungewöhnlich. Auch das, was damit gezeichnet wurde, ist seltsam. Mehr als seltsam:

Ein Dinosaurier! Ausgerechnet. Die Höhle ist plötzlich auch für Sven interessant geworden. Er versucht zu erkennen, um welche Gattung es sich handelt. Vielleicht ein Brachiosaurus? Emma hingegen ist mehr an den drei

Handumrissen interessiert. Es sind lauter linke Hände. Darunter steht je ein Buchstabe: S, T und E. Was das zu bedeuten hat? Tarek hat eine Idee. Er versucht es zu erklären. Doch wieder fehlen ihm die richtigen Worte. Er spricht ununterbrochen. Auch wenn ihn keiner versteht. Dabei legt er seine linke Hand in den Umriss über dem T. Mit seiner rechten Hand greift er nach Svens linker Hand. Er führt diese zu der Zeichnung über dem S. Emma versteht. Sie legt ihre Hand auf die Zeichnung über dem E und denkt: „Was das wohl zu bedeuten hat? Wenn wir uns nur verstehen könnten!“

Plötzlich gibt die Wand nach. Die Kinder kippen nach vorne und fallen auf den Boden. „Emma? Sven?“ Tarek ist zuerst wieder auf den Beinen. Verwirrt stehen auch die beiden anderen auf. „Habt ihr euch verletzt? Ist alles in Ordnung? Wow! Die Wand hat nachgegeben! Habt ihr das mitbekommen? Das ist doch der Wahnsinn!“, Tarek ist ganz aufgeregt. Er redet und redet. Und Emma und Sven verstehen plötzlich jedes Wort! „Tarek?“, fragt Emma, „Seit wann kannst du denn so gut deutsch?“ Tarek stutzt. „Ihr habt mich verstanden?“ Die beiden anderen nicken. „Wie ist denn das passiert?“, fragt Sven.

Jetzt ist es Emma, die sehr verdutzt schaut. Sie denkt daran, was sie sich eben noch so sehr gewünscht hat. Aber kann das sein? Kann so ein Wunsch wirklich in Erfüllung gehen? Sie zögert. Dann sagt sie leise: „Ich. Ich glaube, das war ich.“ Die beiden Jungs sehen sie mit großen Augen an. „In dem Moment, als die Wand einstürzte“, beginnt sie, „da habe ich gedacht: Es wäre toll, wenn wir uns einfach alle verstehen würden.“ „Und genau das ist passiert!“, freut sich Tarek. „Diese Wand, diese Zeichnungen! Das ist etwas Magisches!“ „Du meinst: Die Zeichnungen an der Wand haben mir meinen Wunsch erfüllt?“, fragt Emma nach. Tarek nickt. Die Kinder sehen sich verwundert an. Dann fällt Emma etwas ein: Die anderen haben auch diese Wand berührt. Haben sie sich auch etwas gewünscht? Und sind diese Wünsche auch in Erfüllung gegangen?

„Tarek, hast du dir auch etwas gewünscht? Woran hast du gedacht?“, fragt sie deshalb ängstlich. Tarek lacht:

„Daran, dass wir ein großes Abenteuer erleben sollten. Ist das nicht wunderbar? Ich glaube, deshalb ist auch die Wand eingestürzt. Damit wir in einem großen Abenteuer landen!“ Emma nickt. „Ja, das könnte sein“, denkt sie. Aber wirklich glücklich ist sie darüber nicht. Abenteuer sind gefährlich. Und planen kann man sie auch nie wirklich. Alles ist unsicher. Und ungeordnet. Und das mag Emma gar nicht. Sie muss unbedingt wissen, was für ein Abenteuer das ist. Vielleicht hat Sven ja eine Idee? Sicher hat dieser stille Junge auch an etwas gedacht. Vielleicht hat er sich sogar etwas dabei gewünscht? Deshalb sieht sie jetzt fragend zu Sven. Der hatte einen ähnlichen Gedanken. Deshalb ist er auch ganz blass geworden. „Was hast du denn?“, fragt sie ihn. „Woran hast du gedacht?“, will Tarek wissen. „Was hast du dir gewünscht?“, fragt Emma. Sven setzt sich auf den Boden. Er sieht ein wenig krank aus. Ganz leise sagt er: „An Dinosaurier. Und ich wollte, dass alles so ist wie früher.“

Kapitel 2:

Im Land der Giganten

Die Kinder sehen sich mit großen Augen an. „Ist so etwas möglich? Kann man sich Dinosaurier herbeiwünschen?“, fragt Emma ungläubig. „Das wäre cool!“, strahlt Tarek. Doch Sven schüttelt den Kopf: „Nein. Eine gute Idee wäre das nicht. Viele von denen haben mehr als 20 Tonnen. Der Brachiosaurus hat sogar über 80 Tonnen. Wenn so einer durch unsere Stadt läuft. Das wäre schrecklich!“ „Aber auch cool!“, Tarek bleibt dabei. „Ein Abenteuer ist es auf jeden Fall.“

„Ja, aber eines, das du nicht überlebst“, erklärt Sven ernst und holt das dicke Buch aus dem alten Rucksack. „Das schleppst du mit auf einen Wandertag?“, wundert sich Tarek. Sven zuckt mit den Schultern. Er blättert bis zu der Seite mit dem Tyrannosaurus: „Fünfzehn Zentimeter lange Zähne! Das willst du nicht wirklich, oder?“ „Nein“, gibt Tarek zu, „aber trotzdem wäre es ...“

In diesem Moment ertönt in weiter Ferne ein lautes Dröhnen. Wie ein Schiffshorn. „Hier ist doch kein Hafen in der Nähe, oder?“, fragt Tarek verunsichert. Emma schüttelt den Kopf: „Nur Hügel und Wälder, so weit das Auge reicht.“ Die Kinder gehen zum Ausgang der Höhle

und bleiben dort wie angewurzelt stehen. Von Wäldern ist hier nichts zu sehen. Und auch die sanften Hügel sind verschwunden. Es gibt keine Bäume, keine Sträucher. Nichts davon! Vor der Höhle geht es steil bergab. Und bis in weite Ferne erstreckt sich eine karge Steinwüste. Nur hier und da wächst ein vereinzeltes Pflänzchen. Aber ein Baum ist da nicht dabei. Erst ganz weit weg sind Wälder zu sehen. Und von dort hört man auch die seltsamen Rufe. Denn eines ist klar: Ein Schiffshorn ist das nicht.

Weit weg, am anderen Ende der riesigen Steinwüste, bewegt sich etwas. Es ist breit und groß. Wird manchmal schmäler, dann wieder breiter. Manchmal länger, dann wieder kürzer. Ob es Beine hat und wie viele können die Kinder auf diese Entfernung nicht sehen. Nur, dass es ganz schön viel Staub aufwirbelt. Was immer es ist, es hat unzählige Köpfe. Diese Köpfe werden auf langen Hälsen hoch erhoben Richtung Wald getragen. Tarek ist ratlos. „Hast du sicher an Dinosaurier gedacht und nicht an Drachen?“ Doch Emma hat bereits ihren Rucksack abgenommen. Beschäftigt kramt sie darin herum. Sie holt ein olivgrünes Fernglas hervor.

„So was nimmst du auf einen Wandertag mit?“, ist nun Sven überrascht. „Mein Papa ist Ornithologe“, erklärt Emma. „Was?“, fragt Tarek. „Er erforscht Vögel. Vor allem solche, die vom Aussterben bedroht sind. Und er hat gesagt, ich soll das mitnehmen. Vielleicht entdecke ich auch einen interessanten Vogel. Vielleicht sogar einen,

der vom Aussterben bedroht ist.“ Sie schaut durch das Glas und lacht unsicher. „Aber mit solchen Vögeln hat er sicher nicht gerechnet!“

Emma gibt das Fernglas an Tarek weiter. Jetzt sieht er: Die vielen Köpfe gehören zu sehr vielen Tieren. Seltsame Tiere mit langen Hälsen und langen Schwänzen. Sie gehen dicht nebeneinander. Die Kleinen in der Mitte und die Größeren am Rand. So, als wollten die Stärkeren die Schwächeren beschützen. Immer wieder löst sich eines der Tiere aus der Herde. Es kehrt aber rasch wieder in diese zurück. Deshalb wird die Form der Herde manchmal breiter oder länger, manchmal schmäler oder kürzer.

„Lass mal sehen!“, fordert Sven ungeduldig. Der sonst so ruhige Junge ist ganz aufgeregt. Neugierig greift er nach dem Fernglas. Tarek hätte selbst gerne noch länger durchgesehen. Unwillig gibt er nach. Er überlässt Sven das Fernglas. Hoffnungsvoll dreht er sich zu Emma um: „Ein zweites hast du nicht mit, oder?“ Emma verdreht die Augen.

„Das sind Sauropoden!“, ruft Sven begeistert: „Riesige Pflanzenfresser. Riesig!“ „Sauro-was?“, fragt Emma. „Nimm einfach das Buch“, erklärt Sven ungeduldig. „Bei Sauropodomorpha, da steht alles drin.“

Infokasten: Sauropodomorpha

Der Name bedeutet:	**„echsenfüßige Gestalt“**
Familie:	Sie gehörten zu den **Saurischia** (Echsenbecken-Dinosauriern). Sie unterteilten sich in kleinere Prosauropoden und riesige Sauropoden.
Zeit:	vor **etwa 200 bis 65 Millionen** Jahren
Fundort:	nahezu **überall** auf der Erde
Nahrung:	**Pflanzen.** Das nennt man **„herbivor“**.
Besonderheit:	Die Sauropodomorpha waren groß und schwer mit einem langen Hals und Schwanz und elefantenartigen Füßen. Sie gingen auf vier Füßen, weil sie nur so das ganze Gewicht tragen konnten. Bekannte Vertreter sind der Titanosaurus (mit 15 Tonnen), der Apatosaurus (mit 35 Tonnen) und der Brachiosaurus (mit 80 Tonnen).

Das Fernglas gibt Sven nicht aus der Hand. Die Tiere haben den Wald fast schon erreicht. Sie sind wirklich unglaublich groß. Doch die Bäume sind noch um einiges höher. Bald wird die Herde nicht mehr zu sehen sein und Sven will keinen einzigen Moment davon verpassen, den gewaltigen Riesenechsen hinterherzusehen.

„Das sind die größten und schwersten Landtiere aller Zeiten", liest Emma vor, „obwohl sie sich ausschließlich von Pflanzen ernähren."

„Kein Wunder, dass die zum Wald wollen", meint Tarek: „In der Wüste da unten finden die ja nichts mehr zu fressen. Glaubt ihr, die haben das alles gerade kahlgefuttert?"

„Nein", Emma liest weiter und sagt dann: „Die langen Hälse haben sie, weil es am Boden eben nicht mehr so viel Grünzeug gibt und sie nur so die Blätter auf den Bäumen oben erreichen. So ein langer Hals entsteht nicht, weil man eben mal rasch was von oben braucht. So was dauert viele, viele Generationen lang. Bei der Ururoma ist er noch ganz kurz, bei der Oma schon ein kleines bisschen länger und bei der Mama dann schon ganz okay. Und so weiter. Da in dem Buch steht was von langen Dürreperioden. Diese Wüste da unten gibt es schon sehr lange, glaube ich."

Infokasten: Sauropoden

Der Name bedeutet:	**„Echsenfüßler“**
Familie:	Sie gehörten zu den Sauropodomorpha Sie unterteilten sich in – primitive Eusauropoda – Supergiganten wie die Neosauropoda – Macronaria wie den Brachiosaurus – Titanosauria, die nicht nur groß waren, sondern auch einen Panzer am Rücken hatten.
Nahrung:	**Pflanzen (herbivor)**
Besonderheit:	Der Körper war bis zu 80 Tonnen schwer. Die Sauropoden hatten einen extrem **langen Hals** und einen kleinen Kopf. Ganz oben auf dem Kopf saßen die Nasenlöcher. Wie bei Tieren, die im Wasser leben. Sauropoden hätten aber im Wasser nicht überlebt. Sie waren zu groß und schwer. Und so tief unter der Wasseroberfläche drückt das Wasser stark gegen den Körper.

In der Zwischenzeit sind die Sauropoden im Dickicht des Waldes verschwunden. Vereinzelt hört man noch ihre Rufe. Dann ist es still. „Zum Glück nur Pflanzenfresser“, atmet Sven erleichtert auf. „Und ganz weit weg“, fügt Emma ebenfalls erleichtert hinzu. „Schade“, meint Tarek, als plötzlich ganz nah etwas an ihm vorbeihuscht. Erschrocken macht er einen Sprung nach hinten. „Was war das?“

„Wow, habt ihr das gesehen?“, Tarek hat sich schnell wieder gefangen. Die Angst ist verflogen. Schon möchte er dem seltsamen Wesen hinterherrasen. Der große schlanke Junge ist auch schon fast aus der Höhle verschwunden.

„Bleib da“, Svens Stimme ist ruhig, aber bestimmend. „Du hast keine Ahnung, was das ist.“

Tarek stoppt mitten in der Bewegung. Ratlos dreht er sich zu seinem Mitschüler um. Er mustert Sven von oben bis unten. Zum ersten Mal sieht er sich den blassen Jungen mit den kurzen braunen Haaren genauer an. So klein und schwach sieht der doch nicht aus. Mit einer Mischung aus Respekt und Erstaunen fragt er: „Ich habe wirklich keine Ahnung. Du schon?“

„Nein. Ich habe das Tier nicht einmal gesehen. Leider. Aber bevor wir etwas Dummes machen, sollten wir wissen, worauf wir uns einlassen.“

„Und erst danach machen wir etwas Dummes? Oder wie?“, schaltet sich jetzt auch Emma dazu. Sie klingt spöttisch. Dabei ist sie im Grunde eigentlich auch ratlos. Wenn es um Dinosaurier geht – und um nichts anderes geht es gerade – ist Sven nun einmal die beste Adresse. Er weiß wirklich viel über diese uralten Riesenechsen. Also will auch sie wissen, was Sven denkt.

Sven weiß: Die anderen verlassen sich auf ihn. Aber er weiß ja auch nichts. Er braucht mehr Informationen. „Ok. Was habt ihr gesehen?“, fragt er. Er ist nun ganz Wissenschaftler und somit auch Autorität. Er bestimmt, was zu tun ist. Und so berichten die beiden anderen Kinder, was ihnen aufgefallen ist.

„Es war ungefähr so groß wie ein Hund“, meint Tarek.

„Ein recht großer Hund. Und viel länger. Mit einem richtig langen Schwanz. Wie ein Drache.“

„Also eine Echse“, Sven blättert bereits in seinem Buch.

„Nein“, die beiden sind sich einig, „so hat es nicht ausgesehen. Eher wie ein Vogel.“

„Mit Flügeln?“, er sieht erstaunt von seinem Buch auf.

„Nein, aber mit Federn.“

„Ach so“, Sven erklärt: „Dann war es vermutlich trotzdem eine Echse. Früher hatten manche von denen Federn. Nimmt man zumindest an.“

„Und einen ziemlich großen, rundlichen Kopf. Mit einem Federschopf oben. Fast wie eine Mähne. Das habe ich auch noch gesehen. Oder wie ein Gockelhahn. Na ja, ihr wisst schon, so ein Schopf eben.“

„Und jetzt noch das Wichtigste: Lief es auf zwei oder auf vier Beinen?“

„Auf zwei!“, da sind sich Emma und Tarek sicher. „Wieso ist das so wichtig?“, fragt sie.

„Weil Dinosaurier, die auf vier Beinen laufen, eher Pflanzenfresser sind. Und die, die auf zwei Beinen laufen, fressen Fleisch. Sogenannte Carnivoren. Das, was da an uns vorbeigelaufen ist, war ein Carnivor. Ein Fleischfresser. Ein Jäger. Und so groß wie ein Wolf.“

Die Kinder rücken näher zusammen. Emma hebt sicherheitshalber einen großen Stein hoch. Sven hält sein Buch umklammert.

„Willst du den Echsenwolf mit deinem Buch erschlagen?“, lacht Tarek. Er greift in seinen Rucksack und holt ein kleines Klappmesser heraus.

„So etwas nimmst du auf einen Schulausflug mit?“, Emma ist entsetzt. „Das ist doch sicher verboten!“

„Zwei Äpfel habe ich auch mit“, er zuckt mit den Schultern: „Ich mag Äpfel eben nur, wenn sie ganz frisch aufgeschnitten sind.“

„Beruhigt euch wieder!“, meint Sven, „Und das Messer kannst du wieder einstecken. Ich glaube, ich habe unse-

ren Dinosaurier gefunden.“ Er deutet auf eine Seite, auf der eine schlanke Echse mit elegant gebogenem Hals abgebildet ist: „Hat er so ausgesehen?“

„Ja, das ist er!“

„Das ist ein Bambiraptor, glaube ich“, Sven ist sich nicht so sicher. Der Bambiraptor hat in Nordamerika gelebt. Wie kommt er nach Deutschland? Aber vielleicht gab es in Deutschland ein ähnliches Tier? Raptoren gab es hier sicher auch!

Infokasten: Bambiraptor

Der Name bedeutet:	**„Rehkitzräuber“**
Familie:	Er gehörte zu den **Saurischia** (den Vogelbeckensauriern). Und hier zu den **Therapoda** (den Raubtierfüßigen) sowie zu den **Maniraoptora** (also denen, die mit den Händen jagen konnten). Seine Familie sind die **Dromaeosauridae**. (Diese hatten eine extrem gefährliche Sichelkralle an der zweiten Zehe.)
Zeit:	**vor 75 bis 65 Millionen Jahren**
Fundort:	**Nordamerika**. Gefunden wurde sein Skelett erstmals 1994 von dem erst 14-jährigen Wes Linster. Er suchte auch den Namen für diesen raubtierfüßigen Fleischfresser aus.
Größe:	**40 Zentimeter hoch**, 130 Zentimeter lang.
Gewicht:	**Fünf Kilogramm**
Nahrung:	**Fleisch**. Das nennt man **„carnivor“**. Vor allem **kleinere Tiere** wie Termiten und andere Insekten, Schlangen und andere kleine Reptilien.
Besonderheit:	Der kleine Saurier war ein geschickter Jäger. Sein schlanker Körper und die hohlen Knochen machten ihn besonders leicht. Der Bambiraptor hatte starke Hinterbeine und war ein **schneller Läufer**. An den drei Zehen hatte er scharfe Krallen an jedem Bein. Seine Arme waren ebenfalls kräftig. Mit seinen drei Fingern konnte er **geschickt zugreifen**. In seinem großen rundlichen Kopf mit der länglichen Schnauze war ein großes Gehirn. Vermutlich war er also auch sehr klug.

KAPITEL 3:

Ein Bambiraptor auf der Jagd

„Ich dachte, Dinosaurier sind alle riesengroß!", wundert sich Emma. Sven schüttelt den Kopf: „Nein, es gab auch ganz kleine Saurier. Die waren nur so groß wie eine Henne. Andere waren so groß wie Hunde oder Pferde. Und andere größer als Elefanten."

„Und dieser hier?", fragt Tarek: „Der war ja nicht so groß. Vielleicht 40 oder 50 Zentimeter hoch."

„Aber sicher zwei Meter lang. Mit dem langen Schwanz!", meint Emma unsicher. „Ob der uns fressen kann?"

„Nein", ist Sven sich sicher: „Viele Dinosaurier haben hohle Knochen. So wie Vögel. Die sind ganz leicht. Ein Bambiraptor wiegt nur fünf Kilogramm. Der greift so einen schweren Brocken wie dich nicht an."

Zumindest nicht, wenn er allein ist, denkt Sven. Aber das sagt er nicht laut. Er will sich und den anderen keine Angst machen. Deshalb sagt er lieber: „Dem sind wir als Beute viel zu groß. Also müssen wir keine Angst vor ihm haben. Und selbst angreifen, wollt ihr ihn ja auch

nicht, oder?“

Die anderen schütteln beide den Kopf. Emma legt den Stein wieder auf den Boden. Und auch das Messer wird wieder zugeklappt. Trotzdem lässt es Tarek griffbereit lieber in seiner Hosentasche als im Rucksack verschwinden.

Langsam beruhigen sich die Kinder wieder. Vorsichtig treten sie einen Schritt vor die Höhle. Um sie herum gibt es kaum Grünpflanzen. Fast überall liegen verschieden große Steine herum. Eine richtige Geröllwüste. Kaum zu glauben: Hier werden später dichte Wälder stehen! Nun bietet nur die Höhle einigermaßen Schatten. Es ist Mittagszeit und die Sonne brennt erbarmungslos auf das öde Land.

Emma nimmt das Fernglas und schaut in die Ferne. Die großen, langhalsigen Echsen sind längst verschwunden. Bis zum Waldrand ist es noch weit. Direkt vor der Höhle ist alles steinig und leer. Hin und wieder gibt es große Felsen. Ob sich dort etwa auch Bambiraptoren verstecken?

In der Ferne stehen bereits ein paar Bäume. Ob in den Baumkronen auch Tiere leben? Dann kommen erste Baumgruppen. Und dahinter ist der Wald.

„Ein Bambiraptor? Was er wohl hier gewollt hat?“, fragt sie.

„Na was wohl? Futter natürlich!“, krächzt es auf einmal hinter ihr.

„Aaaah!“, schreit Emma. „Waaaah!“, schreit Sven. „Wow, cool“, sagt Tarek. „Hast du Futter für mich?“, fragt der kleine Saurier. Dabei sieht er Sven treuherzig mit schiefem Kopf an. Mit seinem rundlichen Kopf wirkt er eigentlich sehr freundlich. Dann lächelt er und die vielen scharfen Zähne werden sichtbar.

Sven sieht sich das seltsame Tier neugierig an. Das Tier

kann sprechen? Das Abenteuer wird ja immer besser! Endlich sieht er einen echten Dinosaurier. Ganz nah! Und: Er kann sogar mit ihm sprechen!

„Du kannst sprechen?“, fragt Tarek verwundert.

„Du kannst mich verstehen?“, fragt der Raptor verwundert.

„Können wir jetzt auch mit Dinos reden?“, wundert sich Emma: „Ich wollte ja alle verstehen. Aber das? Das hätte ich nicht erwartet!“

„Was frisst du eigentlich?“, will Tarek wissen. Er greift in seine Jackentasche. Ja, das Messer ist noch da.

„Ach“, meint der Raptor-Dino. „Nichts Besonderes. Einfach nur ein paar Termiten. Vielleicht einen kleinen Tausendfüßler. Oder habt ihr irgendwo eine Schlange gesehen? Ich liebe Schlangen! Die schmecken lecker!“

Emma ist gar nicht begeistert. Schlangen hat sie nicht besonders gern. Aber auch der Saurier mit den vielen scharfen Zähnen macht ihr Angst. Ob Sven recht hat? Wird er sie ganz bestimmt nicht fressen? „Hier gibt es Schlangen?“, fragt sie ängstlich.

„Manchmal!“, strahlt der Dino. „Wollen wir mal nachsehen?“ Er hat große Augen, mit denen er wohl auch in der Dunkelheit der Höhle gut sehen kann. Den Kopf streckt

er an seinem langen Hals neugierig nach vorne. Mit den Hinterbeinen geht er ein wenig in die Hocke. Nun hebt er mit seinen Händen geschickt einen größeren Stein hoch. Nichts!

„Zum Glück!“, denkt Emma.

„Schade!“, seufzt der Dino. Doch schon entdeckt er etwas weiter hinten in der Höhle noch einen weiteren Stein. Vorsichtig geht er darauf zu, nahezu geräuschlos hebt er den Stein hoch. Schon zischt ein längliches Reptil unter dem Stein hervor. Dann geht alles blitzschnell. Die Schlange schlängelt sich rasch zum Ausgang hin, wo immer noch die Kinder sitzen. Emma schreit auf. Sven und Tarek sind vor Schreck ganz starr. Die Schlange kommt immer näher. Der Raptor rast hinterher. Gleich hat er sie eingeholt. Mit den scharfen Krallen auf seinen Hinterbeinen ist er ein gefährlicher Jäger. Doch auch die Zähne sind eine starke Waffe. Fast hat er die Schlange erwischt. Doch mit einer schnellen Bewegung ist sie auch schon wieder in einer Felsspalte verschwunden.

„Schade!“, jammert er. „So eine schöne Schlange!“

Doch lange bleibt der Saurier nicht traurig. Schon hat er wieder einen Stein hochgehoben. Und diesmal hat er mehr Glück. Aus ihrem Versteck krabbeln viele große Insekten.

Der Raptor ist glücklich. Geschickt greift er immer wieder zu und schiebt sich die Käfer ins Maul. „Mmmh! Lecker!“, freut er sich. „Oh. Wollt ihr auch welche?“, fragt er nun schuldbewusst, weil er den Kindern nichts von seiner Beute übriggelassen hat. Diese schütteln den Kopf. „Gut“, meint der Raptor zufrieden. „So viele sind nämlich gar nicht da!“

„Wer seid ihr eigentlich?“ Jetzt, wo er satt ist, sieht er sich die eigenartigen Besucher noch einmal genauer an. Sie haben weder Federn noch Schuppen. Doch der Körper ist fast überall von einer schützenden Schicht bedeckt. So etwas hat er noch nicht gesehen. Ob das ein Panzer ist? Scharfe Krallen haben sie ja nicht. Und auch die Zähne machen nicht viel her. Aber man kann nie wissen. Als Beute sind sie ihm jedenfalls viel zu groß. Aber vielleicht sind sie ja als Rudel zu gebrauchen?

„Wir sind Emma, Tarek und Sven“, stellt Sven sich und die anderen vor: „Und du?“

„Ich bin Kleiner Zeh vom Rudel der geschickten Jäger“, erklärt der Raptor.

„Wie kommst du zu diesem Namen?“, will Sven wissen.

Der Raptor deutet auf seinen linken Hinterfuß. Eine der Zehen ist deutlich kürzer und steht ein wenig ab. Jetzt sehen die Kinder, dass auch eine der Krallen fehlt. Die

Verletzung muss schon sehr alt sein. Sie ist gut verheilt. „Ist passiert, als ich noch sehr klein war. Kann mich nicht daran erinnern“, meint der Raptor. „Das war immer schon so. Deswegen heiße ich auch Kleiner Zeh.“ Dann hebt er stolz seine Arme hoch. Mit seinen drei Fingern kann er ganz geschickt greifen. Fast wie eine Pinzette. „Das können nicht alle Raptoren!“, erklärt er stolz. „Das können nur wir! Wir sind geschickte Jäger. Nicht wahr?“

„Und wo ist dein Rudel?“, fragt Tarek. Ein Raptor in dieser Größe ist vielleicht nicht gefährlich. Aber viele?

„Meine Leute sind alle gerade auf Futtersuche. Wir jagen lieber allein. Da hat man mehr Glück. Normalerweise. Aber wenn es nicht klappt, dann jagen wir auch mal gemeinsam. Und dann teilen wir. Ist besser so. Vor allem, wenn die Großen kommen.“

„Welche Großen?“, fragt Emma.

„Na ja, die Großen eben. Da gibt es die, die nur herkommen, um ihre Eier abzulegen. Die gehen dann bald wieder. Vorhin waren ein paar da. Habt ihr die nicht gesehen. Große, schwere Tiere. Viel Fleisch. Aber zu groß für mich. Aber die Eier sind gut. Und die Kleinen, die dann aus den Eiern kommen. Wenn man den richtigen Zeitpunkt erwischt. Denn die Kleinen gehen dann zu den Großen. Und manchmal kommen auch die Großen und holen die Kleinen. Und wenn die Großen da sind, erwischt man die

Kleinen nicht mehr."

„Du meinst, die großen Dinosaurier passen auf ihre Jungen auf?", fragt Sven.

„Ja, manchmal", nickt der Raptor. „Leider."

„Und auf die Eier passen sie nicht auf?", ist Emma empört.

„Nicht immer", freut sich der Raptor. „Aber man kann nie wissen. Manchmal bleibt auch ein Großer in der Nähe. Vor allem, wenn es viele Eier sind."

„Von welchen Großen redest du eigentlich? Meinst du die mit den langen Hälsen, die nur Pflanzen fressen?", fragt Sven.

„Ja, genau. Die sind eigentlich ganz in Ordnung. Bringen gute Eier."

„Und gibt es auch andere Große?", fragt Tarek.

„Ja, klar. Gute Jäger, so wie ich. Nur größer, viel größer. Nicht sehr nett. Sehr gefährlich."

Die Kinder denken an den Tyrannosaurus. Sie schauen sich ängstlich um. Ob der wohl auch hierherkommt?

Der Bambiraptor nickt. „Ja, geht lieber zu eurem Rudel.

Mache ich jetzt auch. Bis später mal!“

Und schon hat er sich umgedreht und ist auch schon aus der Höhle verschwunden. Die Kinder stehen auf und sehen ihm hinterher, wie er rasch den Abhang vor der Höhle hinunterrennt. Dabei läuft er mal links mal rechts. Wird dazwischen langsamer, sieht sich suchend um und streckt den Kopf in die Höhe. Dabei gibt er ein kurzes Schnattern von sich. Leise hört man von der Ferne ein weiteres Schnattern. Der Raptor hebt den Kopf, geht dann wieder in die Hocke und rast in Richtung der Rufe seines Rudels.

„Wir sollten auch nach Hause, oder?“, meint Emma. Die Jungs nicken. Aber wie? Tarek untersucht die Wand der Höhle. Sven schaut sich am Boden der Höhle um. Emma beobachtet den Höhleneingang. Hoffentlich streckt kein Tyrannosaurus den Kopf herein!

„Ich habe etwas gefunden!“, ruft Sven. In der Hand hält er ein Stück Kreide. Sie leuchtet rot und grün.

KAPITEL 4:

Der kleine Tyrann will nach Hause

Begeistert betrachten die Kinder die Kreide. Ja! Damit wurden die Handumrisse auf die Wand der Höhle gemalt. Da sind sich die Kinder sicher. Aber wie kann man die Kreide benutzen? Sollen sie wieder Handumrisse aufmalen? Und auch die Anfangsbuchstaben ihrer Namen? Und dann? Wieder einen Dinosaurier?

„Nein“, ist sich Tarek sicher: „Der Dinosaurier hat uns hierhergeführt. Wir brauchen etwas anderes. Etwas aus unserer Zeit.“

Die Kinder überlegen. „Vielleicht ein Auto?“, meint Tarek. „Oder unsere Schule?“, schlägt Emma vor. „Oder wir schreiben einfach das Datum an die Wand?“, überlegt Sven. „Und die Uhrzeit!“, meint Emma „Es war kurz vor elf Uhr“, erinnert sie sich.

Tarek drückt seine linke Hand gegen die Wand. Mit der rechten Hand hält er die Kreide. Erst zieht er den Umriss der Hand nach. Dann schreibt er ein großes „T“ darunter. Feierlich gibt er die Kreide an Emma weiter. Sie zieht auch den Umriss ihrer linken Hand nach. Darunter

schreibt sie ein „E“. Jetzt ist Sven an der Reihe. Er zögert. Sollen sie wirklich schon gehen? Es gäbe noch so viel zu entdecken!

„Sven! Worauf wartest du?“, drängt Emma. Sven zögert immer noch. Tarek grinst. Jetzt grinst auch Sven. Er lässt die Kreide in seiner Hosentasche verschwinden.

„Sven! Was tust du?“, fragt Emma. „Ich will nach Hause!“

„Ich auch“, piepst es leise hinter ihr. Emma dreht sich erschrocken um. Doch hinter ihr ist nichts. Hat sie sich verhört?

„Ich bin da unten“, piepst es erneut. „Und ich will zurück zu meinem Nest!“

Die Kinder schauen hinunter und sehen einen kleinen Saurier auf zwei Beinen. Er ist gerade einmal so groß wie Emmas Katze. Und er sieht richtig niedlich aus. Sein kleiner Körper ist ein bisschen dicklich. Auch der Schwanz ist deutlich dicker als der des Raptors. Die Beine sind nicht ganz so lang. Aber voller Muskeln. Und die Ärmchen sind dagegen eher klein und dünn. Viel anfangen kann der kleine Dinosaurier damit nicht. Außerdem hat er nur zwei Finger. Dafür ist sein Kopf beeindruckend groß. Das Maul ist rundlich und die Stirn ist sehr breit. Die großen Augen sitzen recht weit oben und nicht so seitlich wie etwa bei einem Vogel. Fast sieht der Kopf aus wie ein Hundekopf. Nur die Hängeohren fehlen. Und natürlich das Fell.

„Hallo, mein Kleiner!“, begrüßt ihn Emma. Sie hat ihn sofort ins Herz geschlossen. „Wer bist denn du?“

„Ich bin Fiepo. Vom Stamm der großen Jäger“, fiept er. „Und ich will nach Hause. Jetzt sofort!“ Aufgeregt läuft er vor den Kindern auf und ab.

Tarek lacht. „Vom Stamm der großen Jäger? Na, sonderlich groß bist du aber nicht.“ Der kleine Kerl ist vielleicht 50 oder 60 cm groß. Und auch nicht sehr lang.

„Du bist nicht sehr klug, oder?“, fragt Fiepo frech. Er macht sich, so groß er kann. Und streckt den rundlichen Kopf mit der breiten Stirn ganz hoch nach oben.

Tarek wird rot. So darf man mit ihm nicht reden. Selbst dann nicht, wenn man klein und niedlich ist. So wie Fiepo.

„Immer noch klüger als du“, schimpft er. „Außerdem habe ich recht. Du bist klein.“

„Aber ich wachse schnell“, erklärt Fiepo stolz: „Vor ein paar Tagen war ich noch so klein.“ Er deutet mit seinen kurzen Ärmchen Richtung Boden. Etwa auf die halbe Höhe seiner jetzigen Größe.

„Bist du etwa erst geschlüpft?“, fragt Emma liebevoll. Sie kann es gar nicht fassen. So jung! Und schon ganz allein! Der Arme!

Fiepo nickt: „Ja, da drüben. Und jetzt will ich da wieder hin. Und ihr müsst mir helfen.“ Er deutet in die Richtung zum Wald. Die Kinder sehen sich das Land an. Hier gibt es nur wenige Pflanzen, viele kleine Steine und ein paar große Felsen.

„Ich will nach Hause“, jammert er. „Aber nicht allein. Überall sind diese Jäger mit den langen Beinen und den langen Armen. Die können mich einfach so schnappen. Das sind sehr geschickte Jäger.“

Die Kinder sehen sich an. Spricht er von Kleiner Zeh? Dem Raptor vom Rudel der geschickten Jäger? Gut, dass der nicht mehr da ist. Der wäre sehr gefährlich für den kleinen Fiepo.

„Können wir ihn nicht nach Hause bringen?“, schlägt Emma vor.

Sven und Tarek sehen einander überrascht an. Sie wollen dem kleinen Fiepo auch helfen. Er ist zwar ziemlich nervig. Ein richtiger Tyrann. Aber auch sehr niedlich dabei. Helfen würden sie ihm schon gerne. Aber können sie das? Da draußen ist es auch für die Kinder sehr gefährlich.

„Es ist nicht weit weg“, behauptet der kleine Tyrann. „Ihr müsst mir helfen! Bitte! Ihr müsst! Bitte. Bitte! Biiiiii-tte!“

„Zeig mir noch einmal genau, wo dein Nest ist“, verlangt Sven. Die Kinder hocken neben dem kleinen Saurierkind

vor dem Höhleneingang. Fiepo deutet zu einem großen Felsen. Etwa 50 Meter von der Höhle entfernt.

„Da hinter dem Felsen ist mein Nest“, behauptet er.

Emma nimmt das Fernglas aus dem Rucksack. Sie schaut in alle Richtungen. Weit und breit ist kein Dinosaurier zu sehen.

„Ich glaube, das schaffen wir“, sagt sie.

Die Jungen sind einverstanden. „Na, dann los!“, meint Tarek. Damit es schneller geht, hebt er Fiepo hoch und steckt ihn in seinen Rucksack. Nur der Kopf des kleinen Sauriers schaut heraus.

Sven hat sein Buch schon eingepackt. Er geht voran. Hinter ihm ist Emma. Dann kommt Tarek mit Fiepo.

Draußen ist es immer noch sehr heiß. So heiß, dass sich alle Tiere verkrochen haben. Emma ist das nur recht. Sie möchte jetzt keine Schlangen, Käfer oder gar Raptoren sehen. Sven findet es ein bisschen schade. Aber eine Begegnung mit dem Rudel von Kleiner Zeh will er auch nicht.

„Los, beeilt euch“, drängt Tarek.

Vorsichtig klettern die Kinder den Abhang vor der Höhle hinunter. Bald wird das Gelände flacher. Der Boden ist trocken und sandig. Überall liegen Steine und kleinere Felsbrocken. Zum Glück ist der Felsen bei Fiepos Nest sehr groß. So wissen die Kinder immer die Richtung.

Hier unten hat man keinen Ausblick mehr über das Gelände. Hinter jedem Felsen könnte ein Bambiraptor sein. Doch von oben haben die Kinder vorhin genau nachgesehen. Es ist keiner in der Nähe. Trotzdem fühlen sie sich hier nicht so sicher wie in der Höhle.

Ein paar Schritte noch. Dann haben sie den großen Felsen erreicht.

„Piepo! Piepsi! Fipsi!“, ruft Fiepo aufgeregt. „Ich bin wieder da!“ Der kleine Dino ist ganz zappelig. Rasch hilft ihm Tarek aus dem Rucksack. Doch die Enttäuschung ist groß. Von Fiepos Geschwistern ist nichts zu sehen!

„Oh nein!“, jammert Fiepo: „Sind sie alle gefressen worden?“

Sven untersucht das Nest. Es ist eine große, runde Grube. Halb im Sand stecken noch ein paar Eierschalen. Sie sind etwa halb so groß wie Fiepo. Und sehr dick. Spuren eines Kampfes sieht man nicht.

Tarek sieht sich den Boden genau an. Vor ihm läuft Fiepo hin und her. Im sandigen Boden sieht man seine Spuren. Es sind kleine Fußabdrücke. Deutlich erkennt man die drei Zehen und auch die Krallen. Auch neben dem Nest sieht man Fußspuren. Viele kleine Abdrücke. So wie die von Fiepo. Nur zeigen alle Fußspuren Richtung Wald.

„Ich glaube nicht, dass deine Geschwister gefressen wurden“, sagt er.

„Nicht?“, fragt der kleine Tyrann schluchzend.

„Nein. Ich sehe nur kleine Fußspuren. So wie deine. Die Spuren eines Jägers sind hier nicht.“

„Nicht?“, fragt der kleine Tyrann hoffnungsvoll.

„Nein“, bestätigt auch Sven. „Deine Geschwister sind einfach schon mal losgegangen. Ich glaube, sie wollen zum Wald.“

„Ja, zum Wald!“, strahlt Fiepo.

„Wenn wir uns beeilen, können wir sie vielleicht einholen?“, schlägt Tarek vor.

„Bist du verrückt?“, fragt Sven.

„Aber wir können den Kleinen doch nicht hier allein lassen!“, protestiert Emma.

„Und in unsere Zeit mitnehmen können wir ihn auch nicht“, bestätigt Tarek. „Das hast du selbst gesagt, Sven.“

Sven zuckt mit den Schultern. Was soll er auch sagen? Der kleine Saurier braucht ihre Hilfe. Na gut. Dann wollen sie ihm helfen.

Rasch klettert Fiepo wieder in Tareks Tasche. Und schon laufen die Kinder den Fußspuren hinterher. Es ist drückend heiß. Aber das ist den Kindern nur recht. So haben sie vielleicht Glück. Und alle anderen Dinosaurier ruhen sich im Schatten aus.

Infokasten: Dinosaurier-Eier

Wer legte Eier?	Wie Reptilien und Vögel heute legten die meisten Dinosaurier **Eier**.
Wo legten sie ihre Eier?	Meist wurden mehrere Eier gelegt. Die Saurier bauten aber keine Nester. Und sie brüteten auch nicht wie Vögel. Schon gar nicht hoch oben auf einem Baum. Meist wurden die Eier einfach **unter Sand** oder **Erde vergraben**. So wie bei Schildkröten oder Krokodilen. Dort waren sie gut versteckt. Und sie hatten es angenehm warm.
Wie groß waren die Eier?	Viele Dinosaurier wurden mehr als eine Tonne schwer. Trotzdem waren die Eier nie größer als **etwa 50 cm**.
Warum waren Eier nicht größer?	Damit die Jungen im Ei atmen können, muss Luft durch die Schale. Die Schale ist also **recht dünn**. Wäre das Ei größer, würde es zerbrechen.
Was bedeutete das für die Dinosaurier-Kinder?	Auch riesige Dinosaurier hatten **winzige Kinder**. Die Kinder mussten also sehr schnell wachsen.

KAPITEL 5:

Ein Gigant ganz in der Nähe

„Wir müssen verrückt sein!“, schimpft Sven vor sich hin. Drei Kinder allein im Land der Dinosaurier! Das kann nicht gut ausgehen!

„Ach komm schon!“, ermutigt ihn Tarek: „Bis zu dem Waldrand ist es nicht weit. Vielleicht zehn Minuten zu Fuß.“

„Na, mit dem Auto werden wir ja auch nicht fahren“, brummt Sven. Emma hat nur Augen für das Dinosaurier-Kind. Und Tarek freut sich über das Abenteuer. Denkt denn niemand an die Gefahr?

Gut, dass es so heiß ist. Die kleine Geröllwüste ist wie leergefegt.

„Bald sind wir bei den ersten Bäumen!“, freut sich Emma.

„Oje“, denkt Sven: „Wer sich da wohl ausruht?“

„Hier sind sie gewesen“, freut sich Tarek. Auf dem weichen Sandboden sind viele kleine Spuren. Hin und wieder ist der Sand richtig tief eingedrückt. Wie ein längliches

Dinosaurier-Nest. Nur hat es eine andere Form. Erst rund, dann länglich und am Ende mit drei großen Zacken.

„Das sieht so aus wie deine Fußspur", wundert sich Emma.

„Nur viel größer", staunt Tarek.

„Etwa zehnmal so groß", schätzt Sven. „Wisst ihr, was das bedeutet?"

„Dass wir seine Mama gefunden haben?", fragt Emma.

„Und dass sie etwa zehnmal so groß ist wie unser kleiner Freund hier", betont Sven. „Wollen wir ihr wirklich begegnen?"

Da hören die Kinder auch schon ein lautes Fauchen und Grollen. Es ist ganz in der Nähe.

„Mama, Mama!", fiept Fiepo.

„Fiepo!", grollt die tiefe Stimme. Die Erde wackelt. Rasch kommen schwere Schritte näher.

Die Kinder verstecken sich hinter dem mächtigen Baumstamm. Fiepo läuft begeistert der Stimme entgegen. Nun hört man auch die anderen Dinosaurier-Kinder fiepen und piepen. Das Grollen der Mutter klingt sanft und zufrieden.

Die Menschenkinder hat sie nicht entdeckt. Sie stupst Fiepo mit ihrer großen Nase zu seinen Geschwistern. Dieser lässt sich das gerne gefallen. Er sieht glücklich aus. Gemeinsam mit seiner Familie geht er nun zum Wald. Davor dreht er sich noch einmal um: „Danke! Und Tschü-üß“

Die Kinder schauen vorsichtig hinter dem Baumstamm hervor. Emma und Tarek winken Fiepo nach.

Sven fragt: „Gibst du mir nochmal das Fernglas?“

Er will sich die große Echse genau ansehen. Leider dreht sie sich nicht mehr um. Oder zum Glück?

„Ist das ein Tyrannosaurus Rex?“, fragt Tarek.

„Ich weiß es nicht“, gibt Sven zu. Er holt sein Buch aus der Tasche: „Der Tyrannosaurus lebte vor etwa 70 Millionen Jahren. Sein Skelett wurde aber nur in Amerika gefunden. In Asien gab es zu dieser Zeit den Tarbosaurus. Auch riesig. Auch extrem gefährlich. Aber eben ein bisschen anders. Ob hier in Deutschland auch so eine Dinosaurier-Art gelebt hat, weiß man nicht. Und wenn, dann habe ich keine Ahnung, welche.“

Die Kinder vergleichen die beiden „schrecklichen“ Echsenarten. Zu welcher gehört Fiepo?

Infokasten: Tyrannosaurus Rex

Der Name bedeutet:	**„König der herrischen Saurier“**
Familie:	Er gehörte zu den **Saurischia** (den sogenannten Echsenbeckensauriern) und hier zu den **Therapoda** (den sogenannten Raubtierfüßigen). Seine Familie waren die **Tyrannosauridae**.
Zeit:	vor etwa 80 bis 65 Millionen Jahren
Fundort:	vor allem in Nordamerika
Größe:	Sechs Meter hoch (bis zur Schulter), 12 bis 13 Meter lang
Gewicht:	**Sechs bis acht Tonnen**
Nahrung:	**Fleisch (carnivor).** Er jagte vermutlich Hadrosaurier und Ceratopsier. Vielleicht mochte er auch lieber Aas als lebende Beute.

Infokasten: Tyrannosaurus Rex

Besonderheit:	Wie alle **Tyrannosauridae** (sogenannte herrische Echsen) hatte der Tyrannosaurus Rex scharfe Zähne und war ein Jäger oder Aasfresser. Die **Arme waren sehr kurz**. Sie hatten nur zwei Finger an jeder Hand. Festhalten konnten sie ihre Beute damit nicht. Und die Hand in den Mund stecken konnten sie auch nicht. Dazu waren die Arme viel zu kurz. Sie jagten daher vermutlich, indem sie gleich nach der Beute schnappten. In seinem großen und breiten Schädel hatte er ein **großes Gehirn**. Die Augen saßen hoch und eher vorne (wie bei einem Hund), nicht seitlich (wie bei einem Vogel). Daher konnte er gut **räumlich sehen**. Auch riechen und hören konnte er gut. Sein Kiefer war extrem stark. Er hatte etwa 60 **messerscharfe Zähne**. Diese waren 15 bis 20 Zentimeter lang. Und er hatte eine Beißkraft von 6 Tonnen. Kaum ein Dinosaurier war so groß und gefährlich wie er. Seine Knochen waren hohl. So war er etwas leichter. Er hätte also auch schnell laufen können. Bis zu 60 km/h. Das ist etwa doppelt so schnell wie ein Mensch. Nur hinfallen durfte er nicht. Bei seiner Größe hätte er sich dabei schwer verletzt. Vermutlich jagte er daher aus dem Hinterhalt. Und machte nur kurze Sprints. Vermutlich lebte und jagte der Tyrannosaurus lieber allein. Er legte aber mehrere Eier in ein Nest. Und vielleicht beschützte er die Jungen auch eine Weile.

„Fiepos Hände sind wirklich kurz – wie bei einem Tarbosaurus“, meint Emma.

„Aber seine Mama ist unglaublich groß! Habt ihr die gesehen? Das war sicher ein T-Rex“, vermutet Tarek.

„Hmm“, überlegt Sven. „Groß ist der Tarbosaurus auch. Eigentlich gibt es nur einen großen Unterschied zwischen den beiden Arten.“

„Und welchen?“, fragt Emma überrascht.

„Der Tarbosaurus hat einen eher schmalen Kopf. Die Augen sitzen seitlich. Deswegen kann er nicht so gut sehen. Also: Er sieht alles, aber eben immer nur mit einem Auge.“

„Wie meinst du das?“, fragt Tarek. „Er hat doch auch zwei Augen.“

„Ja, aber mit dem linken Auge sieht er alles, was links ist. Und mit dem rechten Auge alles, was rechts ist.“

„Wie bei einem Vogel!“, fällt Emma ein.

„Ja und?“, fragt Tarek.

„Wir Menschen sehen mit beiden Augen alles gleichzeitig. Das ist besser“, erklärt Sven.

„Ah, das habe ich schon mal gehört“, erinnert sich Tarek. „Das ist das räumliche Sehen, oder?“

Sven nickt.

„Und der Tyrannosaurus kann das auch“, fügt Tarek hinzu.

„Und der Tarbosaurus kann das nicht“, ergänzt Emma: „Ich weiß ja nicht, was Fiepo gesehen hat. Aber die Augen waren sicher nicht auf der Seite wie bei einem Vogel. Und der Kopf war sicher nicht schmal.“ Sie denkt an Fiepos süßes breites Köpfchen.

„Stimmt“, meint Sven.

„Na, dann wissen wir ja, was Fiepo ist!“, ist Tarek begeistert: „Ich hatte gerade einen Tyrannosaurus Rex im Rucksack.“

„Ja, aber einen ganz kleinen!“, lacht Emma.

Dann wird sie plötzlich blass. Ihr wird klar, wie nah sie einem echten, ausgewachsenen T-Rex war. Das war doch extrem gefährlich, oder? Zum Glück hat die große Echse sie nicht entdeckt. Ob die Kinder am Rückweg auch so viel Glück haben?

Das Mädchen sieht nachdenklich zurück in die Richtung, aus der sie gekommen sind. Die Höhle liegt auf einer An-

höhe und ist gut zu erkennen. Bis dorthin sind es nur etwa zehn oder zwanzig Minuten Fußmarsch.

„Das sollte doch zu schaffen sein!“, denkt sie. Schon will sie die anderen zum Aufbruch drängen. Da zieht Tarek sie rasch zurück. Genau zwischen den Kindern und der Höhle ist ein Rudel Raptoren. Sie sehen ähnlich aus wie Kleiner Zeh. Nur sind sie leider viel größer. Und es sind sehr viele!

KAPITEL 6:
Von Raptoren umzingelt

Die Mittagshitze hat nun etwas nachgelassen. Es ist bereits Nachmittag. Und so machen sich auch die ersten Saurier auf Futtersuche. Hinter Emma knackt es plötzlich. Dann hört sie ein schmatzendes Geräusch.

„Wollt ihr auch ein Stück?“, fragt Tarek. Sie dreht sich um. Tarek hat es sich im Schatten des Baumes bequem gemacht. Er sitzt auf dem Boden. In einer Hand hält er sein Messer. In der anderen Hand hat er ein Stück Apfel.

„Wie kannst du jetzt an Essen denken?“, ist Emma überrascht.

„Na ja, ich habe Hunger.“ Tarek zuckt mit den Schultern. Nun beißt er wieder in sein Apfelstück. Auch Sven hat ein Stück genommen.

„Hast du keinen Hunger?“, fragt er. Emma zögert. Natürlich ist sie auch hungrig. Die Kinder sind nun schon lange unterwegs. Aber wie könnte sie jetzt essen?

„Schaut!“, ruft sie und deutet Richtung Höhle.

Die Jungs hören auf zu kauen und stehen auf.

„Oh!“, sagt Tarek.

„Oh!“, sagt Sven.

Auf der weiten Ebene haben sich große Dinosaurier versammelt. Sie haben lange Hinterbeine und auch lange Hälse. Fast so wie die Sauropoden, die vorhin im Wald verschwunden sind. Doch diese Saurier hier gehen nicht auf vier Beinen, sondern auf zwei. Der Oberkörper ist weit vorgestreckt. Die Arme haben sie erhoben. Jederzeit bereit zuzupacken. Es sind Fleischfresser. Und sie sind auf der Jagd.

„Oh, wow!“, flüstert Tarek. „Sind das Velociraptoren?“ Er denkt an den Film, den er vor kurzem gesehen hat. Dort wurden Dinosaurier auf einer einsamen Insel gezüchtet. Der Velociraptor war der gefährlichste. Noch gefährlicher als ein Tyrannosaurus Rex.

„Möglich“, meint Sven. Er holt sein Buch aus der Tasche. Zum Glück sind die Tiere weit weg. Und sie sehen auch nicht in Richtung der Kinder. Trotzdem müssen sie vorsichtig sein.

„Willst du jetzt lesen?“, fragt Emma. „Sollten wir nicht weglaufen?“

„Wohin?“, fragt Tarek. „Zur Höhle können wir nicht. Und wir wissen nicht, was im Wald ist.“

„Ich will mehr über diese Tiere wissen“, erklärt Sven. „Vielleicht hilft uns das?“

Infokasten: Velociraptor

Der Name bedeutet:	**„schneller Räuber“**
Familie:	Er gehörte zu den **Saurischia** (Echsenbeckensauriern). Und hier zu den **Theropoda** (Raubtierfüßigen). Und hier wieder zu der Gruppe der **Maniraptora** (denen, die mit den Händen jagen).
Zeit:	vor etwa **84 bis 70 Millionen Jahren**
Fundort:	vor allem in **Asien**
Größe:	bis zur Schulter nur etwa **einen Meter hoch**, von Kopf bis Schwanz **1,80 Meter lang**
Gewicht:	nur **7 bis 15 Kilogramm**
Nahrung:	**Fleisch (carnivor)**

Infokasten: Velociraptor

Besonderheit:	Der Körper war **leicht** und **wendig**. Mit seinen langen Beinen konnte der Velociraptor besonders schnell rennen. Und auch schnelle Haken schlagen. Vermutlich jagte er im Rudel. So konnte er auch große Tiere erlegen. Er hatte **drei Zehen** an jedem Hinterbein. Und an jeder Zehe eine scharfe Kralle. Am gefährlichsten war die Sichelkralle am zweiten Zeh. Mit dieser konnte er kräftig zustoßen. Auch die langen Arme mit den scharfen Krallen an den Fingern waren ideal, um Beute festzuhalten. Der Kopf war nicht sehr groß. Er hatte aber ein kräftiges Gebiss. Mit seinen rund **80 spitzen Zähnen** konnte er kräftig zubeißen.

„Nur 15 Kilogramm?“, wundert sich Emma: „Da hat der Hund meiner Oma ja mehr!“

„Ja“, meint Sven: „Das ist wegen der hohlen Knochen.“

„Ich weiß“, nickt Emma. „Vögel haben auch hohle Knochen. Sonst wären sie viel zu schwer. Und könnten nicht fliegen.“

„Diese Vögel sind aber ganz schön groß!“, staunt Tarek.

„Diese Raptoren sind auch größer als einen Meter, oder?“, findet Sven.

„Im Film waren die noch größer“, ist Tarek überzeugt.

„Ja, aber das war ein Film!“, Emma starrt gebannt auf das jagende Rudel. Die Tiere haben sich genau abgestimmt. Wie Wölfe. Sie umkreisen ihr Opfer. Welches Tier wohl in der Mitte ist?

„Es könnten auch andere Raptoren sein“, überlegt Sven. Er schaut wieder in sein Buch.

„Vielleicht Variraptoren?“, rät er.

„Hoffentlich!“, meint Emma. „Diese Velociraptoren sind mir unheimlich.“

„Ja", stimmt Tarek zu. Gleichzeitig ist er auch begeistert. Solche Jäger sind schon cool!

„Was steht denn beim Variraptor?", fragt Emma nach. „Sind die weniger gefährlich?"

Sven schüttelt den Kopf. Groß ist der Unterschied nicht. Auch Variraptoren waren sehr wendig und gefährlich. Sie hatten genauso scharfe Krallen an den Hinterbeinen. Ebenso gefährlich waren ihre Greifarme. Und auch das Gebiss war groß und scharf.

„Leider nicht", gibt er zu. „Sie waren nur noch ein bisschen größer. Schwerer. Und stärker." Er liest vor:

Infokasten: Variraptor

Der Name bedeutet:	**„Räuber aus Var“**
Familie:	Er gehört zu den **Saurischia** (Echsenbeckensauriern). Und hier zu den **Theropoda** (Raubtierfüßigen). Und hier wieder zu der Gruppe der **Maniraptora** (denen, die mit den Händen jagen).
Zeit:	vor etwa **83 bis 65 Millionen** Jahren
Fundort:	in Var in Frankreich
Größe:	bis zur Schulter etwa **1,2 Meter hoch**, von Kopf bis Schwanz sogar **2,70 Meter lang**
Gewicht:	**50 Kilogramm** (also noch kräftiger als der Velociraptor)
Nahrung:	**Fleisch (carnivor)**

Infokasten: Variraptor

Besonderheit:	Der Körper war **schlank**. Der Schwanz war lang, der Hals auch. Die Hinterbeine **kräftig**. Er hatte drei Zehen mit scharfen Krallen und auch eine gefährliche **Sichelkralle**. Der Kopf war eher länglich. Und er hatte spitze Zähne. Mit diesen konnte er kräftig zupacken. Vermutlich jagte der Variraptor **kleinere Tiere**: kleine Säugetiere und Insekten oder auch Dinosaurierjungen. Oft holte er sich auch einfach etwas von der Beute anderer Tiere. Weil er so **flink** war, konnten ihn die größeren Dinos nur schwer vertreiben. Somit war er also nicht nur ein gefährlicher Jäger, sondern auch ein **geschickter Räuber**.

„Ist euch etwas aufgefallen?“, fragt Tarek.

Emma: „Da steht nicht, dass er im Rudel jagt.“

„Der Variraptor frisst lieber kleinere Tiere“, ergänzt Sven.

„Und er schnappt sich die Beute von den Großen“, grinst Tarek. „Ganz schön frech!“

Die Kinder schauen sich das Rudel in der Ferne noch einmal genau an. Die Beute in der Mitte ist sicher noch am Leben. Sonst würden die Raptoren einfach herumstehen. Und fressen.

Sie laufen aber immer noch im Kreis. Und der Kreis wird immer enger. Manchmal schnellt ein Tier in die Mitte und greift an. Dann flitzt es wieder zurück. Leicht macht es ihnen diese Beute nicht.

„Wen sie da wohl eingekreist haben?“, macht sich Emma Sorgen. „Hoffentlich nicht unseren kleinen Fiepo!“

„Nein, der wäre schon mit einem Happs verschluckt“, vermutet Tarek.

Emma sieht ihn böse an.

„Außerdem ist der schon längst im Wald“, beruhigt Sven sie.

„Und bei seiner Mama“, ergänzt Tarek. „Hast du die gesehen? Mach dir keine Sorgen. Diese Mama greift sicher keiner an.“

Emma nickt. Ja, vermutlich haben die Jungs recht. Fiepo und seine Geschwister sind schon in Sicherheit. Anders als Emma und ihre Freunde. Doch im Moment macht sie sich mehr Sorgen um das arme Opfer in der Mitte der Jäger.

„Jetzt reicht`s!“ Mit einem lauten Ruf richtete sich der Dinosaurier in der Mitte der Raptoren auf. Er war riesig. Oder sie. Die Stimme hatte weiblich geklungen.

Schnell vergrößerten die Jäger ihren Kreis.

„Ich lasse mir ja viel gefallen“, schimpfte die Dino-Dame. „Aber das ist zu viel!“

Die Raptoren vergrößerten Ihren Kreis noch einmal. Jetzt konnten die Kinder auch genauer sehen, wer da in der Mitte stand.

Das Tier war etwa doppelt so groß wie seine Angreifer. Doppelt so lang. Und viel, viel schwerer. In der Mitte der Raptoren stand ein Ceratopsier.

„Wow!“, staunt Sven.

„Cool!“, staunt Tarek.

„Ist die aber riesig!“, Emma ist erleichtert. Dem Dinosaurier in der Mitte geht es gut. Sie wundert sich: Warum haben wir den nicht gesehen? Jetzt sieht sie es. Der große Dinosaurier mit den gewaltigen Hörnern stand vorhin in einer Grube. Deshalb war er nicht zu sehen! Jetzt hat sich das Rudel aber bewegt. Und der große Dino kommt

mehr und mehr aus der Grube heraus. Er ist sogar noch größer. Riesig!

„Na", brummt er angriffslustig. „Wer traut sich jetzt anzugreifen?"

Der Ceratopsier hat einen gewaltigen Schädel. Der Schädelknochen bildet auch einen starken Schutz. Denn er reicht nach hinten über den Nacken. Fast bis zum Rücken. Am Ende dieses Knochenschildes sitzt ein Kranz aus riesigen Stacheln. Da kann kein Raptor zubeißen. Besonders gefährlich ist aber das Horn auf der Nase. Es ist sicher einen halben Meter lang. Die Raptoren weichen zurück. Sie möchten nicht aufgespießt werden.

„Das muss ein Styracosaurus sein!", freut sich Sven.

„Ist der gefährlich?", fragt Emma.

„Für uns nicht, glaube ich", vermutet Sven. „Das ist kein Fleischfresser. Der frisst nur Grünzeug."

Infokasten: Styracosaurus

Der Name bedeutet:	**„Stachelechse“**
Familie:	Er gehörte zu den **Ornithischia** (Vogelbeckensauriern). Diese waren Pflanzenfresser. Sie werden in verschiedene Gruppen unterteilt. Der Styracosaurus gehört wie auch der bekannte Triceratops zu den **Marginocephalia**. Das sind Echsen, die „Köpfe mit Rändern“ hatten. Also große Schädelknochen mit einem festen Knochenkragen und mit langen Dornen daran.
Zeit:	vor **80 bis 70** Millionen Jahren
Fundort:	vor allem in **Nordamerika** und **Kanada**
Größe:	**2,50 Meter hoch** und **5 Meter lang**
Gewicht:	**Drei Tonnen**
Nahrung:	**Pflanzen (herbivor)**

Infokasten: Styracosaurus

Besonderheit:	Der Styracosaurus war **groß und massig**. Er bewegte sich auf **vier Beinen**, hatte jeweils vier Zehen und keine besonders langen Krallen. Die Hinterbeine waren etwas länger und kräftiger als die Vorderbeine. Der Schädelknochen allein war etwa zwei Meter lang. Der Kopf war länglich und vorne spitz. Wie der **Schnabel** eines Papageis. Auf der Nasenspitze saß ein etwa 60 cm langes **Horn**. Nach hinten bis zum Nacken wurde der **breite Schädelknochen wie ein Kragen**. Rund um den Kragen saßen ebenfalls lange Zacken. Mit seinem riesigen Schädel konnte er auch sehr harte Pflanzenteile zerbeißen. Der Styracosaurus lebte vermutlich in einer **Herde**. Und er betrieb Brutpflege. Das heißt, er legte Eier und kümmerte sich auch um die Eier und den Nachwuchs. Mit seinem Schild und den Hörnern konnte er Angreifer gut in die Flucht schlagen.

„Ja, aber für den Velociraptor ist er schon gefährlich!“, ist Tarek fasziniert. „Seht euch nur dieses riesige Horn an!“

Das sehen auch die Raptoren. Sie sind auf einmal gar nicht mehr jagdlustig. Das Rudel zieht sich zurück.

„Oh, toll!“, freut sich Emma.

„So toll ist das gar nicht“, findet Sven.

„Wolltest du denn, dass sie den Dino fressen?“, schimpft Emma.

„Besser den Dino als uns, oder?“, meint Sven.

Tatsächlich wird es jetzt ungemütlich. Die Raptoren sind auf der Suche nach einem neuen Opfer. Sie haben Hunger. Und sie brauchen dringend Nahrung. Das Rudel verteilt sich. Jeder sucht in einer anderen Richtung. Eines der Tiere kommt immer näher. Fast hat er den Baum erreicht. Emma, Sven und Tarek verstecken sich hinter dem breiten Stamm. Der Velociraptor bleibt stehen und riecht. Hat er die Kinder gewittert?

Seine Nase zeigt Richtung Boden. Er hat wirklich etwas gerochen. Aber was? Nun greift er mit seinen Händen zu. In der Klaue hält er einen Apfel. Erstaunt riecht er daran. Was das wohl ist? Er nimmt ihn ins Maul. Ob ihm das

schmeckt? Tatsächlich! Jetzt sucht er nach mehr. Schon streckt er seinen Kopf um den Stamm herum. Das Maul mit den spitzen Zähnen ist schon ganz nah. Fast berührt er die Kinder.

Plötzlich hört man einen lauten Ruf. Ein Fauchen und Grollen von vielen Stimmen. Die anderen Raptoren haben eine neue Beute entdeckt. Der Velociraptor stutzt mitten in der Bewegung. Nun dreht er sich rasch um und läuft weg. Emma zittert. Sven sitzt am Boden. Er ist blass geworden. Tarek zittert auch. Aber vor Anspannung. In seiner rechten Hand hält er das Messer. Ob ihm das genutzt hätte?

„Puh, das war knapp!“, stöhnt er. Langsam wagen sich die Kinder wieder hinter dem Baumstamm hervor. Die Raptoren sind nun weiter weg. Sie jagen etwas, das vor ihnen davonläuft. Umkreist haben sie es noch nicht. Wer jetzt wohl wieder um sein Leben bangen muss?

Die Kinder sind froh, dass sie zu Hause nicht gejagt werden. Und auch nicht jagen müssen. Wenn sie hungrig sind, gehen sie einfach in den Supermarkt. Wo sie hier wohl etwas zu essen finden?

Da fällt Sven ein: Er hat ja noch seine Brote in der Tasche. Mama packt ihm immer viel zu viel ein. Jetzt ist er froh darüber. Er holt seine Brotbox hervor. Sie ist riesig. Zum Glück passt in den alten Wanderrucksack so viel hi-

nein. Sven ist gar nicht mehr traurig, dass er so alte Sachen hat. Emmas Rucksack ist schön und neu. Aber eben viel kleiner. Die Kinder teilen sich die Brote. Und auch von ihren Trinkflaschen nehmen sie einen Schluck.

„Wir müssen uns das Wasser gut einteilen", warnt Tarek. „Wir wissen nicht, wann wir wieder nach Hause können."

Zurück zur Höhle trauen sich die Kinder noch nicht. Die Raptoren könnten immer noch in der Nähe sein. Der Baum bietet ihnen noch Schutz. Aber wird das ausreichen?

KAPITEL 7:

Groß müsste man sein!

Jetzt, wo die Raptoren weg sind, sehen die Kinder noch einmal zu der Ceratopsier-Dame. Sie sieht zufrieden aus. Vorsichtig steigt sie wieder in die Bodensenke. Dort bleibt sie kurz, dann kommt sie wieder hervor. Langsam und gemächlich schreitet sie Richtung Wald.

„Die greift keiner mehr an!“, ist Tarek überzeugt.

„Groß müsste man halt sein“, meint Sven.

„Oder große Freunde haben“, lacht Emma. Die Styracosaurus-Dame ist nun nur noch wenige Meter von dem Baum entfernt, hinter dem sich die Kinder verstecken. Emma tritt einen Schritt nach vorne.

„Warte!“, warnt Sven.

„Bist du verrückt?“, fragt Tarek.

„Wieso?“, fragt Emma. „Ihr habt doch selbst gesagt, dass sie uns nichts tut. Und seht nur: Das ist eine Mama.“

Tatsächlich. Hinter und neben der großen Dino-Mama watscheln drei Mini-Styracosaurier. Auch sie sind noch

sehr klein. Vermutlich erst vor kurzem geschlüpft. Da die Kleinen nur sehr langsam gehen können, bewegt sich die Familie nur ganz langsam Richtung Wald.

„Na kommt schon, meine Kleinen!“, drängt die Mutter. „Hier ist es nicht sicher. Bald kommen die nächsten Räuber. Und was dann? Wollt ihr euch dann wieder unter mir verstecken?“

„Habt ihr das gehört?“, fragt Emma. „Das ist unsere Chance.“

„Was hast du vor?“ Tarek und Sven wollen sie festhalten, doch Emma ist schon mutig vor den Baum getreten.

„Guten Tag“, grüßt sie schüchtern.

„Ha!“, erschrickt der große Saurier.

„Mama! Mama!“, schreien die Kleinen. Sie verstecken sich hinter ihrer Mutter. Diese senkt den Kopf und kommt Emma mit dem Horn gefährlich nahe.

„Keine Angst!“, beruhigt Emma den riesigen Saurier. Das wirkt ein bisschen seltsam. Denn warum sollte ein drei Tonnen schwerer Dinosaurier Angst vor einem Menschenkind haben?

„Ich bin kein Jäger“, setzt Emma mutig hinzu. „Schau mich doch an!“

Neugierig mustert sie die Dino-Mama: „Hmm? Du läufst auf zwei Beinen. Wie ein Jäger. Du hast lange Arme. Wie ein Jäger. Aber wo sind deine Krallen? Und wo sind deine Zähne? Nein. Du bist kein Jäger. Was bist du?“

„Ich bin ein Kind“, erklärt Emma. „So wie deine Kinder. Ich heiße Emma.“

„Hmm“, brummt die Dino-Mama. Sie sieht jetzt gleich viel freundlicher aus. Aber auch besorgt. Ängstlich sieht sie sich um. „Wo sind denn deine Eltern?“

Emma schmunzelt. Wenn sie ein Dinosaurier-Kind wäre, dann müssten ihre Eltern fast zehn Meter hoch sein. Sie schüttelt den Kopf. „Unsere Eltern sind weit weg. Wir sind ganz allein.“

Sie deutet den Jungs, hinter dem Baum hervorzukommen. Zögernd treten Tarek und Sven hervor. Die Dino-Mama geht überrascht einen Schritt zurück. Dafür kommen ihre Kinder neugierig näher.

„Hallo“, grüßt ein kleines Dino-Mädchen.

„Seid ihr auch gerade erst geschlüpft?“, fragt ein Dino-Junge.

„Kannst du das auch?“, fragt das dritte Dino-Kind. Es hat den Kopf gesenkt und läuft mit dem Horn direkt auf Tarek zu.

Dieser reagiert blitzschnell. Er springt auf die Seite, bückt sich und packt das Dinosaurier-Kind wie ein kleines Ferkel. Nun hebt er es vorsichtig hoch. Das Dino-Kind zappelt.

„Nein, aber das!“, lacht Tarek. Behutsam setzt er den kleinen Dino wieder zurück auf den Boden.

„Wir können nicht kämpfen“, erklärt Sven. „Und wir jagen auch nicht. Wir haben gerade erst gegessen. Wir sind also nicht hungrig. Aber wir brauchen Wasser. Und Schutz.“

„Aber wir sind schnell. Und geschickt. Wir können deine Kinder tragen. Dann seid ihr auch schneller im Wald.“

Der kleine Dino hat sich rasch von seinem Schreck erholt. „Das war lustig! Mach das noch mal!“

Tarek hebt den Kleinen noch einmal hoch. Dann setzt er ihn wieder auf den Boden.

„Das ist wie fliegen!“, freut sich der Kleine.

„Ich will auch! Ich will auch!“, betteln die anderen.

„Na schön“, gibt die Mutter nach: „Vielleicht seid ihr ja ganz praktisch. Kommt mit. Aber stellt mir ja keinen Blödsinn an! Und das sind die Regeln ...“

Sie will diese gerade aufzählen, da kommen ihr die Dino-Kinder auch schon zuvor:

„Immer machen, was Mama sagt."

„Und zwar gleich. Nicht später."

„Immer bei der Familie bleiben."

„Gut aufeinander aufpassen."

„Und wenn jemand angreift: Verstecken und psst!"

Die Kinder nicken. Und sie versprechen es. Und dann setzt sich die seltsame Herde auch schon in Bewegung. Tarek, Sven und Emma nehmen jeder eines der Dino-Kinder in den Arm. Die Kleinen wirken noch ganz zart und zerbrechlich. Die Haut ist von einem Flaum bedeckt. Die Dino-Mutter trägt aber keine Federn mehr. Sie braucht den Schutz vor Wärme und Kälte nicht mehr. Die Kinder aber schon.

Nun kommt die kleine Gruppe gut voran. Natürlich geht es nicht zurück zur Höhle. Die Dino-Mama will zum Wald. Dort ist ihre Herde. Dort gibt es Schutz für die Kleinen und Futter für alle. Und das Wichtigste: Es gibt Wasser. Die Trinkflaschen der Kinder sind schon fast leer. Sie müssen sie dringend wieder auffüllen. Und dann wollen sie überlegen, wie sie wieder zurück nach Hause kommen.

Die Baumgruppen werden dichter. Die Stämme werden immer dicker. Und die Bäume selbst sind unglaublich hoch. Die ersten Blätter wachsen in vier oder fünf Metern Höhe. Kein Wunder, dass manche Dinosaurier so lange Hälse haben. Sonst könnten sie die Blätter gar nicht erreichen.

Manche Bäume sind noch kleiner. Ein dichtes Gestrüpp. Kaum Blätter, aber viel Gehölz. Der Styracosaurus beißt genüsslich in die dicken Äste.

„Ah! Lecker!“, schmatzt sie. In ihrem gewaltigen Gebiss knackt und kracht es. Sie kaut und kaut. Dann spuckt sie etwas von dem Brei auf dem Boden. Sofort fangen die Kleinen an zu zappeln. Die Kinder setzen die Dino-Kinder vorsichtig auf den Boden. Und schon stürzen sich diese auf den Brei.

„Mmmh! Gut!“, freuen sie sich. Sven, Emma und Tarek sehen sich fragend an. „Das kann man essen? Iiih!“

„Oh“, fragt die Dino-Mutter. „Wollt ihr auch etwas?“ Noch bevor die Kinder antworten können, landet auch schon ein Haufen Brei vor ihnen.

„Danke“, antwortet Tarek höflich.

„Danke“, antworten auch Emma und Sven. Probieren will es aber keiner.

„Das können wir leider nicht essen“, entschuldigt sich Sven.

„Kein Problem!“, lacht eines der Dino-Kinder und macht sich auch schon über den Brei her. In der Zwischenzeit reißt die Dino-Mama weitere Äste ab. Sie kaut und kaut. Dazwischen warnt sie die Kinder mit vollem Mund:

„Esst euch gut satt. Wenn der Wald dichter wird, bleiben wir nicht mehr stehen.“

„Warum nicht?“, fragt Sven.

„Zu viele Verstecke für Jäger. Hier kommen alle durch, die draußen bei den Steinen ihre Eier gelegt haben. Viele verschiedene Herden. Aber auch einzelne Tiere. Große und Kleine. Junge und Alte. Starke und Schwache. Ideal für alle Jäger. Bleibst du stehen, bist du schwach. Bist du schwach, wirst du gefressen.“

Die Kinder sehen einander an. Nein, das wollen sie nicht riskieren. Emma greift in ihren Rucksack und holt ihr Essen heraus. Es sind etwa zwanzig Müsli-Riegel. „Ich mag eigentlich kein Müsli“, zögert Tarek. Aber dann beißt er doch zu. Gar nicht so schlecht. Auf jeden Fall besser als der Brei. Am Schluss leeren sie auch noch ihre Trinkflaschen. Ein Bach mit frischem Wasser ist nicht mehr weit, hat die Dinosaurier-Mutter erklärt.

Nachdem sich alle gestärkt haben, geht es rasch weiter. Die Kinder heben wieder die Kleinen hoch. Diese sind nach der langen Reise und dem vielen Essen müde geworden. So müde, dass die Kinder sie in ihre Rucksäcke legen können. Jetzt haben sie die Arme frei. Das ist auch wichtig. Denn unter den Bäumen ist dichtes Gestrüpp.

Der große Styracosaurus schreitet voran. Hinter ihm bildet sich eine breite Schneise. Nur einige dünne Stämme stehen noch kreuz und quer. Die Kinder schieben diese mit den Händen beiseite. Und manchmal müssen sie auch richtig klettern. Trotzdem kommen sie gut voran.

Immer wieder flitzt ein kleinerer Dinosaurier an der Gruppe vorbei. Manche haben glatte Haut, andere Schuppen, einige aber auch Federn. Sie sehen wie kleine Straußenvögel aus. Ob die wohl schon ausgewachsen sind?

Wieder huscht so ein Mini-Dino an den Kindern vorüber. „Aus dem Weg! Aus dem Weg!“, gackert er. Wie eine auf-

geregte Henne. Dabei rumst er immer wieder gegen eines der großen Dinosaurierbeine. Gleich steht er wieder auf und läuft weiter. „Weg da! Weg da“, ruft er. Natürlich können die großen Saurier nicht ausweichen. Vermutlich wollen sie es auch nicht. Doch der Kleine gibt nicht auf. Immer wieder huscht er durch die Beine. Manchmal donnert er auch dagegen.

„Was war denn das?“, fragt Tarek. „Sind die gefährlich?“, fragt Emma.

„Ich glaube nicht“, meint Sven. „Diese kleinen Flitzer sind Pflanzenfresser.“

„Und wie heißen die?“, fragt Emma.

Sven überlegt. Er hat den Namen schon sehr oft gelesen. Trotzdem ist er schwer auszusprechen: „Micropachycephalosaurus!“

„Haha. Da ist der Name ja länger als das Tier!“, lacht Tarek. „Erzähl mal. Was kann der so?“

Infokasten: Micropachycephalosaurus

Der Name bedeutet:	**„kleine dickköpfige Echse“**
Familie:	Er gehörte zu den **Ornitschia** (Vogelbeckensauriern), und hier zu den **Marginocephalia** (den „Köpfen mit Rändern“-Echsen).
Zeit:	vor **83 bis 73** Millionen Jahren
Fundort:	vor allem in **Asien**
Größe:	nur etwa **20 cm hoch** und **50 cm lang** (so groß wie eine Hauskatze oder ein Huhn)
Gewicht:	**Zwei Kilogramm** (so schwer wie eine Henne)
Nahrung:	**Pflanzen (herbivor)**
Besonderheit:	Der Micropachycephalosaurus lief auf **zwei Beinen**, hatte etwas kürzere Arme und konnte mit den Händen greifen. Er hatte einen **dicken knöchernen Schädel mit einem Knochenkranz** wie die Ceratopsier. Nur war der Kranz nicht so groß. Das Maul war spitz wie ein **Schnabel**. Vermutlich versteckte er sich im Unterholz vor seinen vielen Jägern.

„Das ist ein Überlebenskünstler“, vermutet Sven. „So klein wie der ist, fressen den ja die anderen mit einem einzigen Happs. Also muss er schnell rennen. Wendig sein. Und sich gut verstecken können.“

„Der arme Kleine“, seufzt Emma.

„Aber klug ist er auch“, meint Sven. „Schau mal, wie der ständig in unserer Nähe bleibt. Da fühlt er sich sicher. Aber dieser Kleine da ist ganz schön überdreht! Und ziemlich dickköpfig.“

„Klug? Bist du sicher? Viel Platz für ein großes Hirn ist da aber nicht“, wendet Tarek ein.

„Stimmt“, entgegnet Emma. „Aber das ist wohl so wie mit den Vögeln.“

„Wieso?“, wollen die Jungs wissen.

„Mein Papa hat mir das erklärt.“

„Der Vogelforscher?“

Emma nickt: „Ja. Vögel haben ein sehr kleines Gehirn. Trotzdem können sie viel lernen. Vor allem Raben sind sehr klug. Sie wissen, wie man Nüsse knackt. Und sie können sogar manche Worte verstehen.“

„Weiß ich“, ist Tarek ungeduldig. „Und?“

„Das Vogelhirn funktioniert ganz anders als unseres“, erklärt Emma. „Es ist – na ja – besser vernetzt.“

„Das heißt, sie nutzen das bisschen, das sie haben, einfach besser?“

„Stimmt“, erklärt Emma zufrieden.

„So wie Dinosaurier auch“, meint Sven. „Das sind ja die Vorfahren unserer Vögel. Und die haben auch Vogelhirne.“

„Also keine dummen Echsen“, bestätigt Tarek.

„Nein“, meint Sven. „Das macht ja auch die Jäger so gefährlich!“

KAPITEL 8:

Angriff aus dem Hinterhalt

Die Kinder gehen gerade plaudernd hinter dem Styracosaurus her. Da macht dieser einen raschen Schritt nach links auf die Seite. Von rechts hört man ein Schnauben. Und schon passiert es!

Aus dem Dickicht schnappt plötzlich ein riesiges Maul nach dem Dino. Es ist weit geöffnet. Und es ist riesengroß. Tarek würde locker hineinpassen. Emma auch. Und Sven sowieso. Das Schlimmste aber sind die Zähne. Jeder einzelne von ihnen ist so groß wie ein Brotmesser. Und auch so scharf.

Schnapp! Der Dino schnappt ins Leere. Dann ist der Kopf wieder verschwunden.

„Passt auf!", warnt die Dino-Mama. „Der kommt wieder!" Und tatsächlich. Sofort taucht der gewaltige Schädel wieder auf. Jetzt noch näher. Die Ceratopsier-Mutter und die Kinder weichen nach links aus. Jetzt kommt der Angreifer noch weiter aus dem Dickicht heraus. Es ist ein Tyrannosaurus! Der breite Schädel. Die nach vorne gerichteten Augen. Die fürchterlichen Zähne. Kein Zweifel. Die Kinder stehen einem der größten und gefährlichsten Jäger aller Zeiten gegenüber. Jetzt wird sie auch nicht

das Schild der großen Echse beschützen können. Und auch das riesige Horn hat keine Chance.

Der Tyrannosaurus hat es eindeutig auf den Ceratopsier abgesehen. Immer wieder schnappt er nach ihr. Die Kinder und auch der Micropachycephalosaurus sind ihm gleichgültig. Jetzt hat er mit einem Zahn die Schulter erwischt. Die Dino-Mama blutet.

„Halt!“, ruft Tarek. Den Rucksack mit dem Dino-Kind hat er Sven in die Hand gedrückt. Nun tritt er mutig einen Schritt vor.

Der Tyrannosaurus wollte gerade noch einmal in die Schulter des Styracosaurus beißen. Doch jetzt zögert er. Was war denn das? Wer wagt es, ihn zu stören? Neugierig sieht er sich nach dem kleinen Leckerbissen um. Auch gut. Dann gibt es eben eine Vorspeise.

Er sperrt sein riesiges Maul auf und macht einen gewaltigen Satz nach vorne. Tarek hat schon damit gerechnet. Schnell macht er eine Rolle nach hinten. Schon ist er wieder auf den Beinen. Der Tyrannosaurus hat in die Luft geschnappt.

„Lauft weg!“, ruft Tarek: „Ich schaffe das!“

Emma und Sven bringen die Saurierkinder in Sicherheit. Die Styracosaurier-Mama ist nicht so schwer verletzt. Sie dreht sich nun zu dem Tyrannosaurus um und bedroht ihn mit dem Horn. Doch der T-Rex lässt sich davon nicht stören.

Tarek versucht noch einmal sein Glück. „Halt!“, ruft er. Doch diesmal hört der T-Rex nicht auf ihn. Er will keine Vorspeise. Vielleicht isst er den Kleinen zum Nachtisch. Zuerst will er sich wieder auf den Ceratopsier stürzen. Er beugt seinen Kopf tiefer. Jetzt will er nach der Schulter schnappen. Da schlägt Tarek zu. Mit aller Kraft boxt er auf die Schläfe des Tyrannosaurus.

Hier ist kein Knochen, hat Sven gesagt. Die Haut ist hier weicher. Und tatsächlich. Tareks Boxhieb bringt den Tyrannosaurus kurz aus dem Konzept. Verwirrt stockt er. Was war denn das? Er dreht sich zu dem lästigen kleinen Wesen um. So, jetzt reicht es. Der T-Rex sperrt sein Maul weit auf. Diesmal kann Tarek nicht so gut ausweichen. Was hat er sich nur dabei gedacht?

„Halt“, piepst es plötzlich neben ihm. Fiepo hat sich schützend zwischen Tarek und den T-Rex gestellt. „Halt, Mama! Das ist doch mein Freund!“

Der T-Rex legt den Kopf schief. Liebevoll wendet sie sich ihrem Kind zu: „Was sagst du da, mein Kleiner?“

„Als ich verschwunden war ...“, fängt Fiepo an.

„Ja?“, fragt sie nach. Auch der Styracosaurus hört nun zu. Tarek stellt sich zu ihm.

„Da hat er mich zu dir getragen“, erklärt Fiepo. „Allein hätte ich das nie geschafft.“

„Tatsächlich?“, fragt der T-Rex nun verwundert.

Tarek nickt: „Ja, Fiepo und ich kennen uns.“

„Na dann!“, meint der T-Rex nun ganz ruhig. „Dann kann ich dich ja nicht fressen.“ Hoffnungsvoll sieht sie zu dem Styracosaurus.

„Ist das auch dein Freund?“, fragt sie Fiepo.

Fiepo schüttelt den Kopf: „Ne, noch nie gesehen.“

„Aber das ist mein Freund“, tritt Tarek nun mutig nach vorne. Ob das reichen wird? Hat er jetzt sein Glück verspielt?

„Ach“, seufzt die Tyrannosaurus-Mutter. „Jetzt habt ihr mir den Appetit verdorben.“ Sie dreht sich um und verschwindet wieder im Dickicht. Fiepo kommt noch einmal kurz aus dem Unterholz hervor. Er winkt freundlich mit seinen kleinen Stummelhändchen.

„Du mit deinen Freunden“, schimpft die T-Rex-Mama liebevoll. „Jetzt musst du dich nicht wundern, wenn es heute kein Abendessen gibt. So ist das. Du kannst nicht immer neue Freunde finden, Fiepo. Wir sind nicht die Freunde von allen. Wir sind Jäger. Und die sind Futter. Fiepo! Verstehst du?“

Man hört sie noch eine Weile im Wald schimpfen. Ihre Stimme wird immer leiser.

„Habe ich das gerade richtig gesehen?“ Aus dem Dickicht des Waldes schiebt sich ein kleiner Kopf hervor. Er ist spitz zulaufend. Wie ein Schnabel. Auf der Oberseite befindet sich ein harter Panzer. Wie bei einer Schildkröte.

„Du stehst unter dem Schutz des Großen Jägers?“ Der kleine Kopf wackelt hin und her. „Du musst sehr mächtig sein!“

Tarek zuckt mit den Schultern. „Das? Das war eher Zufall“, gibt er zu.

„Aber du hast dich dem Riesen entgegengestellt“, meint der Saurier mit dem Panzer: „Das macht man nur, wenn man sehr mächtig ist.“

„Oder keine andere Chance hat, um seine Herde zu beschützen“, mischt sich nun der Styracosaurus ein. „Also verschwinde. Der Kleine gehört zu uns.“

„Dann gehöre ich auch zu euch“, findet die Panzerechse.

„Meinetwegen“, ist die Styracosaurus-Mutter einverstanden: „Je mehr, desto besser.“

Nun schiebt sich auch der Rest des Panzer-Sauriers aus dem Gehölz. Der restliche Körper ist erstaunlich groß. Dafür, dass der Kopf so klein ist.

„Das muss ein Struthiosaurus sein“, flüstert Sven Emma zu.

„Sind das auch Pflanzenfresser?“, fragt sie vorsichtshalber. Sven nickt: „Ja, sie gehören zu den Thyreophora. Das heißt: Schildträger. Die konnten bis zu vier Tonnen schwer werden. Aber das war lange vor unserer Zeit. Und auch nicht in Europa. Hier gab es eher die kleineren Arten. Und ich glaube, wir sind so ungefähr vor 70 Millionen Jahren gelandet. Da sind die nicht mehr so groß, glaube ich.“

„Da bin ich aber froh“, ist Emma erleichtert.

„Trotzdem solltest du es mit dem hier nicht verscherzen. Siehst du diese ganzen Knochenhöcker da auf seinem Rücken? Die hat er auch am Schwanz. Manche Thyreophora hatten richtige Keulen am Schwanz. Den setzten sie dann als Waffe ein. Ich wette, das kann unser Freund hier auch."

Emma schluckt. Der Struthiosaurus sieht sie neugierig an. „Hallo", sagt Emma schüchtern. „Ich bin Emma."

„Hallo. Ich bin erfreut", sagt der Struthiosaurus. Seinen Namen verrät er nicht. Vielleicht hat er keinen. „Hast du auch einen Namen?", fragt Sven. „Wozu?", will der Struthiosaurus. „Na ja. Damit wir dich rufen können", meint Sven. „Ach so", lacht die gepanzerte Echse. „Dann ruft mich Moppel. Das haben meine Geschwister auch immer gemacht."

„Und wo sind deine Geschwister jetzt?", will Emma wissen. Moppel schaut sie fragend an. „Nicht da, oder? Vielleicht beim Wasser. Beim Wasser sind immer alle."

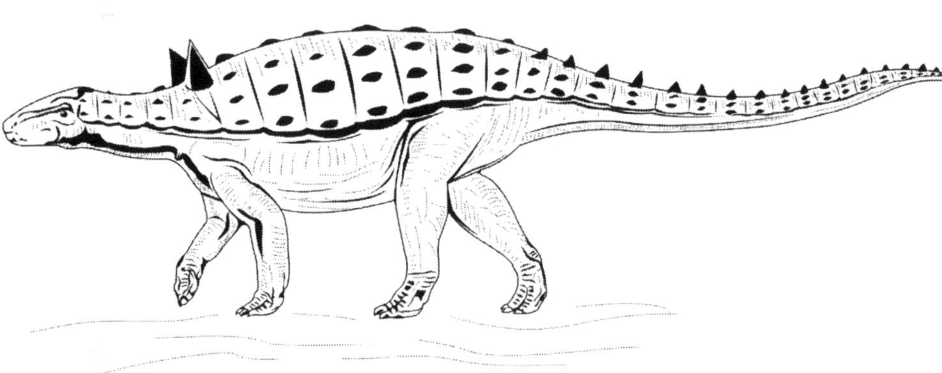

Infokasten: Struthiosaurus

Der Name bedeutet:	**„Straußenechse“**
Familie:	Er gehörte zu den **Ornithischia** (Vogelbeckensauriern) und hier zu den **Thyreophora**. Er hatte also Platten oder Knochenhöcker am Rücken, die ihn vor Angreifern schützten. Er gehörte dabei zu den **Ankylosoauria**, deren Schwanzspitze oft auch zu einer Keule verdickt war.
Zeit:	vor **83 bis 71 Millionen** Jahren
Fundort:	in **Europa**: in Rumänien, Frankreich und Österreich
Größe:	etwa **70 Zentimeter hoch** und **zwei Meter lang**. Damit war er einer der kleinsten Vertreter seiner Art.
Gewicht:	etwa **100 Kilogramm**
Nahrung:	**Pflanzen (herbivor)**
Besonderheit:	Der Struthiosaurus ging auf allen vier Beinen. Sein Körper war länglich und ein wenig dicklich. Der Schwanz war lang und mit **Knochenhöckern** bestückt. Der Hals war nicht mehr so lang wie bei seinen Vorfahren. Auf dem Rücken hatte er einen **Knochenpanzer** mit einzelnen Höckern. Vermutlich lebte er auch in größeren Herden.

„Zum Wasser wollen wir auch“, meint die Styracosaurus-Mutter. „Ihr könnt mitkommen, aber ihr dürft uns nicht aufhalten. Dieser Große Jäger hat uns verschont. Der nächste tut das vielleicht nicht.“

Und schon setzt sie sich in Bewegung. Dahinter gehen Emma, Tarek und Sven. Sie haben die Kinder des Ceratopsiers in ihren Rucksäcken und tragen diese wieder auf dem Rücken. Hinter ihnen trottet zufrieden der Struthiosaurus. Moppel versteht die Eile nicht ganz. Sie haben ja Tarek! Was könnte ihnen da noch passieren? Er schüttelt den Kopf. Aber er bemüht sich, mit der Herde Schritt zu halten. Allein will er nicht im Wald sein. Rückenpanzer hin oder her.

Zwischen der kleinen bunten Herde flitzt immer wieder der Micropachycephalosaurus durch. Das Hauskatzen große Tier hat wohl auch beschlossen, dass es hier sicherer für ihn ist. Ganz vertraut er den anderen aber nicht. Vermutlich ist es zu klein, um jemandem zu vertrauen, vermutet Emma. „Armer kleiner Saurier“, denkt sie. „Immer der schwächste und kleinste zu sein? Das muss anstrengend sein!“

KAPITEL 9:
Ritt auf der Riesenechse

In dem dichten Wald sieht man wenig. Überall sind dicke Stämme. Es gibt auch kleinere Pflanzen. Doch alles ist sehr zugewachsen. Einen Wanderweg gibt es hier nicht. Und natürlich sind auch keine Markierungen hier. Trotzdem kennen die Tiere den Weg. Zielstrebig geht der Styracosaurus voran.

Die Kinder folgen ihrer Schwanzspitze. Direkt hinter sich haben sie das Maul des Struthiosaurus. So wandern sie zwischen den beiden riesigen Echsen durch einen wilden und fremden Wald. Trotzdem fühlen sie sich gut beschützt. Die Pflanzenfresser vertrauen ihnen. Und so haben auch die Kinder Vertrauen.

Langsam wird aber der Durst immer stärker. Wann sie wohl endlich zu Wasser kommen? So wie den Kindern und ihren Begleitern geht es vielen Tieren im Wald. Sie kommen aus ihren Verstecken. Manche haben im Wald Futter gesucht. Andere sind bis zur Geröllwüste gegangen. Sie haben dort ihre Eier abgelegt. Oder sie holen die frisch geschlüpften Jungen zurück zu ihrer Herde.

„Warum legt ihr eure Eier nicht gleich am Wasser?“, fragt Emma.

„Zu feucht“, erklärt die große Echsenmutter vor ihr. „Zu viel los“, ergänzt Moppel. „Zu viele große, schwere Füße“, schnattert die kleine flinke Echse. Sie spricht also doch! Schon ist sie wieder weitergeflitzt. „Und zu viele Räuber“, meint Moppel. „Dort in der Steinwüste ist es schön trocken. Und die Eier haben es warm. Das mögen die Kleinen. Wir sehen schon von Weitem jeden Angreifer. Und jeden Nesträuber. So ist es besser, weißt du.“

Emma nickt. Das leuchtet ihr ein. Da nimmt man dann eben auch die gefährliche Rückreise in Kauf.

„Und warum lebt ihr nicht dort?“, fragt sie. Immerhin ist es dort sicherer, oder? Aber die Antwort kennt sie schon. Sicher ist es hier nirgendwo. Und in der Steinwüste gibt es weder Wasser noch Nahrung. Kein gutes Leben. Auch nicht für Echsen.

Links und rechts im Dickicht hört man immer wieder ein Zischen und ein Grollen. Manchmal auch ein Brüllen und ein Fauchen. Da und dort auch einen Schrei. Die Kinder zucken immer wieder zusammen. Das Leben in der Wildnis ist nicht leicht. Zum Glück sind alle Kämpfe weit weg. Vielleicht hat der Tyrannosaurus alle anderen Tiere hier vertrieben? Mit ihm legen sich auch die Raptoren nicht gerne an. Ein Glück, dass Emma den kleinen Fiepo nicht allein lassen wollte. Und dass Tarek vorhin so mutig war!

Mit der Zeit wird der Wald heller. Durch die Baumkronen kommt mehr Licht. Und die Stämme stehen nicht mehr so dicht. Die Wege werden breiter. Und dann sehen sie es: Der Wald endet hier. Und eine strahlend grüne Landschaft liegt vor ihnen.

Wie ist das möglich? Auf der anderen Seite des Waldes ist alles öde und leer. Und hier wachsen Farne und sogar Pflanzen mit Blüten und Früchten. Sie sehen wie Magnolien aus. Nur eben viel, viel größer. Alles ist grün und voller Leben!

Um die Kinder herum huschen kleine Lebewesen mit Federn, mit Schuppen und sogar mit Fell. Ob da auch schon Säugetiere dabei sind? Und um die Köpfe tanzen alle Arten fliegender Insekten. War das gerade eine Libelle? Die war riesig!

Und auch die Halme und Blätter, durch die sich die Kinder nun einen Weg bahnen, sind riesengroß.

„Sind das Grashalme?", fragt Emma.

„Nein. Ich glaube, das sind alles Farne", vermutet Sven.

„Wie grün hier alles ist!"

„Schade, dass man von hier unten nichts sehen kann", bedauert Tarek.

Neben ihm steht der Struthiosaurus. „Entschuldige“, meint Tarek. „Darf ich mal auf deinen Rücken klettern?“

„Klar, mein Kleiner!“, antwortet der Struthiosaurus gutmütig. „Nachdem du uns alle beschützt hast! Da helfe ich dir gerne. Aber pass auf meine Höcker auf. Verletze dich nicht.“

Tarek verspricht es. Vorsichtig klettert er auf den Rücken des Panzersauriers. Nun sieht er schon ein bisschen mehr. Doch der Strutiosaurus ist selbst recht klein. Viel sieht Tarek nicht. Andere, größere Saurier versperren ihm die Sicht. Tarek macht sich ganz groß. Doch es hilft nichts.

„Auf mich kannst du auch klettern“, schlägt die Styracosaurus-Mama vor. „Du hast uns vor dem Großen Jäger beschützt. Und du hast mein Kind hierher getragen. Ich helfe dir auch gerne.“

Tarek zögert. Wie soll er von dem einen auf den anderen Rücken kommen?

„Du kannst dich an meinen Nackenhörnern festhalten“. Schlägt die große Dino-Mama vor. Dann streckt sie ihm den mächtigen Kopf entgegen. Tarek greift zu. Und geschickt klettert er auf ihren Rücken. Er fühlt sich wie auf einem Elefanten. Nur noch größer und cooler.

„Was siehst du?“, fragt Sven.

Tarek sieht sich um. Der Waldrand liegt hinter ihm. Aus dem Dickicht kommen immer mehr Tiere. Ganz kleine. Und auch riesengroße. Es sind vor allem Pflanzenfresser. Die Fleischfresser halten sich abseits.

„Habt ihr keine Angst vor Angriffen?“, fragt er den Ceratopsier, auf deren Rücken er steht.

„Nein. Hier nicht. Wir sind so viele. Gemeinsam können wir jeden Angriff abwehren. Da greifen sie nicht an. Sie warten auf einzelne Tiere. Bleibt also immer schön bei der Herde.“ Den letzten Satz sagt sie zu den Kindern. Aber auch zu ihren Kindern. Wer allein in den Wald geht, ist verloren.

„Kommt“, drängt sie nun: „Wir wollen zum Wasser.“

Tarek setzt sich hin und hält sich an den Nackenhörnern fest. Er ist froh, dass er so hoch oben ist. Unten am Boden ist es nicht mehr sicher. So viele große Saurier. So dicht beisammen. Das kann gefährlich werden! Doch Sven und Emma sind noch am Boden. Rund um sie wird es immer dichter. Hier, außerhalb des Waldes treffen alle Herden zusammen. Die Füße der riesigen Echsen sind bereits gefährlich nah. „Ich wünschte, ich könnte auch oben sitzen“, seufzt Emma. Doch wie soll sie da hinaufkommen? Sie muss es versuchen. Schüchtern spricht sie den Struthiosaurus an. „Hallo!“ Die große Echse mit dem kleinen Kopf dreht sich um: „Ja, meine Kleine?“

„Dürfen Sven und ich auch auf deinen Rücken?“, fragt sie.

„Hier unten ist es sehr eng“, stimmt Sven zu. Gerade musste er sich ducken. Sonst hätte ihn ein großer Echsenschwanz umgeworfen. Auch Emma muss ausweichen. Die Krallen eines großen Ceratopsiers sind nur wenige Zentimeter von Emmas Schuh entfernt. „Huh, das war

knapp!“, stöhnt sie. Da packen sie von hinten zwei kräftige Hände. Emma zählt an jeder Hand fünf Finger. Wie bei einem Menschen. Nur an dieser Hand sind kräftige Krallen. Sie schreit auf.

„Keine Angst“, beruhigt sie Sven. „Das ist ein Pararhabdodon. Der tut dir nichts.“ Das Mädchen dreht sich zu ihrem Freund um. Er ist ebenfalls hochgehoben worden. Der Dinosaurier sieht eigentlich sehr freundlich aus. Unbemerkt ist eine ganze Herde näher gekommen. Diese Dinosaurier sind alle etwas größer als ein erwachsener Mann. Wenn sie sich aufrichten, sogar fast doppelt so groß. Die Hinterbeine sind lang und kräftig. Die Arme dagegen sind eher kurz. Fast sehen sie aus wie Raptoren. Oder auch wie ein Tyrannosaurus. Denn der Körper ist nicht so schlank wie bei einem Velociraptor. Und so leicht und wendig wirkt er auch nicht. Nur der Kopf sieht ganz anders aus. Hier fehlt der mächtige Kiefer. Und auch die dolchartigen Zähne hat dieser Dinosaurier nicht. Der Kopf ist eher klein. Und er hat einen Schnabel.

„Nicht erschrecken, meine Kleine“, beruhigt sie der Dino, der sie in seinen mächtigen Armen hält. „Ich wollte nur helfen. Ich habe gehört, dass ihr den Großen Jäger vertrieben habt. Starke Leistung! Darf ich dich einem Kumpel von mir auf den Rücken setzen?“

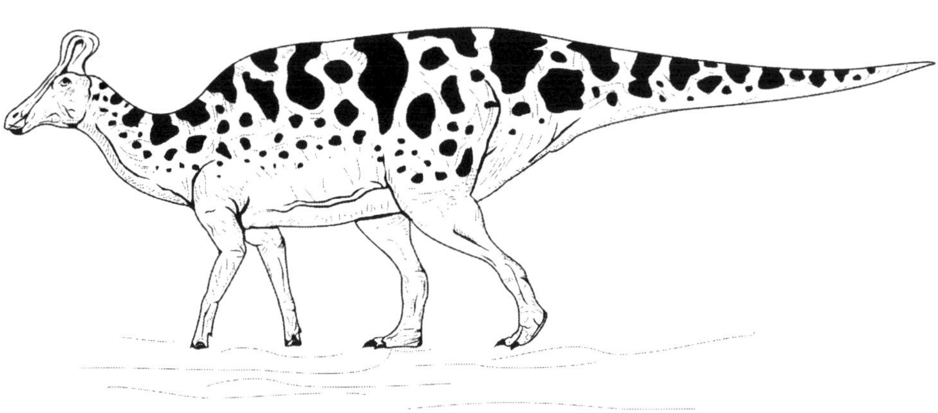

Infokasten: Pararhabdodon

Der Name bedeutet:	**„nahe geriffelter Zahn“**
Familie:	Er gehörte zu den **Ornithischia** (Vogelbeckensauriern) und hier auch zu den **Ornithopoda** (Vogelfüßigen). Zu seiner Familie zählt der Iguanodon. Ein Iguanodon war etwa zehn Mal so schwer, lebte aber schon vor etwa 100 Millionen Jahren.
Zeit:	vor **71 bis 65** Millionen Jahren
Fundort:	in **Europa**. Sein Skelett wurde in Spanien und in Frankreich gefunden.
Größe:	**2,2 Meter hoch** vom Boden bis zur Schulter **5 Meter lang** vom Kopf bis zur Schwanzspitze
Gewicht:	**500 Kilogramm** (etwa so schwer wie ein Pferd)
Nahrung:	**Pflanzen (herbivor)**
Besonderheit:	Der Pararhabdodon hatte einen **Schnabel**. Sein Körper war stämmig und muskulös. Die Hinterbeine waren lang und die Arme eher kurz. Er hatte vier Krallen an den Beinen und fünf an den Armen. Der Hals war eher kurz, der Kopf klein. Er ernährte sich von Pflanzen und lebte in Herden. Seine Nistplätze teilte er auch mit anderen Saurierarten. Vermutlich war er also sehr **gesellig** und **sozial**.

Emma sieht sich fragend um. Soll sie sich wirklich auf einen Pararhabdodon setzen lassen? Der Hals sieht sehr schmal aus. Und der Rücken ist so aufrecht. Da rutscht sie ja gleich hinunter! Wo soll sie sich da festhalten? Sven hat denselben Gedanken. Er spricht mit seinem neuen Freund und deutet auf eine kleine Herde rechts von ihnen.

Der Pararhabdodon nickt zustimmend und trägt Sven dorthin. Emma folgt seinem Blick. Oh! Diese Tiere sind wunderschön! Fast wie Pferde! Sie sind etwa zwei Meter hoch, fünf Meter lang und laufen auf allen vier Beinen. Der Rücken ist also ziemlich gerade. Außerdem haben sie einen Knochenkamm auf der Oberseite ihres Halses. Daran kann man sich gut festhalten.

„Kannst du mich zu einem von denen bringen?“, fragt sie. „Auf dir oder deinem Kumpel habe ich keinen Halt. Glaubst du, dass mich auch einer von denen tragen würde?“

„Sicher, meine Kleine“, antwortet ihr freundlicher Helfer. „Lass mich nur machen.“ Emma dreht sich noch rasch zu Tarek um. Sie möchte nicht von ihren Freunden getrennt werden. „Tarek! Komm! Wir sind bei den Pferdechsen!“ Der Junge steht auf dem Rücken der Ceratopsier-Mama. Er winkt einen Pararhabdodon zu sich. „Verstehe!“, ruft er: „Ich komme!“ Und schon wird er von einem weiteren Kumpel von Emmas Helfer hochgehoben. „Tschüss!“ ruft er der freundlichen Dino-Mama zu. „Tschüss, mein Klei-

ner!“, ruft diese. Ihre Kinder hat sie sicher unter ihrem Bauch versammelt. Jetzt im Gedränge zwischen den anderen Tieren ist es neben und hinter ihr zu gefährlich. Zum Abschied lugen die Kleinen unter ihrer Mama hervor. „Tschüss! Tschüss!“, rufen auch sie.

Mit der Hilfe ihrer neuen Freunde haben die Kinder rasch die Pferdechsen erreicht. Emmas Helfer spricht die Herde an und erklärt:

„He, Leute, seht ihr die Kleinen da? Das sind die, die den Großen Jäger vertrieben haben.“

„Echt? Ich dachte, die sind viel größer!“, wundert sich eine der Pferdechsen. Sie hat eine freundliche, sanfte Stimme.

„Ja, nicht wahr?“, freut sich der Pararhabdodon: „So klein. Und schon so mutig!“

Offenbar haben hier schon alle von Tareks Heldentat erfahren.

„Und der Schildträger-Mama haben sie auch geholfen“, erklärt der Pararhabdodon. „Haben ihre Kleinen getragen. Damit denen nichts passiert.“

„Das ist aber nett!“, freut sich die Pferdechse.

„Aber jetzt brauchen sie unsere Hilfe“, fährt der Saurier mit den Greifarmen fort. Er hat Emma bereits auf den Boden gestellt. Das ist gut, denn die Krallen und der feste Griff haben schon wehgetan. Auch die Jungs stehen nun neben ihr.

„Schau!“, fährt der Saurier fort. „Bis zum Wasser ist es noch weit. Und die Kleinen kommen in dem Gedränge ja nicht weit. Wollt ihr nicht auch zum Wasser?“

Die Pferdechse nickt. Das macht sie sehr elegant. Wie eine Dame. Oder aber ein edles Pferd. Findet Emma. Auch der längliche Kopf mit dem runden Maul sieht aus wie bei einer Stute. Natürlich sind die Augen anders. Und auch das Fell fehlt. Aber für Emma sind diese Saurier trotzdem die schönsten, die sie je gesehen hat.

„Könnt ihr sie mitnehmen?“, kommt der Pararhabdodon nun zu seiner Bitte. „Ich würde ja selbst. Aber auf meinem Rücken ist kein Halt. Und mit meinen Krallen tue ich ihnen vielleicht weh. Ich hoffe, das macht keine Umstände?“

„Nein, nein“, winkt die Pferdechse ab. „Kommt, hüpft rauf!“ Vorsichtig heben die Pararhabdodons die Kinder hoch. Sie setzen sie auf die Rücken von drei der Saurier.

„Danke“, freut sich Emma. „Danke für deine Hilfe.“

„Ach, wir Pflanzenfresser müssen doch zusammenhalten!“, meint der freundliche Zweibeiner. Emma denkt daran, dass sie eigentlich auch Fleisch isst. Aber das wird

sie hier lieber niemandem verraten. Immerhin ist sie kein Jäger. Sie hat noch nie ein Tier getötet. Und sie wird hier auch nicht damit anfangen.

„Eigentlich bin ich gar kein“, fängt Tarek an. Doch Sven unterbricht ihn. „Ja. Eigentlich sind wir gar keine Reiter. Wir wollen euch keine Mühe machen.“

Er sieht Tarek warnend an. Tarek versteht. Ja klar. Besser, sie halten uns nicht für ihre Feinde!

„Das macht doch keine Mühe“, versichert die Pferdechse. „Man spürt euch ja kaum. Und zum Wasser wollen wir auch!“

Dann setzt sie sich in Bewegung. Und diese Bewegung hat nun so gar nichts von einem Pferd. Eher wie ein Elefant. Oder wie eine Schildkröte. Langsam setzt die Echse ein Bein nach dem anderen auf den Boden. Dabei schwankt sie stark hin und her. Zum Glück ist sie so breit. Da finden die Kinder gut Halt.

„Du weißt sicher auch, wie unsere neuen Freunde heißen, oder?“, wendet sich Tarek an Sven.

„Klar“, bestätigt dieser. „Das können eigentlich nur Telmatosaurier sein. Die gehörten zu den Hadrosauriern und lebten auch in Europa.

Infokasten: Telmatosaurus

Der Name bedeutet:	**„Marschlandechse"**. Das deutet auf den Lebensraum: ein flaches Land am Meeresufer.
Familie:	**Ornithischia** (Vogelbeckensaurier) und hierbei zu den **Ornithopoda** (Vogelfüßigen). Seine Familie sind **Hadrosaurier** (Entenschnabelsaurier). Das heißt ihr Maul erinnert an einen Entenschnabel. Nur im hinteren Teil saßen Zähne. Hadrosaurier waren sehr anpassungsfähig.
Zeit:	vor **81 bis 65** Millionen Jahren
Fundort:	in **Europa**. Skelette wurden in Spanien, Frankreich und Rumänien gefunden.
Größe:	an der Schulter **zwei Meter hoch** und von Kopf bis Schwanzspitze **fünf Meter lang**.
Gewicht:	etwa **1.000 Kilogramm** (schwerer als ein Pferd)
Nahrung:	**Pflanzen (herbivor)**
Besonderheit:	Sein Körper erinnert stark an den eines **Pferdes**. Der Telmatosaurus hatte vier etwa gleich lange Beine. Die Hinterbeine waren nur wenig länger als die Vorderbeine. Natürlich hatte er keine Hufe, sondern **Zehen**. Und zwar vier an jedem Fuß. Sein Hals war lang und gebogen – etwa wie bei einem Pferd. Und auch der Schädel war einem Pferd ähnlich. Nur der lange Echsenschwanz hat nichts mit dem Pferdeschweif gemeinsam. Er ernährte sich von Pflanzen und lebte vermutlich in einer Herde.

KAPITEL 10:
Sie liebt mich. Sie liebt mich nicht.

Die Herde der Telmatosaurier watschelt gemütlich voran. Der Boden wird immer weicher. Und manchmal sinken die Tiere ordentlich ein. Doch geschickt lösen sie sich wieder aus dem Morast. Die Tiere sind perfekt an diesen Lebensraum angepasst.

Die Kinder sind froh, dass sie nicht zu Fuß gehen müssen. Natürlich sind sie viel leichter. Sie würden nicht so tief einsinken. Doch die nasse Erde würde die Schuhe komplett durchnässen. Und natürlich sind auch hier viele andere Dinosaurierarten. Die Gefahr, einfach überrannt zu werden, ist nach wie vor sehr groß.

Den Kindern fallen auch noch andere Entenschnabelsaurier auf. Manche sind ganz schön groß. Bei einem der Hadrosaurier ragt von der Stirn nach hinten ein langes, oben leicht gebogenes Horn. Wie bei einem Parasaurolophus.

„Ich dachte, die gibt es nur in Amerika“, staunt Sven.

„Sie sind eben nur dort gefunden worden“, nimmt Tarek an.

„Ja und diese hier sind auch etwas kleiner. Vielleicht hat sich in Europa eben eine ähnliche Art entwickelt“, überlegt Sven.

„Wie bei dem Tyrannosaurus Rex“, erinnert sich Emma: „Der ist doch auch nur in Amerika gefunden worden.“

„Und sein Kollege, der Tarbosaurus lebte nur in Asien“, weiß Tarek.

„Und trotzdem hast du dich hier in Deutschland mit einem angelegt“, lacht Sven.

„Ja, cool. Oder?“, lacht auch Tarek.

Emma lacht nicht: „Du hattest echt viel Glück.“

„Ich weiß“, gibt Tarek zu: „Gut, dass du Fiepo unbedingt retten wolltest.“

Jetzt lächelt auch Emma: „Klug war das nicht von mir, oder?“

„Nein. Klug war das sicher nicht“, bestätigt ihr Freund. „Aber ganz schön mutig“, fügt er anerkennend hinzu.

Der Parasaurolophus unterbricht das Gespräch. Er hat den Kopf hoch erhoben. Sein Schrei erinnert an das Ge-

räusch einer Orgel oder auch einer Tuba. Fast wie Musik. Es ist ein langgezogenes, tiefes Tönen. Aus weiter Ferne antwortet ein zweiter Hornton. Dieser Ton ist ein wenig höher. Der Parasaurolophus in der Nähe der Kinder antwortet mit tiefer Stimme.

„Was machen die beiden da?“, fragt Sven. „War das ein Warnsignal? Droht uns Gefahr?“

Die Telmatosaurier-Dame, auf der er reitet, lacht: „Nein, mein Kleiner. Hast du denn noch nie einen Paarungsruf gehört? Unser Freund dort drüben ist verliebt! Den Gesang kannst du dir heute sicher noch den ganzen Tag anhören.“

Ein Parasaurolophus läuft aufgeregt auf und ab. Seinen Echsenschwanz hat er hoch erhoben. Er winkt damit hin und her. Dabei nimmt er sich sehr wichtig. Alle anderen Saurier um sich herum hat er vergessen. Für ihn gibt es nur seine Herzensdame. Und ihr will er unbedingt gefallen.

Nun ertönt wieder ein langgezogener Ton. Dazwischen hört man ein leiseres Schnattern. Als die Kinder hinhorchen, können sie die Bedeutung verstehen.

„Ooooooh“, schreit der Saurier. Und dann schnattert er: „Sie liebt mich. Sie liebt mich nicht.“ Dann kommt wieder ein „Ooooooh!“ Und danach leise: „Ich bin der

Größte. Ich bin es nicht.“ Und kurz darauf wieder ein „Oooooh!“ Der arme Parasaurolophus ist hin- und hergerissen. Mal ist er ganz von sich überzeugt. Dann wieder voller Selbstzweifel.

„Du hast eine sehr schöne Stimme“, spricht ihn Emma an. Sie sind jetzt ganz nahe bei ihm. Der Parasaurolophus ist viel größer als der Telmatosaurier. Doch Emma sitzt ja auf dem Rücken der Pferd-Echse. So ist sie fast auf Augenhöhe mit dem verliebten Parasaurolophus.

„Findest du?“, fragt er hoffnungsvoll.

„Ja“, Emma tut der liebeskranke Saurier leid. „Und dein Horn ist auch sehr beeindruckend.“

„Ist es auch groß genug?“, ist die Riesenechse unsicher.

„Auf jeden Fall. Es ist riesig“, findet Emma.

„Ooooooh!“, freut sich der Saurier. Er klingt jetzt schon ein bisschen weniger verzweifelt.

„Du bist sicher ein toller Partner“, ermutigt ihn Emma weiter.

„Oooooh!“, tönt der Saurier glücklich. „Das ist aber lieb von dir“, schnattert er weiter.

Aus der Ferne hört man wieder einen lauten Ton.

„Hörst du das? Das ist mein Konkurrent. Der will mir meine Freundin wegschnappen. Aber nicht mit mir: Ooooooh!"

„Oder glaubst du, er kann das?", fragt er nun wieder unsicher.

„Nein. Du klingst viel besser", findet Emma.

„Ooooh“, freut er sich erneut. Und tatsächlich. Auch das Parasaurolophus-Mädchen ist dieser Meinung. Sie ist seinem Ruf gefolgt. Jetzt steht sie einige Meter entfernt und betrachtet den Parasaurolophus-Jungen. Dieser hat ihre Blicke bemerkt. Stolz richtet er sich auf. Sein Echsenschwanz ist hoch erhoben und schillert in verschiedenen Farben. Das muss das Mädchen doch beeindrucken! Und tatsächlich. Sie kommt näher. Jetzt kann sie den liebestollen Sänger fast schon berühren. Doch im letzten Moment dreht sie sich weg. Der Parasaurolophus lässt den Kopf hängen. Doch da bleibt das Mädchen stehen. Direkt dreht sie sich nach ihrem Werber um. Und dann läuft sie los. Diese Aufforderung lässt sich der Dino-Junge nicht entgehen. Schon läuft er hinterher.

„Na, da wird es bald wieder viele Eier geben!“, lacht Emmas Pferd-Echse. „Gut, dass du dem Liebessänger Mut gemacht hast. So hat er gleich viel besser geklungen. Das Mädchen ist angelaufen gekommen. Und jetzt müssen wir diesen schrecklichen Gesang nicht den ganzen Tag ertragen. Gut gemacht!“

Infokasten: Parasaurolophus

Der Name bedeutet:	**„fast eine Kammechse“**
Familie:	Er gehörte zu den **Ornithischia** (Vogelbeckensauriern). Und hier zu den **Ornithopoda** (Vogelfüßigen). Seine Familie sind alle Hadrosauridae (sogenannte Entenschnabelsaurier).
Zeit:	vor **83 bis 65 Millionen** Jahren
Fundort:	vor allem in **Nordamerika**, von Kanada bis New Mexico. In Europa sind keine Funde bekannt. Falls hier ähnliche Arten lebten, waren sie vermutlich kleiner.
Größe:	etwa **vier Meter groß und zehn Meter lang**.
Gewicht:	etwa **fünf Tonnen** (wie ein Elefant)
Nahrung:	**Pflanzen (herbivor)**

Infokasten: Parasaurolophus

Kopf und Körper:	Der Parasaurolophus ging auf vier Füßen. Die Hinterbeine waren etwas länger. Am Kopf und auch am Rücken hatte er einen Knochenkamm. Der **Knochenkamm** am Kopf sah wie ein **langes Horn** aus. Dieses wirkte wie eine Verlängerung des Nasenbeins nach hinten. Nasen, Rachen und Horn waren miteinander verbunden. Wie bei einem **Schnorchel**. Oder einer **Trompete**. Das Horn war bis zu 1,80 Meter lang. Vermutlich konnte er damit auch laute Töne machen. Eben wie mit einer Trompete. Vielleicht lockten Männchen damit die Weibchen an.

Sven genießt den Ritt auf der Pferd-Echse. Sein Telmatosaurus ist besonders groß und kräftig. Er geht ganz vorne, an der Spitze seiner Herde. Vermutlich ist er der Chef. Der Saurier wirkt stolz und selbstbewusst. Sven spürt die Kraft der riesigen Echse. Stolz richtet er sich auf. Das fühlt sich gut an. Er muss kein kleiner Junge sein. Keiner, der sich immer versteckt. Er weiß viel. Das hat er hier bewiesen. Er ist mutig. Und er hat tolle neue Freunde. Sven lächelt glücklich. Wer hätte gedacht, dass dieser Schulausflug so großartig wird?

Die Echse bleibt stehen: „Wir sind jetzt nahe am Wasser", sagt sie. „Ab jetzt solltet ihr allein gehen." Sven sieht sich um. Die Herde steht an einem Flussufer. Der Boden ist hier sehr feucht. Ein schlammiger Morast. Die besonders großen und schweren Saurier sind hier nicht zu finden. Sie könnten leicht im Schlamm versinken. Auch der Telmatosaurus sinkt schon ein.

„Weiter kann ich meine Herde nicht führen", erklärt er. „Wir werden hier Wasser trinken. Doch ihr seid klein und leicht. Ich könnt euch an den Pflanzen hier festhalten. Und vielleicht könnt ihr auch auf den großen Blättern stehen, ohne einzusinken. Vorsicht. Ich lasse dich jetzt absteigen."

Der Telmatosaurus senkt die Vorderbeine tief bis zum Boden. Trotzdem ist der Abstand noch recht hoch. Sven

muss springen. Ob er dann im Schlamm stecken bleibt? Ein paar Meter entfernt entdeckt er ein Büschel Farne.

„Kannst du mich dorthin bringen?“, fragt er. Der Telmatosaurus richtet sich wieder auf: „Gute Idee. Dort lasse ich dich absteigen.“ Er geht ein paar Schritte und bückt sich nun wieder. Sven hebt das rechte Bein über den Saurierrücken und rutscht dann entlang der Schulter hinunter in das Farnbüschel. Geschafft! Hier kann er gut stehen. Er winkt seinen Freunden: „Kommt zu mir! Hier kann man gut stehen!“

Emma und Tarek sprechen mit ihren Pferdechsen. Schon sind sie bei Sven angekommen. Tarek steht auf und möchte vom Rücken direkt in den Morast springen. „Warte!“, warnt Sven. „Der Boden ist sehr weich. Wenn du springst, bleibst du stecken!“ Tarek setzt sich wieder hin. „Ihr müsst rutschen. Und versucht, im Farn zu landen. Tarek nickt. Jetzt macht er es so wie Sven vorhin. Sicher landet er neben seinem Freund. Und auch Emma macht es ihm nach. Geschickt lässt sie sich von der Echse gleiten.

„Danke“, die Kinder wenden sich noch einmal an die freundlichen Helfer. „Gerne, gerne. Kein Thema“, ist die Antwort. Dann sind die Telmatosaurier auch schon wieder auf dem Weg zu ihrer Herde. Emma winkt ihnen noch lange hinterher. Tarek erkundet den Farn. Es sind große, breite Blätter mit kräftigen Stielen.

„Wir müssen einen Weg finden, unsere Flaschen aufzufüllen“, ermahnt Sven. Vorsichtig macht er einen Schritt in Richtung Ufer. Doch schon nach kurzer Zeit, versinkt sein Schuh im Schlamm.

Tarek nimmt sein Messer aus der Tasche. „Was hast du vor?“, fragt Sven. Doch sein Mitschüler antwortet nicht. Stattdessen säbelt er an einem Blatt herum. Schließlich gelingt es ihm, ein Stück abzuschneiden. Gleich säbelt er an dem nächsten Stück. Schließlich hat er sechs lange Stiele von dem Farn entfernt. Nun legt er zwei davon parallel neben die Stelle, an der die Kinder in dem Farnbüschel stehen. Vorsichtig steigt er auf einen der Pflanzenstiele. Und tatsächlich! Tarek sinkt nicht ein.

„Das lange Blatt ist wie ein Wasserski“, erklärt er. „Das hat eine viel größere Fläche als mein Schuh. Und mein Gewicht verteilt sich auf die ganze Fläche. So sinke ich nicht ein.“

Nun wühlt er wieder in seinem Rucksack und holt eine Rolle Garn heraus.

„Das nimmst du mit auf einen Schulausflug?“, wundert sich Sven.

„Ist doch praktisch, oder?“, lacht Tarek. Gut, dass er so viel über das Überleben in der Wildnis gelernt hat. Eine feste Schnur kann man immer brauchen. Rasch schnei-

det er sechs kürzere Schnüre ab. Nun verbindet er die Pflanzen-Skier mit seinen Schuhen. Die anderen Schnüre reicht er seinen Freunden. Kurz darauf haben alle drei Kinder Skier aus Blättern an den Füßen. So können sie über den morastigen Boden gleiten.

Das Ufer ist recht nah, doch ist es hier immer noch recht schlammig. Die Kinder rutschen weiter flussaufwärts. Hier wachsen verschiedene Pflanzen direkt am Rand des Wassers. Hier wollen sie ihre Flaschen auffüllen. Einige der Pflanzen haben dickere Stämme. Sie stehen nahe am Wasser. Und die Kinder können sich gut daran festhalten. Emma beugt sich hinunter zu der klaren Wasserfläche. Wie schön und sauber alles ist! Hier gibt es keine Plastikflaschen oder Getränkedosen am Boden. Kein Müll liegt am Ufer verteilt. Keine Zigarettenkippen treiben im Wasser. Und auch das Abwasser aus den vielen Haushalten der Menschen kennt man hier nicht. Man kann direkt aus dem Fluss trinken. Emma füllt ihre Wasserflasche auf. Sie nimmt auch gleich einen kräftigen Schluck. Ah, tut das gut! Dann füllt sie die Flasche erneut auf. Auch Sven und Tarek holen sich frisches Trinkwasser. Und dann geht alles blitzschnell!

KAPITEL 11:

Neue Feinde – alte Wunden

Gerade taucht Sven seine Trinkflasche ins Wasser. Es ist eine stabile rote Metallflasche. Fast ein Liter passt hinein. Da taucht plötzlich ein weit geöffnetes Maul auf. Eine längliche Schnauze voller Zähne! Ein Krokodil? Schnell will Sven die Flasche aus dem Wasser ziehen. Doch das Maul hat schon zugeschnappt.

„Nein!“, schreit Sven.

„Warte!“, ruft Emma.

„Das gibt es doch nicht!“, ist Tarek verwirrt. „War das gerade ein Krokodil? Wie kommt denn das daher?“

Sven, der sonst immer auf alles eine Antwort hat, schweigt. Der Schock ist noch zu groß. In der linken Hand hält er den Verschluss. Die rechte Hand ist leer. Sie zittert heftig. Fast hätte das Krokodil in seine Hand gebissen! Zum Glück hat es nur die Flasche erwischt.

„Ist dir etwas passiert?“, fragt Emma besorgt.

Sven schüttelt den Kopf. Er hat keinen Kratzer abbekommen. Trotzdem ist es schade. Die Trinkflasche hätte er gebraucht.

„Meine Flasche…“, beginnt er.

„Du kannst von meiner trinken“, Tarek hält seinem Freund die gerade frisch gefüllte Trinkflasche hin.

„Danke“, Sven nahm einen kräftigen Schluck. Dann noch einen. Und noch einen. Dann ist die Flasche leer. Sofort will er sie wieder auffüllen. Doch mitten in der Bewegung stockt er. Was, wenn das Krokodil noch in der Nähe ist?

„Gib her“, sagt Tarek. Er nimmt dem Freund die Flasche aus der Hand, taucht sie ins Wasser und füllt sie auf.

Sven starrt ihn mit großen Augen an. Tarek zuckt mit den Schultern: „Was soll ich machen? Wir brauchen Wasser. Schade, dass deine Flasche weg ist. Gut geschmeckt hat sie dem Krokodil sicher nicht!“

Tatsächlich. Das urzeitliche Reptil hat die Metallflasche gleich wieder ausgespuckt. Die Kinder sehen sie, wie sie weit entfernt im Wasser treibt. Dann bleibt sie an einem Baumstamm hängen, der quer über dem Wasser liegt.

„Kommt mit!“, ruft Tarek. „Die holen wir uns zurück.“

Und noch bevor ihn Emma und Sven aufhalten können, macht er sich auch schon auf den Weg. Geschickt klettert er am Ufer entlang. Dabei muss er gut aufpassen. Denn er darf nicht ins Wasser fallen. Und auch im Sumpf will er nicht versinken. Zum Glück gibt es am Ufer viele Pflanzen. Und an diesen hält er sich fest.

„Pass auf, Tarek!“, ruft Emma.

„Das ist es doch nicht wert!“, will Sven ihn abhalten.

Doch Tarek sieht eine Chance. Und die will er nutzen. Fast ist er schon an dem liegenden Baumstamm angekommen. Jetzt hat er ihn erreicht. Und dann ist er auch schon auf den breiten Stamm geklettert. Der Stamm ist nass und glitschig. Tarek muss gut aufpassen. Er kriecht auf allen vieren. Kann er die Flasche erwischen?

Tatsächlich. Er hat es geschafft! Stolz hält er die rote Metallflasche in die Höhe. Dann rutscht er Meter für Meter wieder zurück zum Ufer. Und auch den Weg zurück am Ufer schafft er ohne Probleme.

Jetzt füllt er auch noch Svens Flasche auf und dann überreicht er sie seinem Freund. Sven schraubt den wertvollen Besitz zu und verstaut ihn in seiner Tasche.

„Idiot“, grinst er. Doch dann fügt er noch hinzu: „Danke!“

„Klar doch“, grinst Tarek. „Kein Thema!“

„Idioten!“, schimpft Emma. Aber sie grinst auch. Gut, dass das alles gut ausgegangen ist. Trotzdem. Dass sie ausgerechnet ein Krokodil angegriffen hat! Nach all den Echsen war das fast ein vertrautes Gesicht. Das hätten ihnen auch in ihrer eigenen Zeit begegnen können.

„Sind Krokodile wirklich schon so alt?“, fragt sie.

„Sind sie“, bestätigt Sven. „Die gibt es schon seit 250 Millionen Jahren. Das, was wir hier gesehen haben, war vielleicht ein Deinosuchus. Also eher ein Alligator. Aber sicher bin ich mir nicht.“

Infokasten: Deinosuchus

Der Name bedeutet:	**„schrecklicher Krokodilgott“**
Familie:	Er gehörte zu den **Krokodilen**. Und hier zu den **Alligatoridea**.
Zeit:	vor **83 bis 70 Millionen** Jahren
Fundort:	unter anderem in **Nordamerika**.
Größe:	vermutlich war er **bis zu zehn Meter lang**
Gewicht:	vermutlich **drei bis vier Tonnen**
Nahrung:	**Fleisch (carnivor)**
Besonderheit:	Wie die heutigen Krokodile lebte der Deinosuchus **in Ufernähe**. Er ernährte sich von Fischen, Insekten und kleineren Landbewohnern. Aber auch große Saurier wurden von ihm ins Wasser gezogen. Immerhin gehört er zu den größten jemals gefundenen Krokodilarten. Allein der Kopf hatte eine Länge von zwei Metern. Seine Verwandten in Europa waren wesentlich kleiner. Sie waren nur etwa einen oder eineinhalb Meter lang.

„Emma, Sven, Tarek! Da seid ihr ja endlich!“, eines der Ceratopsier-Kinder steht aufgeregt neben den Kindern. Die beiden anderen sind nicht weit entfernt.

„Was ist denn los?“, fragt Sven überrascht.

„Es geht um Mama. Es geht ihr nicht gut!“

Die Kinder sehen einander fragend an. Ob sie da helfen können?

„Ich weiß nicht, ob wir helfen können“, gibt Emma zu.

„Aber wir kommen mit“, verspricht Tarek.

Sofort stürmen die kleinen Saurier voran. Und die Kinder eilen hinterher. Geschickt finden die Saurier einen sicheren Weg durch den Morast. Und auch an den vielen Dinosaurierbeinen am Flussufer kommen sie sicher vorbei. Dabei müssen sie auf jede Bewegung achten. Leicht ist es nicht. Aber schließlich sind sie bei der großen Styracosaurus-Mama angelangt. Sie liegt auf der Seite und atmet schwer. Die Wunde, an der sie der Tyrannosaurus erwischt hat, blutet immer noch.

„Gut, dass ihr da seid!“, stöhnt sie.

„Ich weiß nicht, ob wir helfen können“, wiederholt Emma ihre Bedenken.

„Doch, das könnt ihr“, ist sich die große Saurier-Mutter sicher. „Bringt meine Kleinen zu meiner Herde. Sie muss hier irgendwo sein. Lasst meine Kinder nicht allein. Erst im Schutz der Herde sind sie sicher.“

„Mama!“, weint eines der Saurier-Kinder.

„Lass uns nicht allein!“, bettelt das andere.

„Es muss sein“, stöhnt sie leise. Dann wendet sie sich an Tarek.

„Beschütze meine Kleinen!“

Tarek nickt. Doch so schnell will er nicht aufgeben. „Ich verspreche es. Aber zuerst will ich mir deine Wunde ansehen.“

Sven und Emma helfen ihm, auf den liegenden Dinosaurier hinaufzuklettern. Jetzt sieht er die Wunde aus der Nähe. Sie ist nicht groß. Trotzdem will sie nicht verheilen. Warum nur? Teilweise ist das Blut verkrustet. Dunkler Schorf hat sich gebildet. So kann man nichts sehen.

„Habt ihr ein Stück Stoff?“, fragt er seine Freunde.

Emma greift in ihren Rucksack und nimmt einen dünnen Schal heraus. Er ist ganz neu und passt sehr gut zu ihrer Jacke. „Reicht das, fragt sie?“

Tarek nimmt den Schal. Mit etwas Wasser aus seiner Flasche macht er einen Zipfel nass. Vorsicht säubert er damit die Wunde. Und dann sieht er es: In der Wunde steckt noch ein Stück Zahn.

„In deiner Wunde ist noch etwas“, warnt er die Dinosaurierin vor. „Das muss ich herausnehmen. Es tut vielleicht weh.“

„Wird es mir helfen?“, fragt diese.

„Ich hoffe es“, antwortet er.

„Dann mach nur.“

Der Junge greift nun in die Wunde. Am Anfang ist er noch sehr vorsichtig. Doch so bekommt er den Zahn nicht zu fassen. Er muss richtig zugreifen. Dann hat er ihn. Er zieht. Heraus kommt der etwa zehn Zentimeter lange Zahn eines Tyrannosaurus Rex. Er ist messerscharf. Tarek steckt den Zahn rasch in seinen Rucksack.

Der Fremdkörper ist weg. Aber wird das reichen, damit die Wunde heilt?

„Brauchst du das auch?“, Emma hält ein Desinfektionsspray in der Hand.

„So etwas nimmst du ...“, beginnt Tarek überrascht.

„… auf einen Schulausflug mit. Ja, tue ich“, beendet Emma den Satz. „Gewöhne dich lieber daran. Ich bin nun einmal gerne gut vorbereitet. Und eine gute Ausrüstung gehört da eben dazu.“

„Gut so!“, er greift nach dem Spray. „Na dann, versuchen wir unser Glück.“

Die Wunde ist groß. Und so muss Tarek viel von dem Spray versprühen. Er bemüht sich aber, sparsam zu sein. Wer weiß. Vielleicht brauchen sie das Spray später noch.

Jetzt will er aber auf jeden Fall einmal der verwundeten Riesenechse helfen.

Sie stöhnt leise. Das Spray brennt. Aber es hilft auch gleich bei der Wundheilung. Auch, dass der Zahn nicht mehr feststeckt, hat geholfen.

„Ich fühle mich schon besser“, wundert sich der Styracosaurus. „Ich glaube, ich kann meine Kinder selbst zu unserer Herde bringen.“

Sie steht auf und macht ein paar Schritte. Noch ist sie etwas wackelig. Doch dann geht sie schon sicherer.

„Ja, ich schaffe das.“

„Danke mein Kleiner. Jetzt hast du mir schon zum dritten Mal geholfen. Sag mir: Was kann ich für dich tun?“

„Du hast uns doch auch geholfen“, erwidert Tarek.

„Ohne dich hätten wir es nie sicher durch den Wald geschafft“, bestätigt Emma.

„Aber Hilfe brauchen wir trotzdem noch“, fügt Sven hinzu. „Wir wollen wieder nach Hause.“

KAPITEL 12:

Die frühe Echse fängt den Fisch

„Wir müssen wieder zurück zu unserer Höhle“, ist Sven überzeugt.

„Wieso?“, fragt Tarek. „Hast du nicht die Kreide eingesteckt?“

„Können wir die Handumrisse nicht auch einfach hier auf einen Felsen malen?“, wundert sich Emma.

Sven schüttelt den Kopf: „Ich habe lange darüber nachgedacht. Aber: Nein. Ich glaube, das ist zu gefährlich.“

„Warum?“, Emma und Tarek verstehen kein Wort.

„Erstens: Hier sind wir von sehr vielen Sauriern umgeben. Falls unsere Rückreise gelingt. Was glaubt ihr, wie viele Dinos würden mitkommen?“

Daran haben die anderen noch gar nicht gedacht. Aber Sven hat recht. Hier ist die Gefahr groß. Unabsichtlich könnte ein Styracosaurus oder auch ein Telmatosaurus

den Zeitsprung mitmachen. Das wäre nicht nur für die Menschen in der Gegenwart gefährlich. Für die Saurier wäre es schrecklich! Gerne würden die Kinder den neuen Freunden auch die eigene Zeit zeigen. Aber dort wäre keiner von ihnen glücklich. Sie hätten keinen natürlichen Lebensraum. Und zur Sicherheit für die Menschen müssten sie ihr ganzes Leben in einem Zoo verbringen. Oder noch schlimmer: In einem Versuchslabor!

„Und zweitens", beginnt Sven. Als ob „Erstens" nicht reichen würde!

„Zweitens: Ist euch schon aufgefallen, wie sehr sich die Landschaft hier verändert hat? Vor der Höhle ist in unserer Zeit ein Wald. Jetzt ist dort eine Steinwüste. Dann kommt die Straße. Und hier kommt der Wald. Und dahinter ist die Stadt. Und hier ist ein Fluss. Diesen Fluss gibt es in unserer Zeit gar nicht. Alles ist anders. Nur die Höhle ist noch dort, wo sie jetzt ist. Nur dort können wir sicher sein. Wenn wir hier einen Zeitsprung machen. Wer weiß, wo wir dann landen? Vielleicht auf dem Dach eines Hauses? Oder zehn Meter unter der Erde? Das will ich nicht riskieren. Ihr etwa?"

Emma staunt. Daran hat sie auch nicht gedacht. Und auch Tarek staunt: So viel hat sein Freund noch nie geredet. Und so selbstsicher. Sven hat sich verändert. Er ist ein echter Anführer geworden. Cool!

„Wir müssen also zurück zur Höhle“, fasst Sven zusammen. „Klar?“

„Klar!“, stimmen die beiden anderen zu. Doch wie? Der Weg zurück führt durch den Wald. Allmählich wird es dunkel. Und in der Dämmerung ist es im Wald noch gefährlicher.

„Wir werden morgen früh aufbrechen“, schlägt Sven vor. Emma und Tarek nicken. Das ist ein guter Plan.

„Dann sollten wir jetzt einen Schlafplatz suchen, oder?“, meint Tarek.

Die Kinder sind unter den Pflanzenfressern am Ufer rasch bekannt. Jeder hat die Geschichten gehört: Das sind die, die den Großen Jäger vertrieben haben. Und sie haben die Wunde des Ceratopsiers behandelt. Selbst gegen ein Krokodil konnten sie sich behaupten. Diese kleinen, so verletzlichen Wesen müssen etwas ganz Besonderes sein.

Als sich die drei nun auf die Suche nach einem Schlafplatz machen, ist jede Herde gerne bereit, sie bei sich aufzunehmen. Doch wo ist es für die Kinder wirklich sicher und auch bequem?

Bei dem Styracosaurus und seiner Herde können sie nicht bleiben. Die riesigen Tiere könnten die Kinder zu leicht zerquetschen. Und auch die Hörner an der Nasenspitze und am Knochenkragen sind zu gefährlich. Auch

der Struthiosaurus ist kein perfekter Bettnachbar. Seit harter Rückenpanzer mit den vielen Knochenhöckern ist bestimmt kein weiches Bett. Emma wäre gerne bei den Telmatosauriern geblieben. Doch die Herde der pferdeähnlichen Echsen ist bereits weitergezogen. Sie wollen das Marschland am Meer erreichen. In diese Richtung wollen die Kinder nicht.

Sich ganz allein irgendwo auf dem Gelände auszuruhen ist aber auch keine gute Idee. Zu leicht könnten sie von einem großen Pflanzenfresser übersehen und zertrampelt werden. Und nahe der Bäume am Waldrand geht es auch nicht. Dort wären die Kinder eine leichte Beute für die vielen Carnivoren. Denn diese lauern im Dickicht des Waldes. Kein Herbivor entfernt sich nachts von der Herde.

„Husch, husch!“, drängt neben ihnen nun eine krächzende Stimme. Wie ein Papagei klingt es. Und das Tier sieht auch ganz so aus. Nur viel größer. „Husch, ab ins Nestchen. Schlafenszeit!“

Eine am ganzen Körper mit feinen Federn bedeckte Echse drängt ihre Kinder zusammen. Sie hat einen Papageienschnabel, lange Vogelbeine und auch lange Arme. Doch an den Armen sind nicht nur Finger und Krallen, sondern auch lange Vogelfedern. Fast wie Flügel sehen diese Arme aus.

„Ist das ein Flugsaurier?“, fragt Emma.

Sven schüttelt den Kopf. „Fliegen können die hier nicht. Aber etwas anderes."

Er wendet sich an den großen Papageien-Saurier: „Hallo!"

„Ah", freut sich der Papageien-Saurier. „Was für eine Freude. So eine Berühmtheit! Habe alles gehört! Beeindruckend!"

Der vogelähnliche Saurier beugt sich freundlich zu Sven herunter. Er ist mehr als zwei Meter hoch. Auf dem Kopf hat er einen Höcker. Fast wie ein Hut. Wie er so mit seinem Hut dasteht und sich höflich verbeugt, sieht er aus wie ein Hoteldiener.

„Äh, ja", zögert Sven: „Danke. Ich wollte um einen Gefallen bitten."

„Oh, um einen Gefallen. Bitten. Mich? Ja. Ja! Natürlich!"

Sven deutet auf sich und seine Freunde. Er erklärt, dass sie von ihrer Herde getrennt wurden. Und jetzt einen Platz zum Schlafen brauchen. Ob sie vielleicht?

„Ja, ja, kommt nur! Je mehr, je besser!"

Zu der Herde des Vogelsauriers gehören etwa fünf oder sechs erwachsene Tiere. Auch einige Dino-Kinder sind dabei. Die Erwachsenen kuscheln sich eng aneinander. Die Kleinen drängen sich in der Mitte.

„Husch! Husch!“, drängen die Großen die letzten Dino-Jungen in die Mitte. Dann machen sie auch den Kindern Platz. Sven, Emma und Tarek dürfen sich zwischen den Kleinen ins Zentrum der Herde legen. Überall stoßen sie dabei an die erwachsenen Saurier. Doch das ist gar nicht unangenehm. Denn die warmen Körper sind von weichen Federn bedeckt. Besonders weich und flauschig sind aber die Federn der kleinen. Tarek setzt sich einige kleinere Tiere auf den Bauch und auf die Beine. Wie eine Decke. Die Kleinen kichern. Dann rollen sie sich schläfrig ein und kuscheln sich zusammen. Sven und Emma machen es ihm nach. Richtig gemütlich ist es hier. Und angenehm sicher. Hier werden die Kinder nicht von großen Sauriern zertrampelt. Und auch Angreifer kommen nicht näher. Denn gleich neben der Herde der gefiederten Tiere hat eine andere Herde Platz genommen. Und daneben noch eine. Und dahinter wieder eine. So viele Tiere auf einmal will kein Fleischfresser gegen sich haben.

„Was sind das für Tiere, eigentlich?“, gähnt Tarek.

„Citipati. Aber schlaf jetzt. Gute Nacht!“, antwortet Sven.

„Gute Nacht!“, erwidert Tarek.

Emma antwortet nicht. Sie ist bereits eingeschlafen.

Infokasten: Citipati

Der Name bedeutet:	**„Herr des Scheiterhaufens“**. Benannt nach den tanzenden Dämonen auf buddhistischen Friedhöfen.
Familie:	Er gehörte zu den **Saurischia** (Vogelbeckensauriern) und hier zu den **Theropoda** (Raubtierfüßigen) sowie zu den **Maniraptora** (die mit der Hand jagten). Seine Familie sind die **Oviraptoridae**. Das bedeutet Eier-Räuber.
Zeit:	vor **83 bis 71** Millionen Jahren
Fundort:	in **Asien**
Größe:	Etwa **1,30 Meter hoch** bis zur Schulter. Darüber ragten aber noch der lange Hals und der Kopf. **3 Meter lang**
Gewicht:	etwa **50 Kilogramm** (also 10-mal schwerer als ein Bambiraptor)
Nahrung:	**Fleisch und Pflanzen (omnivor)**
Besonderheit:	Sein Körper war vermutlich von **Federn** bedeckt. Markant ist der **Höcker auf seinem Schädel**. Dazu hatte er einen kräftigen Hornschnabel. Vermutlich war der Citipati gut an seinen Lebensraum angepasst. Er konnte carnivor (Fleisch) oder auch herbivor (Pflanzen) leben. In der Nähe von Wasser fraß er vermutlich Schnecken und Muscheln. In trockenen Gegenden konnte er auch von den Eiern anderer Saurier leben. Mit seinem starken Hornschnabel konnte er die Eier aufpicken. So kam er in trockenen Gegenden nicht nur zu Futter, sondern gleich auch zu Flüssigkeit.

Am nächsten Morgen werden die Kinder früh geweckt. Überall tummeln sich große und kleine Echsen. „Kommt mit! Kommt mit!“, drängen die kleinen Citipati-Kinder. Aufgeregt zupfen sie an den Hosen und Jacken der Kinder. „Kommt schon! Die Wasserjäger sind da! Das müsst ihr euch ansehen!“

Die Sonne ist gerade erst aufgegangen. Die ideale Zeit für den Fischfang. Am Flussufer stehen langbeinige Dinosaurier. Mit ihren spitzen Schnäbeln hacken sie rasch in das Wasser. Da! Schon hat einer einen Fisch im Maul.

Neugierig geht Sven näher. Der Saurier vor ihm ist etwa so groß wie er selbst. Er hat schlanke lange Beine und einen schlanken Körper. Auch die Arme und der Schwanz sind dünn. Der lange Hals ist nach vorne gewölbt. Und der spitze Schnabel ist weit geöffnet. Drinnen sind unzählige kleine Zähne.

Sven kann nicht widerstehen. Er greift auf die Haut des Fischers. Sie ist ganz glatt. „Wie bei einem Aal“, denkt Sven. Dieses Tier ist perfekt an das Leben am Wasser angepasst. Auch der Kehlsack unterhalb des Schnabels passt gut zu der Lebensweise dieses Fischjägers. Der pelikan-ähnliche Saurier hat sich von der Berührung nicht stören lassen. Schon fährt er wieder mit dem Schnabel ins Wasser. Diesmal hat er keinen großen Fisch gefangen. Doch im Kehlsack unter seinem Schna-

bel haben sich allerlei kleinere Fische und auch ein paar Krebse verfangen. Rasch schluckt der vogelartige Saurier seine Beute hinunter.

„Oh“, entschuldigt er sich bei Sven. „Wolltest du auch was? Na, macht nichts. Ist ja noch genug da. Aber mach ja keine schnellen Bewegungen. Und sei leise. Sonst vertreibst du meine Beute.“ Er tritt höflich einen Schritt zur Seite. Jetzt hat Sven auch Platz zum Fischen. Doch Sven denkt gar nicht daran. Er genießt den freien Ausblick auf die Wasseroberfläche. Der Pelicanimimus neben ihm ist nicht der einzige Fischer hier.

Infokasten: Pelicanimimus

Der Name bedeutet:	**„Pelikan-Nachahmer“**. Das stimmt natürlich nicht. Denn der Pelicanimimus lebte ja viele Millionen Jahre vor dem Pelikan. Er kann ihn also gar nicht nachgeahmt haben. Die Forscher haben sich nur über die Ähnlichkeit gewundert. Und daher diesen Namen gewählt.
Familie:	Er gehörte zu den **Saurischia** (Echsenbeckensauriern), und hier zu den **Theropoda** (Raubrierfüßigen). Außerdem bezeichnet man ihn auch als **Ornithomimosauria**. So werden die Dinos bezeichnet, die den heutigen Vögeln besonders ähnlich sind.

Zeit:	vor etwa **85 bis 73** Millionen Jahren
Fundort:	Sein Skelett wurde in **Spanien** entdeckt.
Größe:	Bis zur Schulter **einen Meter hoch**. Dazu kamen noch der Kopf und der lange Hals. Wenn er sich voll aufrichtete, war er **1,5 bis 2 Meter hoch**. Vom Schnabel bis zur Schwanzspitze war er etwa **zwei Meter lang**.
Gewicht:	**25 Kilogramm**
Nahrung:	**Fleisch (carnivor)**
Besonderheit:	Der Pelicanimimus ging auf seinen langen Hinterbeinen. Und hier vor allem auf den Zehen. Jedes Bein hatte drei Zehen mit scharfen Krallen. Auch an den Armen und Fingern hatte er Krallen. Seine Arme waren kürzer als die Hinterbeine. Aber nicht so winzig wie bei einem Tyrannosaurus. Der Hals war lang. Und auf dem Kopf hatte er einen **Hautkamm** – wie ein Hahn. Nur sah dieser eher wie ein kleiner Hut aus. Die Haut war glatt wie bei einer Schlange. Er hatte also keine Schuppen, keine Haare und auch keine Federn. Und sein kleiner Kopf hatte einen langen spitzen Schnabel. Zusätzlich hatte etwa 200 kleine Zähne, mehr als alle anderen Theropoden. Man bezeichnet ihn als carnivor (Fleischesser) oder **piscivor** (Fischesser). Er war ein Jäger, fraß aber nur Insekten, Krustentiere und kleine Fische. Diese konnte er mit dem Hautsack am Hals gut aus dem Wasser fischen. Auf andere Saurier oder auf Menschen hätte er sicher nicht Jagd gemacht.

Was Sven nun sieht, wird er nie wieder vergessen. Der Anblick ist gigantisch! Er kann die Augen fast nicht abwenden. Trotzdem dreht er sich zu dem Schlafplatz der Citipati um. Emma und Tarek sind auch aufgewacht. Sie kommen gerade zum Ufer. Sven möchte ihnen etwas zurufen. Doch dann fällt ihm die Warnung des Pelicanimimus wieder ein. Er soll leise sein. Sonst verliert der vogelähnliche Dino neben ihm sein Frühstück. Und dann wäre er sicher böser. Selbst wenn er keine Menschen auf dem Speiseplan hat. Mit seinem spitzen Schnabel und den vielen Zähnen kann der Pelicanimimus sicher sehr unangenehm werden. Vor allem ohne Frühstück. Sven denkt an Mama, wenn sie in der Früh keine Zeit für ihren Kaffee hat. Das ist schlimm genug! Einen Saurier ohne Frühstück will er sich gar nicht vorstellen.

Doch rufen muss er gar nicht. Seine Freunde haben das wunderbare Schauspiel auch schon entdeckt. Aufgeregt zeigen sie zum Himmel. Sven winkt. Natürlich nur ganz vorsichtig. Schnelle Bewegungen soll er ja auch nicht machen. Dann dreht er sich wieder um. Über der Wasseroberfläche segeln riesige Pteranodons. Wie schön sie sind!

Infokasten: Pteranodon

Der Name bedeutet:	**„Zahnloser Flügel“** oder auch **„Flieger ohne Zahn“**.
Familie:	Er gehörte zur Familie der **Pteranodontinae** und damit zu den wenigen Saurierarten, die fliegen konnten.
Zeit:	vor **86 bis 72 Millionen** Jahren
Fundort:	in **Nordamerika**.
Größe:	Er hatte eine **Flügelspannweite von 6 bis 8 Metern**.
Gewicht:	**16 oder 17 Kilogramm.** Die meisten Kinder sind bereits schwerer, wenn sie in die Schule kommen. Wenn sie die Arme ausbreiten, erreichen sie aber nur eine Länge von etwa einem Meter.

Infokasten: Pteranodon

Nahrung:	**Fische (piscivor)**
Besonderheit:	Der Pteranodon hatte **kleine, schlitzförmige Augen**. Diese saßen hoch am Schädel. Der Schädelknochen war zu einem Hinterhauptkamm verlängert und bei einigen Arten sehr groß. Bei manchen Arten war dieses **Horn am Schädel spitz** zulaufend. Bei anderen war es breit auslaufend. Man vermutet, dass es als Gegengewicht für den **langen, spitzen Schnabel** diente. Er hatte hohle Knochen und keinen Schwanz. Er lebte vom **Fischfang**, war also **piscivor**. Vermutlich fischte er mit dem Schnabel wie mit einem Kescher. Dazu musste er knapp über Wasseroberfläche fliegen. Er war also vermutlich ein **geschickter Flieger**.

Gerade gleitet einer der Pteranodons über die Wasseroberfläche. Er fliegt sehr tief. Sven fürchtet, dass er mit seinen riesigen Flügeln eintaucht. Dann verliert er die Kontrolle! Doch der Flugsaurier hat alles im Griff. Er senkt den Kopf. Öffnet den Schnabel. Und taucht ihn ein. Schon hat er einen Fisch gefangen.

„Der vertreibt mir noch die ganze Beute!“, schimpft der Pelicanimimus. In der Zwischenzeit ist auch die Familie der Citipati am Ufer angekommen.

„Seltsam! Sonst fischen die doch nur an der Flussmündung!“, wundert sich der eine.

„Oder direkt im Meer!“, ergänzt der andere.

„Was sie wohl hier oben wollen?“, fragt ein dritter.

„Na hoffentlich finden sie es bald. Wenn sie noch länger bleiben, haben wir gar keine Fische mehr!“, ist der Pelicanimimus besorgt.

Ein zweiter Pteranodon hat gerade sein Frühstück aus dem Wasser geholt. Er steigt wieder hoch. Und schon ist ein weiterer Flugsaurier im Anflug.

„Ach, komm!“, wirft ein Citipati ein. „So weit, mitten im Fluss würdest du nicht fischen.“

„Trotzdem!“, bleibt der Pelicanimimus hartnäckig.

„Und so große Fische bekommst du auch gar nicht in deinen Schnabel“, lacht der Citipati.

„Bekomme ich wohl!“, ist der große Fischjäger mit der glatten Haut überzeugt. Dabei sperrt er sein Maul ganz weit auf. Jetzt sieht man auch die vielen Zähne deutlich. „Nur kommen die großen Fische so selten ans Ufer“, fügt er hinzu.

„Siehst du!“ Der Citipati hat genug von dem Gespräch. Er will auch nicht mehr beim Flug der großen Echsen zusehen: „Kommt ihr, Kinder?“

„Ach!“, jammert der große Pelikan-Saurier. „Jetzt habt ihr alle so viel Lärm gemacht! Hier habe ich heute kein Glück mehr.“ Er dreht sich um. Und schon schreitet er flussaufwärts. Möglichst weit weg von den Flugsauriern, den Citipati und den Kindern.

Nun können alle drei Kinder am Ufer stehen. „Wir bleiben noch“, verabschieden sie sich von ihrem gefiederten Freund. „Danke für das Nachtlager heute! Liebe Grüße an die anderen.“

Der Citipati bleibt überrascht stehen: „Kommt ihr nicht mit. Wo werdet ihr denn heute Nacht schlafen?“

„Zu Hause!“, seufzt Emma.

„Wenn alles gut geht“, wirft Sven ein.

„Ja, wenn“, hofft auch Tarek.

„Wir müssen also zurück zur Höhle.“

KAPITEL 13:

Allein schafft ihr das nie

Die Kinder haben sich einen Moment vom Fluss abgewandt. Da spüren sie einen starken Luftzug. Knapp über ihren Köpfen segelt der riesige Saurier. „Oh! Der ist aber groß!“, Emma duckt sich. Tarek schaut nach oben. Eine der gewaltigen Krallen streift fast seine Nasenspitze. Sven geht einen Schritt zurück. Auch die Saurier um ihn herum gehen einen Schritt zur Seite. Jetzt ist genug Platz. Der Pteranodon kann landen. Er streckt seine Hinterbeine vor. Nun hebt er die Flügel hoch. Und schon steht er am Boden. Vorsichtig legt er die Flügel eng an den Körper. Dann dreht er sich zu den Kindern um.

Ein gewaltiges Horn ragt von der Stirn des Sauriers weit nach hinten. Ebenso gewaltig ist sein Schnabel. Diesen senkt er Richtung Boden. Nun kann er den Kindern besser in die Augen sehen.

„Ihr wollt also schon gehen?“, fragt er.

„Wir müssen“, sagt Emma. Sie denkt an ihre Eltern. Ob die Lehrerin sie schon angerufen hat? Sicher! Sie macht sich sicher große Sorgen.

„Ja. Die Höhle ist der einzige Weg“, bestätigt Sven.

„Und ich habe Hunger“, ergänzt Tarek. Seit Emmas Müsliriegel am Vortag haben sie nichts mehr gegessen. Der Pteranodon öffnet sein Maul und würgt einen halb verdauten Fisch hervor. Tarek mag an sich keinen Fisch. Vor allem nicht roh. Und schon gar nicht halb verdaut. Er versucht, seinen Ekel zu verbergen.

„Das können wir nicht essen“, erklärt er. „Trotzdem: Danke!“

„Auch gut“, meint der Flugsaurier. „Vielleicht kann ich anders helfen.“

„Du willst uns helfen?“, wundert sich Emma. Auf einem Buch hat sie einmal ein Bild gesehen. Da hat ein Junge auf einem Pteranodon gesessen. Hoch oben in der Luft. Emma ist sich nicht sicher, ob sie das will.

„Wie?“, fragt sie.

„Und warum?“, fragt Sven.

„Wir haben von euch gehört“, erzählt der Saurier. „Sogar über dem Meer sprechen sie von euch. Ihr seid die kleinen Wesen, die sich dem Großen Jäger entgegengestellt haben. Die wollte ich persönlich sehen.“

Er schaut sich die drei Kinder genau an. Das ist ein bisschen unangenehm. Die Augen des Flugsauriers liegen recht weit oben am Schnabel. Um die Kinder gut sehen

zu können, muss er den Kopf in ihre Richtung drehen. Sein Atem riecht nach Fisch.

„Und hier höre ich, dass ihr die Hornträgerin geheilt habt. Ich habe gerade mit ihr gesprochen", fährt er fort. Die Ceratopsier-Mama ist also geheilt? Die Kinder sehen sich erfreut an. Sven und Tarek klatschen mit den Händen zusammen. Der Saurier sieht ihnen verwundert zu.

„Und ihr seid dem großen Schnapper entkommen", zählt er weiter auf. Stimmt. Das Krokodil haben sie auch überlebt.

„Und dann höre ich: Ich habt sogar den liebestollen Sänger zum Schweigen gebracht?" Ach, der arme Parasaurolophus! Ja, der hätte wohl noch eine Weile trompetet. Zum Glück hat er sein Mädchen so rasch überzeugt. Ob das wirklich Emmas Verdienst war? Vielleicht! Ein bisschen Selbstvertrauen braucht jeder. Und das hat dem Liebeswerber gefehlt. Zum Glück konnte ihm Emma Mut machen.

„Ich heiße übrigens Mondschein!", stellt er sich vor.

„Das ist ein schöner Name", findet Emma.

„Ja, finde ich auch", freut sich Mondschein: „Ich habe den Namen bekommen, weil ich so früh unterwegs bin. Manchmal gehe ich schon im Mondschein auf Fischfang. Nur die frühe Echse fängt den Fisch, wisst ihr."

Emma nickt: „Das sagt meine Mama auch immer: Nur der frühe Vogel fängt den Wurm. Das heißt: Wer als Erster da

ist, der bekommt auch das Beste.“ Sie hätte nie gedacht, dass das Sprichwort so alt ist.

„Was ist ein Vogel?“, fragt der Pteranodon verwundert.

„Das sind entfernte Verwandte von dir und den anderen Sauriern“, erklärt Sven.

„Und sie können fliegen. Genau wie du“, ergänzt Emma.

Mondschein ist ein bisschen beleidigt.

„Nicht alle“, beschwichtigt ihn Tarek. „Und sie sind viel kleiner als du.“

Damit ist Mondschein zufrieden. „Und wo leben die?“

„Oh, weit, weit weg. Wir kommen ja auch von weit her“, versucht es Sven zu umschreiben. Mondschein legt den Kopf schief.

„Ihr seid wirklich unglaubliche Wesen!“, staunt er. „Aber allein schafft ihr den Rückweg nie. Ich werde euch helfen. Und ich werde ein Teil eurer Geschichte sein!“

„Kannst du uns bis zu der Höhle tragen?“, fragt Sven ungläubig. Der Saurier hat selbst nur 17 Kilogramm. Sonst könnte er nicht fliegen. Wie soll er da auch noch ein Kind tragen?

„Oh! Cool! Ich würde sehr gerne auf deinem Rücken durch die Luft schweben!“, strahlt Tarek.

„Tut mir leid!“, winkt der Flugsaurier ab. „Das kann ich nicht.“

„Schade!“ Tarek ist enttäuscht. Emma ist eher erleichtert.

„Aber ich kann euch begleiten“, meint der Saurier. „Durch den Wald müsst ihr es allein schaffen. Da sehe ich von oben nichts. Aber ich warte am anderen Ende des Waldes auf euch. Ab der Steinwüste kann ich für euch Ausschau halten. Und ich kann euch warnen. Die Gefahren dort sind zahlreich.“

Das wissen die Kinder schon. Ein Freund in der Luft ist sicher eine große Hilfe. Doch wie sollen sie es durch den Wald schaffen? Am Weg hierher konnten sie sich der Styracosaurier-Familie anschließen. Doch allein zurück? Das wollen sie sich gar nicht vorstellen.

„Und für den Wald habe ich auch schon eine Idee“, strahlt der Pteranodon. „Kommt mit!“

Der große Flugsaurier breitet seine Flügel aus. Rasch bildet sich um ihn ein großer Kreis. Auch die Kinder machen ihm Platz. Mondschein schlägt ein paar Mal kräftig mit seinen gefiederten Armen. So ein starker Luftzug! Nun flattert er noch ein paar Mal kräftig am Boden. Und dann hebt er ab. Am Anfang muss er noch viel mit den Flügeln schlagen. Doch bald segelt er lautlos dahin. Er ist sehr

hoch. Was will er den Kindern zeigen? Und wohin sollen sie mitkommen? Jetzt hat der Saurier etwas entdeckt. Er fliegt dorthin und kreist über einer Stelle am Waldrand. Dabei stößt er laute Schreie aus. Wie eine Möwe. Nur viel lauter.

Die vier oder fünf anderen Flugsaurier haben ihren Fischfang beendet. Sie kreisen um ihren Freund herum. Dabei geben sie ebenfalls laute Schreie von sich. Und dann fliegen sie wieder davon. Wieder in Richtung Meer.

„Schade, dass wir das Meer nicht sehen können!“, bedauert Emma.

„Ja“, findet auch Sven: „Früher gab es hier gar kein Meer. Doch vor 70 Millionen Jahren war fast ganz Europa unter Wasser. Überall waren einzelne Inseln. Wir sind wohl auch gerade auf einer dieser Inseln. Das Meer kann nicht weit weg sein.“

„Wollt ihr es sehen?“, fragt eine tiefe Stimme über seinem Kopf. Sven blickt nach oben und sieht einem riesigen Dinosaurier direkt ins Gesicht. Das langhalsige Tier hat sich weit bis zu den Kindern herabgebeugt.

„Oh!“, beginnt Sven. „Euch haben wir vorhin gesehen! Ihr seid über die Steinwüste und dann durch den Wald gegangen, oder?“

„Gut beobachtet, mein Kleiner“, antwortet die Riesenechse. Die Kinder sehen sich um. Die Herde mit den lang-

halsigen Giganten ist ganz in der Nähe. Dass sie die vorher übersehen konnten? Um die Kinder herum ist aber auch wirklich sehr viel los. Hier sind die vogelähnlichen Citipati und auch der Pelicanimimus und seine Familie. Dahinter grasen ein paar Struthiosaurier Rücken neben Rücken. Die Rückenpanzer mit den Höckern sehen aus wie ein flacher Hügel voller Steine. Und nach ihnen haben sich die Styracosaurier versammelt. Auch die Nackenschild tragende Ceratopsier-Mama mit ihren Kindern ist dort. Die Kinder sehen auch noch die Herde der Pferde-ähnlichen Telmatosaurier. Und dazwischen gibt es noch viele andere Pflanzenfresser, vor allem Hadrosaurier mit ihren verschiedenen Entenschnäbeln.

Die Herde der langhalsigen Giganten ist zwischen all den anderen Herden also fast nicht aufgefallen. Dabei sind sie wirklich riesig. Sven betrachtet das Tier vor ihm ganz genau. Es hat vier riesige Elefantenfüße. Der Rücken ist nach oben hin gewölbt und sicher mehr als vier Meter hoch. Beeindruckend ist auch der extrem lange Schwanz. Und natürlich der Hals. Er ist sicher fünf oder sechs Meter lang! Dass es so etwas gibt!

Auch der Kopf ist groß. Fast so groß wie Sven. Im Vergleich zu dem gewaltigen Körper wirkt er aber fast winzig. Sven weiß genau, wen er da vor sich hat.

Infokasten: Hypselosaurus

Der Name bedeutet:	**„Hoherückenechse“**. Ursprünglich wurde der Saurier für ein Krokodil mit besonders hohen Beinen gehalten.
Familie:	Er gehörte zu den **Saurischia** (den Echsenbeckensaurier) und hier zu den **Sauropoden** (den Echsenfüßigen). Der Hypselosaurus ist auch einer der **Titanosauria** (die einen harten Rückenpanzer tragen)
Zeit:	**vor 71 bis 65 Millionen** Jahren
Fundort:	vor allem in **Europa**. Fundorte gibt es in Frankreich und Spanien
Größe:	Bis zur Schulter war der Hypselosaurus etwa **4,50 Meter hoch**. Darüber ragte noch der lange Hals. Von der Nase bis zur Schwanzspitze war er **12 Meter lang**.
Gewicht:	Er hatte ein Gewicht von **neun Tonnen**.
Nahrung:	**Pflanzen (herbivor)**
Besonderheit:	Sein Rücken war nach oben gewölbt. Und seine **Haut** war hier besonders **hart gepanzert**. Fast wie Titan. Daher haben auch die Titanosaurier ihren Namen. Der Hypselosaurus hat viel **dickere Beine** als andere Titanosaurier. Er ernährte sich von Pflanzen (**herbivor**) und lebte vermutlich in einer Herde. Der neun Tonnen schwere Saurier legte relativ kleine Eier. Nur 25 Zentimeter lang. Die frisch geschlüpften **Dino-Kinder hatten nur drei Kilogramm** Gewicht.

„Halte dich gut an meinem Hals fest“, schlägt der Hypselosaurus vor. „Keine Angst. Ich passe gut auf dich auf.“

Sven zögert nicht lange. Schon hat er den Hals des gewaltigen Sauropoden umklammert. Das zusätzliche Gewicht scheint der Echse nicht viel auszumachen. Schon hebt sie den Kopf wieder in die Höhe. Sven liegt obenauf. Mit Armen und Beinen umschlingt er Kopf und Hals. Der Boden ist jetzt viele Meter weit entfernt. Nur nicht hinunterschauen!

Nein, Sven schaut in die Ferne. Er sieht den Wald, die grüne Ebene mit den vielen Pflanzenfressern und auch den Fluss. Dort oben am Flusslauf sind sie dem Krokodil begegnet. Etwa weiter flussabwärts liegt immer noch der Baumstamm quer über dem Wasser. Dort hat Tarek Svens Trinkflasche aus dem Wasser gefischt. Noch einmal weiter flussabwärts hat er neben dem Pelicanimimus gestanden. Dort haben auch die Pteranodons Fische gefangen. Und er sieht die Riesenechsen Richtung Meer fliegen. Es stimmt. Der Ozean ist wirklich ganz nah! Der Fluss mündet in eine wunderschöne Bucht. Dort gibt es viele Bäume. Und auch viele Herden leben dort. Und danach sieht man die weite Oberfläche des Meeres. Das Wasser ist strahlend blau und auch türkis. Riesige Wellen werfen weißen Schaum auf. Und über das Wasser fliegen Hunderte Pteranodons. Wie schön es hier ist!

„Wir machen uns bald auf den Weg. Wir wollen zum Meer!“, sagt der Hypselosaurus. Dort gibt es mehr Bäume und auch mehr Nahrung für uns. Wollt ihr mitkommen? So tapfere und hilfsbereite Wesen wie ihr sind uns immer willkommen.“

„Danke!“, freut sich Sven. „Aber wir müssen zurück durch die Steinwüste.“

„Oje“, bedauert der Saurier: „Das ist aber gefährlich. Ihr seid ja noch so klein! Und nur zu dritt. Der Wald ist voller Jäger. Und die Steinwüste auch. Allein schafft ihr das nie!“

KAPITEL 14:
Hoch in der Luft

Oje. Sven macht sich große Sorgen. Werden sie es wirklich nicht zurück in die Höhle schaffen? Er greift in seine Tasche. Die magische Kreide ist noch da. Sollen sie diese vielleicht doch hier verwenden?

Wo genau sind sie eigentlich gerade? Sven kann es beim besten Willen nicht sagen. Vielleicht ist später, also in der Gegenwart, genau hier eine Autobahn? Oder es hat sich ein ganzer Berg über dieses Gebiet geschoben? Von der Zeit der Dinosaurier bis zur Gegenwart hat sich noch viel verändert. Das Meer hat sich wieder zurückgezogen. Und es sind viele neue Berge entstanden. Was passiert, wenn sie die Kreide jetzt einsetzen? Und hier ist ein neuer Berg. Landen sie dann auf seiner Spitze? Oder sind sie darunter begraben? Nein, dieses Risiko dürfen sie nicht eingehen. Sie müssen einen Weg durch den Wald finden!

„Kommst du endlich?“, fragt der Pteranodon. Er ist sehr nah an den Kopf des Hypselosaurus herangeflogen. Sven ist immer noch ganz hoch oben. Er klammert sich an den Kopf und den Hals des riesigen Sauropoden an.

„Deine Freunde sind schon startbereit. Und lange wartet die Herde nicht mehr“, drängt der Flugsaurier. Sven schaut hinüber zu der Stelle, wo der Pteranodon vorhin seine Kreise gedreht hat. Genau dort stehen etwa zwanzig seltsame Tiere. Sie sind ebenfalls sehr groß. Und sie warten ungeduldig. Doch wo sind Svens Freunde? Jetzt entdeckt er sie. Sie sitzen jeder auf dem Rücken eines dieser unglaublichen Tiere. Nicht exakt am Rücken. Vielmehr auf dem Nacken. Wie bei einem Elefanten. Doch Elefanten sind das nicht? Was das wohl für eine Dinosaurierart ist?

Sven überlegt. Er hat schon einmal ein Bild von dieser Tierart gesehen. Ja, jetzt fällt es ihm wieder ein. Die riesigen Echsen, auf denen Emma und Tarek sitzen, heißen Saurolophus. Die Freunde winken aufgeregt. „Komm schon!“, schreien sie: „Beeile dich! Die Herde geht schon los!“ Und tatsächlich. Die Tiere setzen sich in Bewegung! Wie soll Sven sie noch rechtzeitig erreichen? Plötzlich fühlt er sich sehr alleingelassen. Was, wenn die anderen ohne ihn aufbrechen? Wird er es je allein nach Hause schaffen? Wird er seine Freunde jemals wiedersehen? Und werden sie es ohne ihn schaffen? Sven hat die Kreide. Er weiß nicht, ob noch etwas in der Höhle zu finden ist. Sven muss so schnell wie möglich zu Emma und Tarek. Nur gemeinsam können sie es nach Hause schaffen.

Infokasten: Saurolophus

Der Name bedeutet:	**„Kammechse“**
Familie:	Er gehörte zu den **Ornithischia** (den Vogelbeckensauriern). Und dabei zu den **Ornithopoda** (den Vogelfüßigen). Seine Familie sind **Hadrosauridae** (Entenschnabelsaurier).
Zeit:	vor **74 bis 68 Millionen Jahren**
Fundort:	in **Nordamerika** und in **Asien**
Größe:	Bis zur Schulter war er **vier Meter hoch** und von der Nasenspitze bis zur Schwanzspitze etwa **10 bis 12 Meter lang**.
Gewicht:	Ein Saurolophus konnte etwa **drei Tonnen schwer** werden.
Nahrung:	**Pflanzen (herbivor)**

Infokasten: Saurolophus

Besonderheit:	Der Saurolophus ging auf allen **vier Beinen**. Die Hinterbeine waren aber viel länger als die Vorderbeine. Vermutlich konnte er auch sehr gut auf zwei Beinen stehen. Dadurch wurde er noch größer. Der Knochenkamm an seiner Stirn bildete ein langes, geschwungenes Horn. Dieses war mit dem Nasenraum verbunden. So konnte der Saurolophus vermutlich verschiedene Töne erzeugen. Der Kopf endete in einem **Schnabel**. Trotzdem hatte er hunderte **Backenzähne**. Damit konnte er die Pflanzen gut zerkauen. Die riesigen Entenschnabelsaurier lebten **herbivor**. Meist suchten sie in großen Herden nach Pflanzenkost. Er lebte vermutlich **in Wäldern**. Hier konnte er Blätter in drei oder vier Metern Höhe bequem im Vorbeigehen abreißen. Manchmal wollte er auch höhere Blätter erreichen. Dann musste er sich **auf die Hinterbeine stellen**.

Der Pteranodon fliegt um Sven herum. Er sieht das Problem. Aber kann er auch helfen?

„Du kannst die Herde nur einholen, wenn du Flügel hast“, stellt er fest. Stimmt. Aber die hat Sven nun einmal nicht. Der Flugsaurier schon. Sven betrachtet Mondschein genauer. Seine Flügel sind unglaublich groß. Doch der Körper ist recht klein. Auf dem Rücken des prächtigen Tieres kann man sicher nicht reiten, fürchtet er. Schade. Das wäre wie der Flug auf dem Rücken eines Adlers!

Und dann hat Sven eine Idee: Er denkt daran, wie Adler ihre Beute schnappen. Mit den Krallen können sie ein enormes Gewicht hochheben. Kann das der Pteranodon auch? Und wenn ja: Würde er Sven dabei nicht furchtbar verletzen? Sven hat keine Zeit, lange zu überlegen. Er muss es wagen. Rasch erklärt er seinem neuen Freund den Plan.

Mondschein ist einverstanden. Er will es versuchen. Und schon fliegt er ganz dicht an den Kopf des Sauropoden heran.

„Vorsicht! Pass gefälligst auf!“, warnt die große Echse. Der Flugsaurier ist gefährlich nahe. Die Hinterbeine hat er vorgestreckt. Wie ein Adler beim Angriff. Kann das gut gehen? Sven zweifelt. Doch Mondschein ist ein geschickter Flugkünstler. Gezielt greift er nach Svens Oberarmen. Dann packt er vorsichtig zu und hebt den Jungen hoch.

„Bravo! Gut gemacht!“, lobt der riesige Saurier. Er ist erleichtert. Ein Kratzer im Gesicht wäre für ihn sicher nicht angenehm.

„Oh! Ah!“, schreit Sven. Zuerst hat er Angst vor den Krallen. Doch der Saurier ist vorsichtig. Trotzdem ist dieser Griff nicht sehr angenehm. Lange hält Sven diese Art zu fliegen nicht aus. Aber: Er fliegt! Er fliegt wirklich! Wie ein Paragleiter. Und: Das Erlebnis ist unbeschreiblich! Hoch über den vielen Sauriern segelt er hinüber zu der Saurolophus-Herde. Unter sich sieht er die vielen verschiedenen Pflanzenfresser. Einige sehen staunend zu ihm hoch. „Diese kleinen Wesen!“, ruft einer. „Erstaunlich! Erstaunlich!“, stimmen andere mit ein. „Jetzt fliegt der Kleine sogar!“

Auch Svens Freunde schreien und winken. In dem Getöse hört man sie fast nicht. Doch nun ist Mondschein schon ganz nahe. „Sven!“, ruft Emma. „Pass auf!“

Der Pteranodon ist bei der Herde angekommen. Die Köpfe der Tiere sind bereits gefährlich nahe. Und sie haben Hörner. Fast streift Svens Fuß eines der Hörner. Schnell winkelt er die Beine an. Gerade noch rechtzeitig. Dann steuert Mondschein einen großen Baum an. Auf einem der dicken Äste setzt er Sven ab. Was für ein Flug!

Doch die Reise ist noch nicht zu Ende. Schon ist ein Saurolophus an den Baum herangetreten: „Hallo mein Kleiner!“, grüßt er freundlich. „Schaffst du es allein auf meinen Rücken?“ Sven ist sich da nicht so sicher. Er zögert. Und überlegt. Der freundliche Saurier hat dafür keine Zeit. Er öffnet sein rundes Maul und schnapp sich Svens Rucksack. Ganz oben an Svens Nacken. So wie eine Katzenmutter ihr Junges hochhebt. Sven hängt in den Riemen seines großen, alten Rucksacks. Hoffentlich reißt er nicht! Zum Glück dauert dieser Flug nicht lange. Schon hat ihn der Saurolophus auf dem Rücken eines anderen Mitglieds seiner Herde abgesetzt.

„Jetzt aber los!“, drängt er. „Wir haben lange genug getrödelt.“

KAPITEL 15:
Rückreise mit Hindernissen

Im Schutz der großen Herde treten die Kinder den Rückweg an. Es ist erstaunlich. Alle Pflanzenfresser helfen einander. Die Herden passen aufeinander auf. Und oft sind auch Tiere verschiedener Arten gemeinsam unterwegs. Vermutlich haben sie viel Zeit miteinander verbracht. Forscher haben Skelette verschiedener Arten nahe beieinander gefunden. Solche Gemeinschaften waren also keine Seltenheit.

„Einer allein kommt eben nicht weit“, denkt Emma. Sie überlegt. Was hätte sie nur ohne Sven und Tarek gemacht? Was, wenn sie ganz allein hier gelandet wäre? Hätte sie gewusst, welche Saurier Fleisch fressen und welche nicht? Das wusste nur Sven. Und hätte sie sich dem Tyrannosaurus entgegengestellt? Nein, so etwas Verrücktes macht nur Tarek. Wäre Emma allein, wären die Kinder dann so berühmt? Und würden ihr dann alle Saurier so schnell vertrauen? Und ihr sogar helfen? Emma ist sich da nicht so sicher.

In der Schule hat sie sich nie um Freunde bemüht. Sie wollte nur immer alles richtig machen. Aber war das richtig? Keine Freunde zu haben? Sie sieht Sven und Ta-

rek an. Nein, sie ist froh dazuzugehören. Es ist gut, dass jemand auf sie aufpasst. Und auch Emma passt auf ihre Freunde auf. Gemeinsam ist es eben besser.

Die Tiere gehen einer nach dem anderen in den Wald. Manchmal, wenn genug Platz ist, gehen sie auch nebeneinander. Doch sie bleiben immer in der Nähe. Die Tiere haben keine Angst. Aber sie haben Respekt vor den Gefahren des Waldes. Auch wenn man so groß ist wie ein Saurolophus. Es gibt immer eine Gefahr. Und auf die sollte man gut vorbereitet sein.

Auch Tarek macht sich Gedanken über die Reise. Warum haben die Saurier die Kinder mitgenommen? Wollten sie ihnen wirklich helfen? Einfach so? Oder haben sie von den anderen Sauriern Geschichten über Tarek und den Tyrannosaurus Rex gehört? Glauben sie: Tarek kann sie beschützen? Er schüttelt den Kopf. Einfach so geht er sicher nie wieder auf so einen übermächtigen Angreifer los. Was er sich nur dabei gedacht hat! Der Tyrannosaurus hätte das Kind mit einer einzigen Bewegung töten können. Und auch gleich verschlingen. Fertig! Kein Tarek mehr. War es das wert?

Emma und Sven hätten das sicher nicht gemacht. Ja, sie sind auch mutig. Sven hat immer einen Plan. Und Emma hat ein großes Herz. Sie hat ja auch als Erste beschlossen, Fiepo zu helfen. Und genau das hat Tarek am Ende das Leben gerettet. Ohne Emma und Fiepos Hilfe hätte ihn der Tyrannosaurus sicher nicht verschont. Eigentlich

ist sie die Heldin, denkt er. Das Mädchen ist auch jemand, die schnell Entscheidungen trifft. Aber sie handelt nicht unüberlegt. Sie ist immer gut vorbereitet. „Gewöhn dich lieber daran!“, hat sie vorhin gesagt. Ob das heißt, dass sie Freunde bleiben? Auch wenn sie zurückkommen? Das wäre schön. Freunde wie Emma und Sven möchte Tarek sehr gerne haben. Seltsam, dass ihm die beiden vorher nie aufgefallen sind!

Die Herde kommt gut voran. Zumindest würde sie gut vorankommen. Doch immer wieder bleibt eines der Tiere stehen. Mal wird an diesem Baum geknabbert. Und mal am nächsten. Hin und wieder stellt sich auch eine der Riesenechsen auf die Hinterbeine und streckt sich hoch nach oben. Dort sind die besonders saftigen Blätter. Als sich auch der Dinosaurier, auf dem Tarek sitzt, aufrichten will, schreit dieser: „Halt, warte! Ich rutsche ab!“

Gerade noch! Der Saurolophus stellt sich wieder auf alle viere. „Oh! Hab ich vergessen“, entschuldigt er sich. Die Kinder haben ein schlechtes Gewissen. Nur weil die Echsen sie tragen, kommen sie nicht zu den saftigen Blättern. Das ist nicht richtig. So gefährlich sieht der Wald doch gar nicht aus. Ob sie absteigen sollen? Besser nicht. Der Saurolophus-Herde haben sich bereits einige kleinere Tiere angeschlossen.

Direkt neben Sven trottet ein Ankylosaurier. Er hat einen gepanzerten Rücken. Aus diesem ragen viele spitze Stacheln. So wie bei dem Struthiosaurus, der die Kinder vom

Wald bis zum Fluss begleitet hat. Doch diese Panzer tragende Echse ist viel größer. Fast so groß wie der Saurolophus. Und sie hat noch eine andere Besonderheit. Der lange Schwanz endet in einer mächtigen Keule. Bedrohlich schwenkt der Saurier die Schwanzspitze hin und her.

„Zu deinem Schutz, Kleiner. Zum Schutz der Herde", brummt er vor sich hin. Er wirkt wie ein alter Soldat. Einer, der schon viel erlebt hat. Er kennt die Gefahr. Und auch er hat Respekt vor ihr. Vielleicht sogar ein bisschen Angst. Wenn hier sogar die Großen Angst haben müssen. Wie geht es dann erst den Kleinen? Sven sieht sich seinen Begleiter noch einmal genauer an. So ein harter Rücken! Und die Stacheln sind auch nicht ohne. „Daran könnte sich sogar ein Tyrannosaurus die Zähne ausbeißen", denkt er. Ob Sven einen Blick in sein Buch riskieren soll? Nein, lieber erst, wenn er wieder festen Boden unter den Füßen hat. Wie dieses Tier aussieht, weiß er ja jetzt. Und dann kann er auch später nachsehen, wie es heißt.

Infokasten: Tarchia

Der Name bedeutet:	**„intelligent“**. Sein Gehirn war vermutlich größer als bei anderen Anklyosauriern. Man nimmt daher an, dass er auch intelligenter war.
Familie:	Er gehörte zu den **Ornithischia** (den Vogelbeckensauriern). Und hier zu den **Thyreophora**. Seine Familie bezeichnet man als **Ankylosaurier**.
Zeit:	**vor 83 bis 65 Millionen Jahren**
Fundort:	vor allem in der Mongolei, in **Asien**
Größe:	bis zur Schulter **drei Meter hoch** und von Schwanz- bis Nasenspitze **fünf bis sieben Meter lang**
Gewicht:	Mit einem Gewicht von etwa **4 Tonnen** gehörte er zu den Schwergewichten unter den Sauriern.
Nahrung:	**Pflanzen (herbivor)**
Besonderheit:	Sein Kopf und auch das Gehirn waren recht groß. Die Knochenfortsätze auf seinem Schädel sahen aus wie die **Hörner einer Kuh**. Von den Mundwinkeln bis zur Schwanzspitze hatte er ebenfalls **Stacheln**. Sie bildeten einen wehrhaften **Panzer** über den ganzen Rücken. An der Schwanzspitze trug er eine gewaltige **Knochenkeule**. Damit konnte er sich **gut gegen Angreifer wehren**. Sonst lebte der Tarchia eher **friedlich**. Er war **herbivor**, fraß also Pflanzen.

Die Herde trottet weiterhin friedlich voran. Doch plötzlich bleibt sie stehen. Was ist geschehen? Warum geht es nicht weiter? „Tut mir leid“, entschuldigt sich einer der freundlichen Tiere. „Wir können hier nicht weiter.“

Der Wald ist hier sehr dicht. Und der einzige Weg ist versperrt. Mächtige Bäume liegen quer über dem Trampelpfad. Hier kann kein Saurolophus durch. Auch der Tarchia mit dem Rückenpanzer ist zu groß. „Bis zum Waldrand ist es nicht mehr weit“, brummt er. „Aber wir müssen umkehren. Müssen einen anderen Weg suchen.“

„Einen anderen Weg?“ In der Herde wird es unruhig. „Wir sind doch immer hier gegangen!“, hört man. „Und die vor uns auch!“

„Und die nach uns werden wieder hier gehen“, brummt der Tarchia. „Nur wir nicht. Nicht heute.“

„Wir werden einen anderen Weg finden. Dort wo der Bach in den Fluss läuft. Dort werden wir gehen“, beschließt der Älteste der Saurolophus-Herde.

„Können wir nicht einfach mitkommen?“, versucht es Emma.

„Der Weg dauert drei Tage oder mehr. Wenn ihr allein geht, seid ihr noch heute Abend in der Höhle“, erklärt ihr der Saurolophus, der sie trägt.

Emma seufzt. „Noch drei Tage ohne Essen? Das schaffen wir nicht.“

„Wir müssen gehen“, sieht auch Tarek ein.

„Dann los“, bestimmt Sven. Er bittet den Saurolophus, sich ein wenig zu bücken. Dann springt er auf den weichen Waldboden. „Kommt“, fordert er die anderen auf: „Wenn hier keine großen Pflanzenfresser durchkommen, schaffen es die großen Fleischfresser auch nicht, oder?“ Ganz sicher ist er sich da aber nicht.

Die Kinder nehmen von den großen Echsen Abschied. Die Saurolophus-Herde ist schon wieder auf dem Rückweg. Der brummige Tarchia bleibt noch stehen. Er sieht besorgt aus. „Passt auf euch auf, Kinder. Schön unsichtbar bleiben! Versprochen?“

„Versprochen!“, antworten die drei Freunde. Doch was hat er damit gemeint? Wie bleibt man unsichtbar?

KAPITEL 16: Im Dickicht des Waldes

„Na dann, los!“, gibt Tarek das Tempo an. Er untersucht die mächtigen Stämme. Was sie wohl umgeworfen hat? Vielleicht ein Sturm? Oder ein Erdbeben? Nun liegen sie jedenfalls da. Und sie wollen überwunden werden. Tareks Magen knurrt. Er will endlich wieder nach Hause.

Emma sieht sich ebenfalls um. Sie hebt etwas vom Boden auf. Eine Nuss! Die Nuss sieht fast aus wie eine Haselnuss. Oder eine Eichel. Ob man die essen kann? Vorsichtig nagt sie daran. Hmmm. Sie schmeckt tatsächlich nussig. „Warte“, warnt Tarek. Er nimmt nun ebenfalls eine Nuss und nagt etwas davon ab.

„Sie ist nicht bitter“, stellt er zufrieden fest.

„Bist du denn so heikel?“, wundert sich Emma. „Ich dachte, du hast auch Hunger!“

„Habe ich auch“, erklärt er. „Aber ich will mich auch nicht vergiften. Wenn etwas stark bitter ist, könnte es giftig sein.“

„Oh“, ist Emma überrascht. Daran hat sie gar nicht gedacht. Zum Glück kennt sich Tarek hier besser aus. Die Kinder beschließen, ihr Glück zu versuchen.

„Aber esst nicht zu viele“, warnt Sven. Er hat sich bereits einige Nüsse in den Rucksack gesteckt. Sicher ist sicher. Trotzdem will er lieber vorsichtig bleiben.

Nachdem die Kinder ihren größten Hunger gestillt haben, nehmen sie noch jeder einen kräftigen Schluck Wasser. Dann suchen sie sich einen Weg durch das Dickicht. Tarek geht voran. Er ist sehr geschickt darin. Emma und Sven folgen ihm, so gut sie können. Es dauert tatsächlich nicht lange. Bald haben die drei Freunde die andere Seite des Hindernisses erreicht. Nun stehen sie wieder auf dem Trampelpfad. Hier sind schon viele Saurier vorbeigekommen. Man sieht es daran, dass die Pflanzen am Rand alle umgeknickt sind. Und auch auf dem Weg findet man viele Spuren. Fußspuren und auch etwas anderes. Leider!

„Iiiih! Was ist denn das?“, schimpft Tarek. Vor ihm liegt ein riesiger stinkender Haufen. „Iiiih, ist das eklig!“ Der Haufen ist etwa so groß wie ein Kinderbett. Und er riecht auch sehr streng.

„Vorsicht!“, warnt Sven leise. Er zieht seine Freunde rasch ins Dickicht.

„Ich werde schon nicht reinsteigen“, ist Emma überrascht.

Sven schüttelt den Kopf: „Das meine ich nicht. Aber habt ihr daran gerochen?“

„Das lässt sich nicht verhindern. Es stinkt!“, antwortet Tarek.

„Ja. Aber es stinkt nach Hundekot. Nicht nach Kuhfladen. Das, was da gerade eben hingemacht hat, ist noch in der Nähe. Es ist groß. Und es frisst Fleisch.“

Die Kinder sehen sich vorsichtig um. Weit und breit ist kein Tier zu entdecken. Kein Jäger. Aber auch kein Pflanzenfresser. Ganz anders als auf der anderen Seite des Hindernisses. Dort war eine bunt gemischte Herde. Hier haben sich alle versteckt.

„Wir sollten möglichst versteckt bleiben“, meint Sven.

„Unsichtbar“, ergänzt Tarek. „Das hat die alte Panzerechse gemeint.“

Damit sie sich nicht verlaufen, bleiben die drei in der Nähe des Weges. Doch sie kriechen am Rand durch das Unterholz. Direkt auf dem breiten Weg sind sie eine zu leichte Beute. Im Gebüsch fühlen sie sich sicherer.

„Seid leise!“, warnt Tarek. Das ist gar nicht so einfach. Bei jedem Schritt knackt und raschelt es. Wie soll man da leise bleiben? Trotzdem kommen die Kinder gut voran.

Bis zum Waldrand kann es nicht mehr weit sein.

Doch plötzlich wird es richtig laut. Quiekend und kreischend kommt ein kleines Rudel Wildschweine durch den Wald gerast. Halt. Wildschweine? Nein. Natürlich nicht. Die Tiere sind so groß wie Schweine. Sie laufen auf allen vier Beinen. Und das gar nicht einmal so langsam. Der Kopf ist recht groß. Und er endet auch in einem Nackenschild. So wie beim Styracosaurus. Sie müssen wohl entfernt mit ihm verwandt sein. Nur sind sie eben viel kleiner.

„Eine Protoceratops-Herde“, flüstert Sven überrascht. „Da wurde mal einer gefunden, wie er mit einem Velociraptor kämpft.“

Infokasten: Protoceratops

Der Name bedeutet:	**„erstes Horngesicht“**
Familie:	Er gehörte zu den **Ornithischia** (Vogelbeckensauriern) und hier zu den **Marginocophalia** (wie auch der Triceratops).
Zeit:	vor **85 bis 76 Millionen** Jahren
Fundorte:	vor allem in **Asien**, in der Mongolei und in China
Größe:	etwa **75 Zentimeter hoch** und etwa **zwei Meter lang** (etwa so groß wie ein Wildschwein)
Gewicht:	etwa **150 Kilogramm**
Nahrung:	**Pflanzen (herbivor)**
Besonderheit:	Der Protoceratops lief auf vier Beinen. Die Hinterbeine waren etwas kräftiger. Vorne hatte er vier Zehen. Hinten nur drei. Am Kopf hatte er ein **großes Knochenschild**. Dieses ragte weit über den Nacken. Wie bei einem Triceratops. Er hatte aber **keine Hörner**. Auf der Schnauze war nur ein Knochenhöcker. Er hatte **eine Art Schnabel**. Er lebte in Herden. Diese hatten gemeinsame Nistplätze. Und sie legten etwa 20 Zentimeter große Eier.

„Wer hat gewonnen?“, fragt Emma.

„Na wer wohl!“, erwidert Tarek: „Wenn beide gerade beim Kampf gefunden wurden? Dann sind auch beide beim Kampf gestorben. Oder?“

Emma sieht sich die kleinen verängstigten Tiere an. Hoffentlich werden sie nicht von Velociraptoren verfolgt. Sie hätten sicher keine Chance. Und wer weiß? Falls die gefährlichen Jäger hier auftauchen: Vielleicht haben sie ja auch Appetit auf Kind?

Tatsächlich sind die Protoceratopsier auf der Flucht. Und leider ist der Verfolger nicht weit. Eines ist sicher. Es ist kein Velociraptor. Das ist gut. Und er ist allein. Das ist auch gut. Doch leider ist er deutlich größer. Und er ist hungrig. Ob die kleinen Saurier da entkommen können? Der Angreifer sieht fast wie ein Tyrannosaurus aus. Doch ist er nur etwa 1,50 Meter groß. Sein Kopf hat die Größe eines Pferdekopfes. Nur ist sein Gebiss voller scharfer Zähne. Gefährlich sind auch seine Krallen. An den Hinterbeinen hat er je eine scharfe Sichelkralle. Und auch seine Finger enden in scharfen Krallen. Dieser Saurier ist vielleicht nicht so schnell und wendig wie ein Velociraptor. Er ist nicht so groß wie ein Tyrannosaurus. Aber er ist in jedem Fall gefährlich.

„Ein Achillobator“, stellt Sven fest.

Infokasten: Achillobator

Der Name bedeutet:	**„Achilles-Held“**. Damit erinnert er an den griechischen Helden Achilles. Dieser war nahezu unverwundbar.
Familie:	Er gehörte zu den **Saurischia** (also den Echsenbeckensauriern). Und hier war er einer von den **Theropoda** (den Raubtierfüßigen). Als **Maniraptor** war er außerdem einer, der mit der Hand jagen konnte. Seine Arme waren also nicht so verkümmert wie die eines Tyrannosaurus Rex.
Zeit:	vor **85 bis 71 Millionen** Jahren
Fundort:	Überreste wurden in der **Mongolei, in Asien** gefunden.
Größe:	Bis zur Schulter war er etwa **1,50 Meter hoch**. Von der Schnauze bis zur Schwanzspitze war er **fünf Meter lang**.

Gewicht:	Mit einem Gewicht von nur **100 Kilogramm** war er ziemlich leicht. Und daher vermutlich auch sehr schnell.
Nahrung:	**Fleisch (carnivor)**
Besonderheit:	Der Achillobator hatte kräftige Hinterbeine, einen gedrungenen Körper und einen großen Kopf. So sah er so aus wie ein kleiner Tyrannosaurus Rex. Der Kopf war aber nicht ganz so breit. Doch er hatte auch **viele scharfe Zähne**. Und die Arme waren deutlich länger. Mit den scharfen Krallen konnte er kräftig zupacken. Sehr gefährlich war auch die **Sichelkralle** am Zeh. Somit war er einer der **gefährlichsten Räuber** seiner Zeit. Er jagte vermutlich lieber allein. Am liebsten kleinere bis mittelgroße Saurier. Mit seinen scharfen Krallen und Zähnen konnte er aber auch den großen Sauropoden gefährlich werden. Da er so leicht war, konnte er **sehr schnell rennen**. Er musste also nicht wie der Tyrannosaurus Rex aus dem Hinterhalt angreifen. Der Achillobator konnte seine Beute auch über weite Strecken verfolgen.

Die Kinder sind froh, dass er an ihnen vorbeiläuft. Er hat sie nicht gesehen. Den kleinen Protoceratopsiern wird es wohl nicht so gut gehen. Ob sie ihm entkommen können? Die Kinder hoffen es. Aber sicher sind sie sich nicht.

„Ich will nicht, dass er die kleinen Schweinchen frisst!“, meint Emma. „Können wir nichts tun?“

„Ich glaube nicht“, meint Sven.

„Weißt du“, gibt Tarek zu bedenken. „Hin und wieder muss ein Jäger auch Glück haben dürfen. Schließlich hat er auch Hunger. Ich will auch nicht, dass den Kleinen etwas passiert. Aber ich glaube: Das ist eben die Natur. Wir können nicht alle retten.“

Emma nickt traurig.

„Aber wir sollten uns retten“, drängt Sven. „Es wird bald Abend. Dann kommen die Jäger der Dämmerung. Und dann will ich wirklich nicht mehr hier sein!“

KAPITEL 17:

Schnell wie der wind

Die letzten Meter bis zum Waldrand legen die Kinder ohne Zwischenfälle zurück. Schon werden die Abstände zwischen den Bäumen größer. Es kommt wieder mehr Licht in den Wald. Und dann endlich sehen die drei Freunde die große Steinwüste. Etwas weiter weg als erwartet ist auch die Höhle. Bis dorthin müssen sie es noch schaffen.

Ob hier Räuber unterwegs sind? Vorsichtig treten die Kinder aus dem Schutz des Waldes. Wie sollen sie von hier aus sehen, was auf der Ebene vor sich geht? Hinter jedem größeren Felsen könnte ein Angreifer lauern. In jeder Baumgruppe könnte sich ein ganzes Rudel verstecken.

Da hören sie auch schon ihren alten Freund: „Da seid ihr ja endlich! Wo sind denn die Großen? Was macht ihr denn hier ganz allein?“

Mondschein kreis über ihnen und stellt Fragen über Fragen.

„Es war ein Hindernis am Weg!“, schreit Tarek hinauf in die Lüfte.

„Die Großen mussten umkehren!“, schreit Emma.

„Gut, dass du da bist. Danke!“, schreit Sven. „Siehst du eine Gefahr?“

Der Flugsaurier zieht nun einen etwas größeren Kreis. Dann einen noch größeren. Und am Ende noch einen richtig großen. Und dann kommt er wieder zurück.

Er deutet zu einer Baumgruppe. Sie liegt nicht direkt am Weg zur Höhle. Aber sie ist auch nicht weit davon entfernt.

„Dort haben sich die gefährlichen Jäger versammelt“, berichtet er. „Wenn die euch entdecken …“

Oh nein! Genau deshalb sind die Kinder ja auch gestern in den Wald gegangen. Und jetzt können sie wieder nicht zur Höhle? Wie sollen sie nur an den Velociraptoren vorbeikommen?

„Wir müssen einen Umweg gehen“, schlägt Sven vor. Er deutet zu einer Baumgruppe in der Nähe. Dann zu einem Felsen ganz weit links von ihnen. Und dann über das weite Feld. Ob sie das heute noch schaffen? Die Nüsse geben ihnen nicht viel Kraft. Und auch das Wasser wird schon knapp. So hat sich Tarek sein großes Abenteuer nicht vorgestellt.

„Bleibt da!“, schlägt der Flugsaurier vor.

„Für immer?“, fragt Emma verzweifelt.

„Wartet hier“, versucht es der Pteranodon noch einmal: „Ich habe eine Idee. Vielleicht …“

Die Kinder setzen sich erschöpft nieder. Sie sind müde und verzweifelt. Sie haben es so weit geschafft. Und nun hängt alles an einem „vielleicht“?

Mondschein verschwindet hinter einem großen Felsen in der Nähe. Kurz darauf kommt er wieder hervor. Aufmunternd winkt er die Kinder zu sich.

Emma, Tarek und Sven stehen auf. Viel Kraft haben sie nicht mehr. Doch bis zu dem Felsen ist es nicht weit. Als sie schließlich dort ankommen, machen sie große Augen: Da ist ein Nest! Und in der Mitte steht eine riesige Echse. Der Rücken ist sicher über drei Meter hoch. Und der lange Hals mit dem kleinen Kopf ragt noch weit höher nach oben. Auch der Schwanz dieses Sauriers ist extrem lang. Sehr freundlich sieht dieser Saurier nicht aus.

„Also. Die wollen da rüber?“, fragt er abschätzig. Die Kinder interessieren ihn überhaupt nicht. Er hat auch keine Lust, ihnen zu helfen. Das sieht man. Der Pteranodon nickt. „Und dafür soll ich die Eier da allein lassen?“, fragt er böse. Oje. Das wollen die Kinder nicht. Warum sollte er für sie seine Kinder verlassen?

„Sind doch gar nicht deine“, weist ihn der Flugsaurier zurecht. „Fressen kannst du auch später.“

„Das ist ein Gallimimus“, flüstert Sven. „Das ist ein Oviraptor. Zu seiner Lieblingsspeise gehören Saurierеier. Aber er frisst auch gerne Algen, Insekten und Kleintiere. Sicher hat er auch nichts gegen Fisch.“

Infokasten: Gallimimus

Der Name bedeutet:	**„Hühner-Imitator“**. Das bedeutet aber nicht, dass er Hühner nachahmen wollte. Er erinnert die Forscher einfach nur an unsere Hennen und Hähne.
Familie:	Er gehörte zu den **Saurischia** (also den Echsenbeckensauriern). Und hier war er einer von den **Theropoda** (den Raubtierfüßigen). Und hier war er natürlich einer der vielen **Ornithomimosauria**, also der Vogel-ähnlichen Saurier.
Zeit:	**vor 74 bis 65 Millionen Jahren**
Fundort:	vor allem in der Mongolei und in **Asien**

Größe:	Bis zur Schulter war er **drei Meter hoch**, von der Schnauze bis zur Schwanzspitze hatte er **vier bis sechs Meter Länge**.
Gewicht:	etwa **400 Kilogramm** (ungefähr so schwer wie ein Pferd)
Nahrung:	**Fleisch und Pflanzen (Omnivor)**
Besonderheit:	Der Gallimimus war der größte Vogel-ähnliche Saurier. Er lief auf zwei Beinen. Er sah ein bisschen wie der Vogel Strauß heute aus. Seine Schnauze endete auch in einem **zahnlosen Schnabel**. Die Augen saßen hoch am Kopf. So hatte er immer den Überblick. Der Gallimimus lebte zwar omnivor, also als Fleischfresser und Pflanzenfresser. Größere Beutetiere konnte er mit seinem Schnabel aber nicht reißen. Er fraß damit vermutlich nur **Insekten, Larven und Kleintiere**. Seine Hände waren aber dazu geeignet, um **Dino-Eier** auszugraben. Diese konnte er dann mit dem Schnabel aufhacken. Er lebte am liebsten nahe an Flüssen. Dort konnte er auch Algen und kleinere Tiere aus dem Wasser filtern. Vermutlich wurde er selbst von anderen Carnosauriern gejagt. Er konnte aber **bis zu 80 km/h schnell** rennen. Da holte ihn keiner so schnell ein.

„Und dafür bringst du mir Fisch?“, fragt der Gallimimus misstrauisch.

„Versprochen“, entgegnet der Flugsaurier. „Ich begleite dich sogar direkt zum Wasser, wenn du das willst.“

„Direkt zum Wasser?“, fragt der Gallimimus nach. Er überlegt. Allein in der großen Steinwüste kann er Insekten und Eier fressen. Die Eier liefern ihm auch die nötige Flüssigkeit. Viel zu trinken gibt es hier ja nicht. Direkt am Wasser findet er auch Larven, Schnecken und Muscheln. Und natürlich Wasser. Kein schlechtes Leben.

„Und die großen Pflanzenfresser dulden dort so einen wie mich?“, fragt er ungläubig.

„Die sind dort alle große Fans von diesen Kindern“, erklärt der Flugsaurier schlau. „Ich sage ihnen, dass du sie gerettet hast. Und schon bist du ihr bester Freund.“

„Ihr bester Freund?“, die Idee gefällt dem großen Ei-Räuber.

„Du solltest nur eben nicht sagen, dass du ihre Eier frisst“, warnt der Pteranodon.

„Mache ich doch gar nicht“, behauptet der Gallimimus mit einer Unschuldsmiene. „Du lässt mich ja gar nicht“, beschwert er sich. Seufzend schaut er sich noch einmal

nach den Eiern im Nest um. Dann stöhnt er: „Na dann mal los!“

Der Pteranodon geht auf die Kinder zu: „Hopp, Hopp. Rauf mit euch!“ Er flattert in die Höhe, hebt Tarek hoch und setzt ihn auf den Hals des Gallimimus. Dann holt er Emma ab und setzt sie vor ihn. Zum Glück hat der Saurier Federn. An diesen können sich die Kinder festhalten. Nun fliegt der Pteranodon wieder Richtung Boden, um Sven abzuholen.

Der Junge kann sich fast nicht von dem Flugsaurier lösen. Er umarmt seinen Hals und drückt ihn fest an sich. „Pass auf dich auf“, schluchzt Sven.

„Pass du auch auf dich auf. Und auf die anderen. Sie brauchen dich“, antwortet Mondschein liebevoll. Dann hebt er den Jungen hoch und setzt ihn hinter Emma auf die Riesenechse.

„Ihr schafft das!“, ermutigt sie der Flugsaurier. Dann holt er kräftig mit den Flügeln aus und flattert immer höher in die Lüfte.

Ohne eine weitere Warnung startet der Gallimimus los. Mit seinen langen Beinen macht er riesige Schritte. Dabei wird er immer schneller. Er rast geradezu über das Gelände.

„Wie ein Vogel Strauß“, denkt Sven. Die Geschwindigkeit ist enorm. Natürlich ist die Bewegung nicht unbemerkt geblieben. Schon sind die Velociraptoren aufmerksam geworden. Sie verlassen ihr Versteck und kommen näher. Auch die flinken Jäger haben ein enormes Tempo. Schon sind sie dem Gallimimus nahe. Da legt dieser noch einmal an Tempo zu. Die Velociraptoren können ihn unmöglich einholen.

Doch sie geben nicht auf. In einiger Entfernung folgen sie seiner Spur. Fast haben die Kinder die Höhle erreicht. Es fehlt nur noch der letzte steile Anstieg.

„So, runter mit euch!“, befiehlt der Gallimimus. Er senkt den Oberkörper, damit die Kinder absteigen können. Aber es geht ihm nicht schnell genug. Ungeduldig schüttelt er sich ein wenig.

„Autsch!“, schreit Emma auf. Sie ist unsanft gelandet. Dabei hat sie sich das Knie aufgeschürft. Sven und Tarek haben mehr Glück. Sie helfen der Freundin auf und stützen sie am Weg zurück zur Höhle.

„Schnell weiter!“, warnt Sven. Die Kinder klettern rasch den Abhang hinauf. Der Gallimimus hat bereits wieder kehrtgemacht. Und die Velociraptoren mit ihm. Zum Glück folgen sie der großen Beute. Nur einer der Jäger bleibt stehen. Er hat das Blut gewittert. Nun macht er sich auf die Suche nach den Kindern.

Das hat auch der Flugsaurier bemerkt. Er kommt näher und fliegt um den Velociraptor herum. Nahe genug, um ihn zu verwirren. Weit genug, um nicht erwischt zu werden. Sven bleibt besorgt stehen.

„Weiter!“, drängt Tarek. „Der weiß, was er tut.“

Und tatsächlich. Der Flugsaurier kann immer wieder geschickt ausweichen. Ihm wird nichts passieren.

KAPITEL 18:

Da war doch noch was …

Endlich haben die Kinder die Höhle erreicht. Der Velociraptor ist abgelenkt. Trotzdem könnte er es bis zum Höhleneingang schaffen. Die Freunde müssen sich beeilen. Die Zeichnungen von Emmas und Tareks Handumrissen sind noch da. Auch die Anfangsbuchstaben ihrer Namen stehen schon da. Fehlt nur noch Sven. Er holt die Kreide aus der Tasche. Rasch zeichnet er seine linke Hand nach und schreibt ein „S“ dazu. Jetzt sind alle Handumrisse vollständig.

„Es war kurz vor elf. Um diese Zeit waren wir in der Höhle. Und dann ist die Wand eingestürzt“, erinnert sich Emma. Sie schreibt „11 Uhr“ auf die Wand. Dazu noch das Datum. „Jetzt müssen wir uns nur noch etwas wünschen“, ermahnt sie die anderen. Was sie sich wünschen wollen, ist einfach. „Zurück nach Hause.“

„In die Höhle.“

„In die eigene Zeit.“

Dazu drücken sie ihre linken Hände in die Handumrisse an der Höhlenwand: „Los!“, ruft Sven. Die Wand stürzt ein

„Los!“, ruft Emma. Und auch Tarek ruft etwas. Doch er tut es in einer anderen Sprache. Die Kinder sitzen auf dem Boden. Hat es geklappt?

Die Kinder horchen, ob es vielleicht der Velociraptor ist. Oder kommt der Bambiraptor noch einmal vorbei? Nein. Einen Dinosaurier hört man nicht. Nur ein paar Vögel zwitschern.

Vögel! Es sind tatsächlich Vögel! Sie haben es geschafft. „Wir sind wieder zu Hause“, ist Emma erleichtert. Doch dann wird sie traurig. Sie macht sich Sorgen um ihre neuen Freunde. Konnte Mondschein dem Velociraptor entkommen? Vermutlich. Er ist ein guter Flieger. Und Kleiner Zeh? Ob er wohl wieder in der Höhle ist? Genau jetzt? Nur eben vor 70 Millionen Jahren? Heute leben sie alle nicht mehr. Nicht einmal ihre Kinder und Kindeskinder. Die Dinosaurier sind alle ausgestorben.

„Sie sind alle tot!“, schluchzt sie.

Sven schüttelt den Kopf. „Nein. Sie leben. Nur eben in einer anderen Zeit.“

Tarek legt einen Arm um Emma. Er deutet zum Höhleneingang: „Hör zu!“, fordert er sie auf. Emma horcht. Man hört nur die Vögel.

„Vögel!“, strahlt Tarek. Was will er damit sagen? Schade, dass sie ihn jetzt nicht mehr so gut verstehen kann. Der

Zauber ist vorbei. Aber es geht auch so. Ihr Gesicht hellt sich auf. Sie wischt die Tränen weg und lächelt: „Ich verstehe. Vögel!“

„Was ist denn mit euch beiden los?“, fragt Sven neugierig.

„Tarek hat mir gerade klar gemacht, dass die Dinosaurier auch heute noch leben. Die Vögel! Sie sind ja die direkten Nachkommen der Riesenechsen. Nicht alle Saurier sind vor 65 Millionen Jahren plötzlich von der Erde verschwunden.“

„Stimmt“, bestätigt Sven. „Manche haben es geschafft. Und ihre Kinder leben immer noch. Sie sind viel kleiner als früher.“

„Aber sie haben ihr eigenes Reich: den Luftraum! Dort sind sie nach wie vor die Herrscher über der Erde“, lacht Emma. Sie denkt an ihren Vater, den Vogelforscher. Ornithologie ist vielleicht doch nicht so langweilig.

Draußen vor der Höhle hören sie jetzt nicht nur Vogelstimmen. Man hört auch Schritte näherkommen. Hat sie der Velociraptor bis in die Gegenwart verfolgt?

„Emma! Sven! Tarek!“, rufen verschiedene Stimmen.

„Hier!“, ruft Emma: „Hier sind wir!“

„Da seid ihr ja endlich!“, seufzt die Lehrerin erleichtert. „Wir suchen euch schon seit zehn Minuten. Wo wart ihr denn die ganze Zeit?“

Nur zehn Minuten? Die Kinder waren eineinhalb Tage weg. Doch für ihre Lehrerin und die anderen Schüler waren es nur zehn Minuten. Wie sollen sie das erklären. Heimlich lässt Emma die Kreide in ihrer Tasche verschwinden. Die Lehrerin muss nicht alles wissen, findet sie.

Sven und Tarek haben genau gesehen, was ihre Freundin gemacht hat. Sie nicken zustimmend.

„Ich habe mir die Höhle angesehen“, erklärt Sven. „Dabei habe ich die Zeit vergessen. Aber Emma hat mich gefunden.“

„Emma!“, ruft die Lehrerin nun entsetzt auf. Erst jetzt fällt ihr auf, dass das Kind blutet. Die schöne neue Kleidung ist auch ganz schmutzig: „Was ist denn mit dir passiert?“

„Ich bin gestürzt“, fasst sie das Erlebte zusammen. „Aber Sven und Tarek haben mir geholfen.“ Sie grinst. Dann legt sie einen Arm um Sven. Und einen um Tarek.

„Kinder“, denkt die Lehrerin. Sie lächelt. „Da gehen sie als Einzelgänger in den Wald. Und schon nach zehn Minuten kommen sie als beste Freunde wieder zurück!“

Ein Kleines Nachwort

Mondschein hat es tatsächlich geschafft. Der Pteranodon ist dem Velociraptor geschickt ausgewichen. Und er hat sein Versprechen gehalten. Der Gallimimus durfte wirklich bei den Pflanzenfressern am Wasser leben. Leider hat er nach einiger Zeit wieder angefangen ihre Eier zu stehlen. Deswegen wurde er dann doch aus der Herde verbannt. Die Telmatosaurier, die Hypselosaurier und all die anderen Pflanzenfresser, denen Emma, Sven und Tarek auf ihrer Reise in die Vergangenheit begegnet sind, sind noch oft durch den Wald gegangen. Ihre Eier haben sie nämlich weiterhin in der Steinwüste abgelegt. Sicherheitshalber haben sie aber auch noch auf die Eier aufgepasst. Auch die Kinder unserer Ceratopsier-Mama waren später oft im Wald. Ihre Mama ist am Wasser geblieben. Sie ist wieder ganz gesund geworden. In den Wald wollte sie aber nicht mehr. Dabei hätte sie von Fiepos Mama nichts mehr zu befürchten gehabt. Der verlorene Zahn ist ihr wieder nachgewachsen. Doch nachdem sich ihr Kind ständig mit der Beute angefreundet hat, ist der Tyrannosaurier-Mama am Ende die Lust am Jagen vergangen. Deswegen hat sie sich darauf verlegt, nur noch Fleisch von ohnehin schon toten Sauriern zu fressen. Sie wurde also ein echter Aasfresser. Und sie hatte dabei ein schönes und beschauliches Leben.

Sven, Emma und Tarek sind auch nach diesem Abenteuer Freunde geblieben. Tarek konnte am Anfang zwar immer noch nicht so gut Deutsch. Aber die Kinder verstanden sich trotzdem. In der Zwischenzeit hat er die Sprache sehr gut gelernt. Doch auch wenn er es jetzt könnte: Er wird trotzdem nie jemandem von der Reise zu den Dinosauriern erzählen. Niemand weiß also von seinen Heldentaten. Niemand, bis auf die wirklich wichtigen Leute. Und das sind in diesem Fall Emma und Sven. Den langen Zahn des Tyrannosaurus Rex hat Tarek immer noch. Der war nämlich bei der Rückreise noch in seiner Tasche. Und immer, wenn er glaubt, er hat das alles nur geträumt, holt er den Dinosaurierzahn heraus und betrachtet ihn.

Sven hat auch ein Andenken mitgenommen. In seinem Rucksack sind die Nüsse aus der Urzeit. Er will sie später einpflanzen. Ob die Bäume dann auch so groß werden wie damals? Wer weiß? Vielleicht wird er damit eines Tages viel Geld verdienen. Dann muss seine Mutter nicht mehr so viel arbeiten. Das wäre schön! Seiner Mutter hat er aber nichts von der Reise zu den Dinos erzählt. Das Buch steht wieder auf seinem Ehrenplatz in Svens Zimmer. Versteckt in einer Schublade hat Sven aber auch ein kleines Heft. In das hat er gleich nach der Reise alles hineingeschrieben, was er, Tarek und Emma gesehen und erlebt haben. Sven will später Wissenschaftler werden. Daher sammelt er schon jetzt jedes Wissen, das er haben kann. Vielleicht machen seine Freunde und er ja wieder eine geheimnisvolle Entdeckung?

Und natürlich hat auch Emma ein Andenken in der Tasche. Sie hat lange überlegt, wo sie die magische Kreide verstecken soll. Dann ist ihr der ideale Ort eingefallen. Sie steckt ganz tief in Emmas neuen Wanderschuhen. Die wird Mama sicher nicht finden. Sie interessiert sich gar nicht für das Wandern. Die Schuhe sind wieder blitzeblank. Sie stehen im Schuhschrank. Und sie sehen dort einfach nur hübsch aus. Und Papa wird die Schuhe sicher auch nicht in die Hand nehmen. Er hofft aber trotzdem, dass Emma jetzt mehr Zeit draußen in der Natur verbringen wird. Vielleicht macht sie das sogar! Wenn sie so darüber nachdenkt, wird sie vielleicht bald wieder ein Abenteuer draußen in der Natur suchen. Dann aber nur mit Sven und Tarek. Und dann will sie auf jeden Fall auch die magische Kreide dabeihaben.

Index mit mehr als 20 Saurier-Arten

Quellenangaben

https://www.planet-wissen.de/geschichte/urzeit/dinosaurier/index.html

https://kiwithek.kidsweb.at/index.php/Dinosaurier

https://wiki.edu.vn/wiki8/2020/12/21/pararhabdodon-wikipedia/

http://www.dinosaurier-interesse.de/web/Saurierarten/Pteranodonkl-druck.html

https://dinodata.de/mesozoikum/d_kreide.php

https://www.geo.de/geolino/tierlexikon/2055-rtkl-tierlexikon-ankylosaurus

https://www.livescience.com/20540-tarbosaurus-tyrannosaurus-difference.html

https://tyrannosaurus.fandom.com/wiki/Tarbosaurus

https://www.oekosystem-erde.de/html/leben-06.html

https://www.wasistwas.de/archiv-natur-tiere-details/wie-gross-waren-die-eier-der-dinosaurier.html

https://www.pm-wissen.com/wie-gross-waren-dinosaurier-eier/

https://www.wissenschaft.de/astronomie-physik/warum-eier-legen-keine-gute-idee-fuer-tyrannosaurus-und-co-war/

https://www.nationalgeographic.de/wissenschaft/2020/10/winzige-tyrannen-so-klein-begann-das-leben-der-tyrannosaurier

https://www.scinexx.de/news/biowissen/aelteste-fossilien-frueher-primaten-entdeckt/

Joachim Künzel: Dinosaurier. Faszinierende Giganten der Urzeit. Fränkisch Crumbach: XXL-Edition, 2019

Printed in Poland
by Amazon Fulfillment
Poland Sp. z o.o., Wrocław

84826965R00132